DEMOLIDOR
O HOMEM SEM MEDO

DEMO
O HOMEM

UMA HISTÓRIA DO UNIVERSO MARVEL

PAUL CRILLEY

ADAPTADO DA GRAPHIC NOVEL DE FRANK MILLER & JOHN ROMITA JR.

marvel.com

LIDOR SEM MEDO

novo século®

São Paulo, 2017

Daredevil: The Man Without Fear

Published by Marvel Worldwide, Inc., a subsidiary of Marvel Entertainment, LLC.

MARVEL
marvel.com

Equipe Novo Século

COORDENAÇÃO EDITORIAL
Vitor Donofrio

GERENTE DE AQUISIÇÕES
Renata de Mello do Vale

EDITORIAL
João Paulo Putini
Nair Ferraz
Rebeca Lacerda

ASSISTENTE DE AQUISIÇÕES
Talita Wakasugui

TRADUÇÃO
Paulo Ferro Junior

REVISÃO
Tássia Carvalho

PREPARAÇÃO DE TEXTO
Catarina Bollos

ILUSTRAÇÃO DE CAPA
Luke Ross

P. GRÁFICO, CAPA E DIAGRAMAÇÃO
Vitor Donofrio

DEMAIS ILUSTRAÇÕES
David Mazzucchelli
John Romita Jr.
Al Williamson

Equipe Marvel Worldwide, Inc.

VP, PRODUÇÃO & PROJETOS ESPECIAIS
Jeff Youngquist

EDITORA-ASSOCIADA
Sarah Brunstad

GERENTE, PUBLICAÇÕES LICENCIADAS
Jeff Reingold

SVP PRINT, VENDAS & MARKETING
David Gabriel

EDITOR-CHEFE
Axel Alonso

PRESIDENTE
Dan Buckley

DIRETOR DE ARTE
Joe Quesada

PRODUTOR EXECUTIVO
Alan Fine

Texto de acordo com as normas do Novo Acordo Ortográfico da Língua Portuguesa (1990), em vigor desde 1º de janeiro de 2009.

Dados Internacionais de Catalogação na Publicação (CIP)
(Câmara Brasileira do Livro, SP, Brasil)

Crilley, Paul
Demolidor: O homem sem medo
Paul Crilley [tradução de Paulo Ferro Junior].
Adaptado da graphic novel de Frank Miller & John Romita Jr.
Barueri, SP: Novo Século Editora, 2017.

Título original: Daredevil: The Man Without Fear

1. Literatura norte-americana 2. Super-heróis – Ficção I. Título II. Ferro Junior, Paulo

17-0960 CDD-813

Índice para catálogo sistemático:
1. Literatura norte-americana 813

NOVO SÉCULO EDITORA LTDA.
Alameda Araguaia, 2190 – Bloco A – 11º andar – Conjunto 1111
CEP 06455-000 – Alphaville Industrial, Barueri – SP – Brasil
Tel.: (11) 3699-7107 | Fax: (11) 3699-7323
www.gruponovoseculo.com.br | atendimento@novoseculo.com.br

novo século®

Para meus filhos, Bella e Caeleb.
É por vocês que eu sigo em frente.

PARTE I

1

COZINHA DO INFERNO.

Hoje.

Depois de um tempo, a dor se torna um modo de manter a contagem dos pontos. Um modo de manter o controle de quantas pessoas ele irritou.

E, nesta noite, Matt Murdock irritou um *monte* de gente.

Ele se contrai e rola. Sua bochecha esquerda está gelada por ter ficado enfiada na neve ensanguentada. Volta toda sua atenção para a bochecha. É a única parte do corpo que não está gritando de dor. Arranhões, cortes, ossos fraturados e, definitivamente, uma ou duas costelas quebradas. Ele acha que consegue ouvir o gorgolejo do sangue nos pulmões. Nada bom.

Feche os olhos, sussurra uma voz em sua cabeça. *Apenas descanse um pouco.*

Seus olhos vão se fechando. Sim. Um descanso. Ele poderia descansar um pouco. Ele mereceu, não é? Depois de tudo?

Não. Ainda não. Ele ainda não é merecedor de nada.

Seus olhos lentamente se abrem. Ruídos de botas se aproximando, correndo pelas poças e pela neve. Ele pode ouvir seus estrondos no píer, o som se erguendo acima do assovio e do rugido do oceano à sua esquerda.

Eles têm armas, Murdock. Melhor você se preparar.

Mas ele não consegue. Não consegue sequer se mover.

Seus olhos se fecham novamente enquanto os passos se aproximam.

– Ele está aqui!

• • • •

Cozinha do Inferno.
Treze anos atrás.

– Ele está aqui!

Matt Murdock lança um largo sorriso para os dois policiais gordos vindo pelo beco em sua direção. Seus uniformes possuem enormes manchas escuras de suor, e eles se esforçam para conseguir respirar. Até mesmo Matt está suando, mas pelo menos ele tem uma desculpa: está usando uma velha máscara de esqui para esconder sua identidade.

Mesmo assim, faz uma nota mental para que, da próxima vez que tiver vontade de se mostrar na frente dos valentões da escola em uma tentativa de evitar ser espancado, o faça em um dia em que *não seja* um dos mais quentes do ano.

– Apenas... fique onde está, garoto! – grita um dos policiais. Matt acha que seu nome é Policial Leibowitz. Já o viu pela vizinhança. Seu parceiro parece mal conseguir falar, seu rosto está alarmantemente vermelho e ele arqueja enquanto se apoia em uma das paredes do beco. Matt torce para que o cara não sofra um ataque cardíaco. Provavelmente se encrencaria por isso também.

– Vamos lá – diz Leibowitz. – Só queremos o cassetete do Policial Mitch de volta. Não podemos sair quebrando cabeças de criminosos sem ele. Devolva, garoto.

Em resposta, Matt salta para cima de uma lixeira. Quase escorrega e cai dentro, mas consegue se equilibrar, segurando-se na escada de incêndio suspensa. Ele olha para dentro da lata. Vegetais podres, carne vencida, jornais molhados. Seringas. Algo que parece um gato morto. É. *Não* quer cair ali.

Apoia-se na escada e sobe até o primeiro nível.

– Eu vou atirar nele, Oswald – grita o Policial Mitch. – O pequeno verme não pode simplesmente roubar o cassetete de um policial!

Matt olha para baixo e vê o Policial Mitch colocando a mão sobre a arma. Arregala os olhos surpreso. Rapidamente, olha ao redor, procurando um jeito de escapar. O beco termina em um muro, mas talvez ele consiga pular para o outro lado...

Sobe até o próximo nível e, então, na grade, e salta até a parede dos fundos.

– Ele está indo para a 9ª Avenida! – grita Leibowitz.

Matt olha por sobre o ombro e vê Leibowitz correndo pelo beco na direção da Rua 51 Oeste. O Policial Mitch ainda está tentando pegar a arma. Ele não atiraria realmente em um menino, não é? Por roubar um pedaço estúpido de madeira?

Mas não quer ficar para descobrir. Salta do muro e pousa com leveza no asfalto – sem chance de o Policial Mitch segui-lo por ali.

Leibowitz, por outro lado... Assim que Matt sai do beco, vê o policial virando a esquina da 51ª com a 9ª, correndo.

– Pare! Parem aquele garoto!

Obviamente, Leibowitz é novo na cidade. Qualquer nova iorquino em sã consciência sabe que a melhor maneira de ser assassinado é tentando interferir nos problemas alheios. Matt pode ser um garoto de doze anos, mas ninguém mais sabe disso. Ele poderia ser um psicótico. Um assassino em série que fugiu de um orfanato. Sem chance de alguém querer detê-lo.

Matt vira e corre pela 9ª Avenida, desviando das pessoas que estão na rua desfrutando a tarde de verão. Os cheiros e visões atacam seus sentidos: cachorros-quentes, batatas fritas, hambúrgueres, gasolina. Algumas crianças arrancaram a tampa de um hidrante e brincam no chafariz de água. Uns adultos também aproveitam para se refrescar. Matt atravessa no meio da água, deixando que ela o refresque. Passa correndo por sedans e caminhões de entrega, ignorando os gritos mal-humorados dos motoristas que lentamente cozinham em seus carros. O sol brilha com força em seus olhos, refletindo os para-brisas e as vitrines. Ele mantém os olhos semicerrados, desvia de um grupo de adolescentes escutando uma música da qual Matt costumava gostar, mas que agora parece tocar exageradamente nas rádios.

Ele arrisca uma rápida olhada para trás. Leibowitz ainda está vindo. *Nada mal. Nota 10 pelo esforço, policial. Mas ainda não é páreo para mim.*

Matt acelera e atravessa o tráfego, chegando no lado com sombra da rua. Leibowitz tem de esperar um ônibus passar – e, nesse momento, Matt está virando na 50ª Oeste, ainda a toda velocidade. Ele entra em outro beco, que o leva para 49ª Oeste e...

... pode relaxar. Sem sinal de Leibowitz.

Está perto de casa agora. A salvo. Continua correndo, movendo-se pelo coração da Cozinha do Inferno. O trânsito não é tão maluco por ali e os carros que ele vê são mais velhos, mais acabados. As calçadas são rachadas e cheias de plantas. Um vapor que fede como uma mistura de cadáveres e lixo emerge das tampas de bueiro. Certa vez, Matt foi desafiado a colocar o rosto sobre uma dessas tampas e ficar ali por um minuto inteiro. Aguentou três, mas vomitou logo em seguida e se sentiu enjoado por todo o dia seguinte.

Matt olha ao redor para se certificar de que não há policiais por perto e, então, tira a máscara e a enfia no bolso, virando o rosto na direção da brisa. Ela está quente e pesada, mas ainda o refresca.

Ele sorri e se põe a correr novamente, passa voando pela escola e pela velha bodega que está ali desde que seu pai era garoto, passa pelo açougue onde os velhos mafiosos se encontravam para comprar seus cortes de carne e pela 44ª Oeste.

Ele conseguiu. Voltou para o ginásio com o cassetete de um policial. Venceu a aposta. De novo. Estava tendo problemas na escola com alguns dos garotos maiores, mas realmente precisava pensar em um novo método de se livrar das surras. As apostas estão ficando cada vez mais perigosas e mais malucas, e se ele *for* pego – não será, mas se for – seu pai terá algo a dizer sobre isso.

É fim de tarde de um domingo, então o ginásio está fechado, mas Matt tem seu jeito de entrar. Ele se esconde na parte detrás do edifício e empurra os antigos caixotes de frutas contra a parede e, então, os usa para subir até a janela do vestiário. A tranca não funciona, e ninguém nunca se deu ao trabalho de consertá-la. Não há nada em um ginásio que valha a pena roubar.

Ele empurra a janela para abri-la e sobe pelo parapeito, deslizando levemente para dentro da fria escuridão do vestiário. Precisa esconder o cassetete em algum lugar. Os outros vão querer ver se ele realmente conseguiu. Matt pensa por um segundo e, então, abre o armário mais próximo e tateia o fundo. A base é feita de madeira, e está solta. Ele a ergue, revelando uma cavidade onde pode esconder o cassetete.

Fecha bem a base e o armário e se levanta, sentindo-se muito bem consigo mesmo. Acabara de ganhar uns bons pontos. A notícia vai correr por aí, e talvez isso faça com que eles recuem.

Ou então vão vir para cima dele com mais força, querendo colocá-lo em seu lugar.

Matt considera essa possibilidade por um momento, mas dá de ombros. Não há nada que possa fazer sobre o assunto no momento. Ele se volta para a janela...

... e ouve alguém rindo.

Matt congela. Era para o ginásio estar vazio. Trancado.

Ele se move silenciosamente na direção da porta do vestiário e desliza para a passagem que leva até o ginásio. Está escuro ali. Não consegue ver nada. Ele passa a mão levemente pela tinta antiga, sentindo-a desmanchar sob seus dedos.

Escuta a risada novamente. Não gosta de como soa. Tem a cruel histeria de um valentão, do tipo que ele ouve na escola.

Matt para perto da porta que leva até o ginásio.

– Sabe... é o seguinte, Jackie. Não gosto quando as pessoas dizem não para mim. Especialmente quando sou legal com elas.

– Legal?!

Matt fica tenso, seu coração martelando com força no peito. Ele conhece aquela voz. *Pai.*

Matt espia o ginásio. A luz acima do ringue de boxe foi ligada, inundando o centro da sala com uma dura luminosidade branca, enquanto todo o resto permanece em tons de escuridão. Há três figuras no ringue. O pai de Matt está de joelhos, mantido ali pelo cara enorme usando camiseta branca. O cara é coberto de grossos pelos pretos encaracolados. Matt já o vira pela vizinhança. Dizem que trabalha para a máfia.

O terceiro homem está parado bem na frente de seu pai. Alto e magro. Cabelos grisalhos que brilham sob a luz toda vez que ele se move.

– Sim. Este sou eu sendo legal. Confie em mim. Você não quer me ver quando estou puto. Certo, Slade?

– Certo, patrão.

– Sabe, as pessoas me respeitam por aqui, Jackie. Gostam de me deixar feliz. – O homem alisa o cabelo para trás e franze a testa para seu pai. – Neste momento, você não está me deixando feliz.

O pai lentamente ergue o olhar para o homem e Matt, involuntariamente, recua um passo. Nunca vira seu pai desse jeito. Seus olhos estão cheios de... raiva. Fúria.

– Ninguém respeita você, Rigoletto – o pai ruge. – Eles temem você. Há uma diferença.

Rigoletto? Matt sente o medo crescer. Todos conhecem o nome Rigoletto. Ele é o cabeça da máfia da Cozinha do Inferno.

– E você não teme? – pergunta Rigoletto. – Quer saber? Não se dê ao trabalho de responder. Eu não ligo. Porque você está errado... Medo e respeito *são* a mesma coisa.

Rigoletto se agacha e segura o queixo do pai.

– Pense com cuidado, Murdock. Estou lhe oferecendo um emprego. Um *bom* emprego.

– Eu não quero trabalhar para você.

– Por que não?

Rigoletto olha para o enorme homem que está com a mão no ombro do pai.

– *Você* gosta de trabalhar para mim, certo?

– Certeza, patrão.

– Vê? Sou bom para meus funcionários. Lembra-se daquela vez que deixei vocês trabalharem na minha boate?

A tábua de músculos chamada Slade sorriu:

– É. Tinham garotas.

– É isso mesmo, Slade. Tinha um monte de garotas.

O pai de Matt tosse e cospe sangue na lona. O sangue espirra no sapato de Rigoletto. Ele franze a testa, tira um lenço do bolso de seu paletó e limpa o sangue. Em seguida, joga o lenço no ringue e se levanta.

– Fique esperto, Murdock. Estou tentando lhe fazer um favor.

– Não preciso de um favor. E não preciso de emprego. Já tenho um.

Rigoletto ri.

– Lutando Boxe? Como é que te chamam no cassino? O Demolidor? Com sua fantasia vermelha? Todas as donas de casa gritando por você. Gosta disso, Murdock? Acha que isso é jeito de ganhar a vida?

– Pelo menos é honesto.

Rigoletto suspira.

– Ouça. Todo esse falatório? Isso apenas atrasa as coisas. Nós dois sabemos que você vai acabar dizendo sim. A única coisa que deve se perguntar é quantas cicatrizes quer antes de chegar lá. Você *vai* trabalhar na vizinhança para mim. Cobrando os maus pagadores.

– Não.

– Sim. Ou...

– Não! Faça o seu pior! – o pai grita. – Não vou fazer o trabalho sujo de um mafioso.

– Eu não terminei, Murdock – Rigoletto aponta um dedo para ele.– Você precisa parar com isso. Interromper as pessoas quando estão falando. É um hábito terrível. Não é mesmo, Slade?

– Grosseiro.

– Isso mesmo. Grosseiro. É assim que vai ser, Jack: você cobra para mim o dinheiro de proteção que eles não pagaram – Rigoletto ergue a mão para desencorajar qualquer argumentação. – Senão as coisas vão ficar ruins para você... e para seu menino de olhos claros, seu pequeno Matt.

O pai nada diz depois disso. Ninguém diz. O homenzarrão, que se chama Slade, puxa o pai até seus pés e o joga no chão. Rigoletto pisa com força o rosto do pai de Matt.

– Aí está. Entende agora? É só questão de encontrar o ponto de pressão certo. Há uma lição para você aqui, Murdock. Talvez seja uma boa ideia para se lembrar quando estiver cobrando os devedores mais teimosos. Sempre encontre o ponto de pressão.

Os mafiosos vão embora. Matt observa o pai largado no chão do ringue, as costas apoiadas no poste do canto. Ele não se move. Fica assim até que Matt não consiga mais ver aquilo.

O menino desliza novamente pela janela e vai para casa.

Mas sua casa não parece mais tão segura.

E nunca mais parecerá.

2

DOZE ANOS ATRÁS

O lance a respeito de se fazer um trabalho que você odeia, pensa Jack Murdock, *é aprender a se dividir em duas pessoas. Uma vai para casa e a outra vai para o trabalho. E certifique-se de que uma não cruze o caminho da outra.*

– Do modo que vejo, Jackie...

Não me chame de Jackie, idiota.

– Do modo que vejo... – Slade faz uma pausa, levando uma coxinha de frango à boca. – O que eu estava dizendo?

Jack abre o vidro. O cheiro de frango frito o está deixando enjoado.

– Você está doido? Fecha isso aí. Estamos no meio do inverno. Você sabe que fico gripado fácil.

Jack fecha o vidro. Mas não por inteiro. Ele gosta da brisa noturna no rosto. O ar gelado o distrai, o mantém alerta.

– Murdock. Fecha o vidro!

Jack se vira no assento do motorista para encarar Slade. A veia da testa de Slade está visível. Destacando-se em sua pele oleosa.

Isso significa que vai ser uma noite ruim.

Ele fecha completamente o vidro.

– Assim é melhor. Respeite seus superiores. Faça o que te dizem, menino Jack.

Jack range os dentes e envolve firmemente com as mãos enluvadas o volante, imaginando-o sendo esmagado com o aperto e se despedaçando em suas mãos. E se imagina enfiando uma das lascas na garganta de Slade.

– Vamos, Jack. Esta noite vamos ver como a outra metade vive. Vamos fazer uma visita a um dos ricaços.

Jack arranca e entra no trânsito, sem pressa. Quanto mais tempo passar no carro, menos tempo passará fazendo o que odeia.

• • • •

Param para pegar outro par de mãos que os ajudará no trabalho, um jovem chamado Larks. Jack já o viu por aí – geralmente ao lado do cara careca que recentemente se juntou ao bando de Rigoletto como executor de baixo nível – e nunca gostou do jeito dele. Não *apenas* do jeito dele, embora fosse o suficiente para fazê-lo se arrepiar: a pele pálida esticada sobre um crânio proeminente demais; os cabelos loiros quase brancos e lisos; e os olhos azuis muito claros. É *tudo* nele. Ele simplesmente faz com que Jack pire. Quase nunca fala. Nunca sorri. Apenas o encara com aqueles olhos sem vida.

Chegam a casa um pouco depois das dez. Jack estaciona do outro lado da rua, dando-se conta de que seu velho Cadillac se destaca como... bem, como um Cadillac entre Audis, Porsches e Mercedes. Não é necessariamente discreto.

Slade abre o vidro e olha para a casa. Todas as janelas estão escuras.

– Então, qual é o serviço? – Jack pergunta.

Slade não responde. Ele saca uma pistola e puxa o ferrolho para trás, colocando uma bala no cano. Jack franze a testa. Isso é novidade. Geralmente, eles fazem essas coisas com tacos de beisebol e com os punhos. Mas armas?

Slade finalmente se vira e olha para ele.

– Um cara chamado Mitchell. Ele deu para trás em um acordo que fez com o Rigoletto. E agora os outros investidores estão com um pé atrás. Entende?

– Rigoletto quer fazer dele um exemplo?

Slade sorri, mostrando dentes que foram tão clareados que parecem de plástico.

– É isso aí, Jackie. Um exemplo. Está aprendendo. Já era hora. Já faz quase o quê... um ano? Há alguns guarda-costas no andar de baixo. Vamos lidar com eles antes.

Slade e Larks saem apressados do carro. Jack estica o braço e pega o taco de beisebol debaixo do banco. Ele não mexe com armas.

Escalam o alto portão e caem em um jardim imaculadamente bem cuidado. Slade pisa nos canteiros, esmagando com uma alegria descarada as flores precisamente colocadas – e até fazendo desvios para se certificar de que havia pisado em cada uma delas. *Idiota*, pensa Jack. Os policiais podem usar suas pegadas como evidência.

Não que haja muitos policiais que realmente ficariam contra Rigoletto.

Eles dão a volta até a parte detrás da casa. A porta detrás é bem sólida. Madeira grossa. Parece capaz de suportar um aríete da polícia. Slade se ajoelha e retira uma coleção de gazuas, desenrolando o pedaço de couro no chão. Ele escolhe dois pedaços finos de metal e começa a trabalhar, sussurrando alguma música, todo feliz.

Jack observa nervosamente. Os únicos momentos em que Slade parece feliz é quando está fazendo algum trabalho para Rigoletto. Quando ele se senta no ginásio – seu novo lugar favorito para matar tempo, onde ele fala dos dias em que costumava ser boxeador e como seria capaz de dar uma surra em Jack se fossem para o ringue juntos –, está sempre carrancudo e mal-humorado. É como se ele precisasse estar infringindo a lei para se sentir bem.

Jack dá uma olhada em Larks. Ele está sentando em um balanço infantil no meio do jardim, balançando-se lentamente para a frente e para trás, para a frente e para trás.

A fechadura deve ser muito boa, pois Slade para de cantarolar e começa a xingar. Leva cinco minutos para finalmente ouvir o doce estalo do sucesso.

Slade guarda novamente suas gazuas e abre a porta. Jack o segue, com Larks guardando a retaguarda.

Jack espera no recinto até que seus olhos se ajustem à escuridão. Uma longa mesa toma conta da maior parte do espaço – uma sala de jantar. Além da porta, há um longo corredor que se estende até a frente da casa.

– Guarda-costas – sussurra Slade.

Jack assente.

Eles seguem pelo corredor até um enorme hall de entrada, totalmente coberto de azulejos. Uma escadaria acarpetada leva ao segundo andar. Slade os guia pela direita, para longe das escadas. Atravessam uma sala de estar até um corredor estreito e, finalmente, até um minúsculo *lounge* que abriga duas poltronas, uma mesa e cadeiras, e uma enorme televisão. À frente do *lounge* segue outro corredor com duas portas de cada lado.

Slade aponta para Larks e, em seguida, para a porta da esquerda. Então aponta para Jack e para a porta da direita.

Jack aperta com força o cabo do taco, erguendo mais a arma. Suas mãos estão úmidas. Seu coração, acelerado, como sempre fica antes de um trabalho. Será que um dia se acostumaria com aquilo? Provavelmente, seria melhor se não se acostumasse.

A porta está entreaberta, um fino retângulo de ouro se derrama pelo assoalho e sobe pela parede oposta. Slade lentamente a empurra, abrindo só o suficiente para entrar. Jack o segue.

O guarda-costas dorme coberto por um cobertor grosso. Jack olha ao redor da sala, surpreso com os livros colocados em pilhas ao longo das paredes. Outro livro encontra-se de cabeça para baixo na cama. Uma luminária de mesa lança fachos de luz, que se espalham pelo corredor.

Jack dá um passo adiante, lê a lombada do livro na cama. *O Hobbit*. Jack não consegue conter um sorriso. Sua mãe costumava ler esse livro para ele quando era garoto. Era um de seus favoritos. Hoje em dia não tem tempo para livros, mas já o leu para Matty alguns anos atrás. Ele pareceu gostar.

O guarda-costas se mexe levemente, tirando de cima de si uma parte do cobertor. O livro desliza da cama e cai no chão com um estrondo.

Jack e Slade congelam. O guarda-costas grunhe e se mexe novamente. Jack ergue o taco, pronto para se defender. Mas o guarda-costas simplesmente se vira para o outro lado e começa a roncar.

– Acorde! – diz Slade bem alto.

Jack salta com o susto. O guarda-costas se senta ereto, olhando ao redor, assustado. Ele vê Slade parado ali, sorrindo, e Jack prostrado ao lado dele como um rebatedor pronto para mandar a bola para além dos muros. Então ele se move, tateando a cama – procurando por algo.

Uma arma. Jack vê seus dedos se curvando ao redor do cabo e reage instantaneamente. O taco atinge a cabeça do guarda-costas, fazendo um som oco de algo se rachando. O homem tomba para a frente e cai no chão.

– Boa rebatida – diz Slade.

Jack afasta o olhar do guarda inconsciente e se pergunta como Larks está se saindo com o outro.

Um segundo depois ele tem a resposta. Há um rugido de dor no outro quarto e, então, o som de mobília se partindo.

Slade e Jack vão depressa ao corredor. O segundo guarda-costas irrompe de seu quarto e tromba com Slade, fazendo-o voar contra a parede. Slade ergue a arma, mas se detém, dando-se conta de que o guarda sequer o viu... Está cambaleando pelo corredor, seguindo para a sala comunal.

Larks aparece na porta. Parece intrigado.

– Ele continua em pé – diz. – Acho isso... interessante.

Jack olha para o guarda, perguntando-se do que é que Larks está falando.

E então ele se dá conta.

Há uma faca cravada no olho do guarda.

– É uma lâmina de quatro polegadas – Larks diz calmamente. – *Tem que* ter entrado no cérebro dele.

Eles correm atrás do guarda ferido. Quando o alcançam, ele coloca uma mão trêmula sobre o cabo da faca e tenta retirá-la. O sangue borbulha em volta da lâmina. Ele geme e a solta. Larks se lança para a frente, esquiva-se para debaixo do braço do guarda-costas e dá um soco na faca, enfiando-a ainda mais.

O guarda tomba para trás com um grito e desaba por cima de uma cadeira, caindo de costas no chão. Larks ri e rapidamente desvia da cadeira e chuta o guarda na cabeça. O homem berra, atacando violentamente, mas Larks consegue fugir de suas mãos.

Jack observa tudo horrorizado, seu olhar alternando entre o guarda-costas no chão e Larks. *Ele está realmente curtindo tudo isso.*

Larks chuta novamente, dessa vez atingindo o outro olho do guarda. Jack ouve um som gelatinoso horrível, seguido por um longo e arrastado gemido de angústia. Larks se inclina para ver melhor.

– Você o ouviu estourar? – ele pergunta, olhando por sobre o ombro para eles.

Larks finalmente estende a mão e enfia mais a faca.

Os pés do guarda batucam no assoalho por alguns segundos antes de cessarem por completo.

Larks arranca a faca e a limpa na roupa do guarda-costas. Ele se ergue, e Jack dá uma boa olhada na lâmina. Parece velha. Enferrujada e curvada.

Larks se vira e se afasta calmamente. Jack olha para Slade. Até mesmo o grandalhão parece chocado.

• • • •

Eles sobem as escadas até o segundo andar. O patamar é acarpetado de preto ou vermelho – Jack não tem certeza, é difícil ver na penumbra.

Ele olha o corredor e conta dez quartos. Um deles pertence a Mitchell. Só precisam descobrir qual.

Jack começa pela porta que está bem na sua frente. Ele se abaixa, apoiando-se em um joelho, e espia pela fechadura. Nada. Apenas escuridão. Cuidadosamente, abre a porta e se vira para Slade.

– Tem uma lanterna? – sussurra.

Slade entrega a ele uma pequena lanterna, e ele a liga. Aponta para dentro, revelando um quarto de hóspedes vazio. Jack sai do quarto e vai até o próximo, abrindo cuidadosamente a porta. Há um cheiro estranho e azedo ali. Seus olhos notam o formato das estantes de livros repletas de tomos com capas de couro. Uma biblioteca.

Seguem para a próxima porta. Ele tenta a maçaneta.

Trancada.

Ele olha para Slade com as sobrancelhas arqueadas. Jack pensa que ele vai sacar suas gazuas novamente, mas, em vez disso, Slade simplesmente ergue o pé e chuta a porta.

Ela se despedaça nas dobradiças e abre.

Tiros irrompem de dentro do quarto, lampejos laranja atravessam a escuridão. Jack pula no chão. Larks e Slade o imitam, Slade atirando contra os lampejos laranja enquanto ele cai.

Ele continua disparando até ficar sem balas.

Clique, clique, clique.

Silêncio.

Jack ergue cuidadosamente a cabeça. Ele olha de soslaio para Slade, vê seu rosto pálido sob a luz da lanterna caída. Jack a pega e a aponta para dentro do quarto. Sangue por toda a cama. Uma figura esparramada de costas, a cabeça descansando no chão.

Os três caminham lentamente para dentro do quarto, olhando fixamente para a figura. As balas de Slade haviam atingido o cara no rosto e no pescoço.

Jack se afasta. Sai do quarto, inclina-se sobre a sacada e olha para a entrada do saguão lá embaixo.

Um minuto depois, Slade aparece ao seu lado. Ele bate com força no ombro de Jack.

– Mensagem entregue, acho. Não é?

– Não concordei com o assassinato.

– Você não cometeu assassinato – Slade diz alegremente. – Além do mais, foi autodefesa. Ele atirou antes.

Jack respira fundo, tremendo.

– Cadê o Larks?

– Ainda no quarto.

Eles se viram e olham. Slade aponta a lanterna para o quarto e eles veem Larks agachado, olhando atentamente para o cadáver, seu rosto a apenas um centímetro do rosto do defunto.

Esse cara vai ser encrenca, pensa Jack, e um arrepio percorre seu corpo.

Ao chegar em casa, Jack encontra Matt assistindo a uma luta de boxe na TV. Ele se mantém afastado, olhando fixamente para o filho – a animação em seu rosto, a excitação em seus olhos – e ele instantaneamente se lembra de Larks. De como seu rosto ganhou vida quando ele matou aquele guarda-costas.

A passos largos, Jack avança até a TV e a desliga.

– Pai! Eu estava assistindo!

Jack se agacha na frente de Matt. Pega suas mãos.

– Matty. Quero que você me prometa uma coisa.

Ele pode ver o olhar de preocupação no rosto de Matt. Tenta aliviar o tom de voz, tirar a preocupação e o medo de seu rosto, mas não consegue.

– Quero que me prometa que nunca resolverá seus problemas com os punhos.

– Pai...

– Não. Apenas... me ouve. – Ele toca a testa de Matt. – É aqui que está o poder. Você deve estudar. Deve se educar. Fazer algo da sua vida. Não seja como seu velho.

– Mas eu *quero* ser como você. Quero ser um lutador...

– Não! – A palavra explode da boca de Jack antes que ele possa medir o tom. Matt se encolhe.

– Garoto, você é melhor que eu – ele diz, gentilmente. – O mundo inteiro é seu. Contanto que você não use *isto* para resolver todos os seus problemas. – Ele coloca suas mãos enormes e cheias de cicatrizes sobre as mãos de Matt. – Entendeu?

– Acho que sim.

– Prometa.

– Hã?

– Diga. Prometa que não vai usar de violência para resolver seus problemas.

– Prometo.

Jack olha nos olhos de Matt, tentando ver se ele está sendo sincero.

– Eu prometo – Matt repete. Mais suave dessa vez.

Jack assente, tenta sorrir. Bagunça o cabelo de Matt e se levanta.

– E por que ainda está acordado?

– Estava esperando por você.

– Já estou aqui. Vamos lá. Levanta.

Ele espera até Matt desaparecer no quarto, vai até a cozinha, senta-se à velha mesa e enche um copo de uísque.

3

ONZE ANOS ATRÁS.

Matt corre até chegar em casa, um enorme sorriso fixado em seu rosto. Ele finalmente acabou com aquilo. Mostrou ao estúpido do Barkley quem é que manda.

Depois de anos de bullying, anos de surras no recreio, ele finalmente se levantou contra o gordo idiota. E não recuou.

Está sem fôlego quando chega ao lance de escadas que leva ao prédio de seu apartamento. Quer parar para se acalmar, mas já está tarde. O pai provavelmente já acordou, o que significa que vai começar com o uísque logo. Matt tem de contar a ele antes disso. Ele quer ver o orgulho em seu rosto. Quer que o sorriso seja verdadeiro, e não embriagado.

Sobe as escadas correndo. Irrompe pela porta.

– Pai! Pai!

Nada. Ele corre até o quarto do pai. As cortinas ainda estão fechadas.

– Pai!

– Pare de gritar! – geme Jack. – Você sabe que não gosto de barulho logo cedo.

– São três da tarde.

– Três? Merda.

Jack se arrasta para fora da cama, cambaleia e segura a cabeça, balançando no lugar enquanto tenta organizar os pensamentos. Ele chacoalha a cabeça e estende a mão para pegar suas roupas, os músculos inchados e tensos enquanto puxa uma calça jeans suja e uma camiseta.

Matt salta de um pé para o outro na porta.

– Pai! *Adivinha?!*

– Me dá um minuto, Matty.

Seu pai abre a cortina, deixando o sol da tarde invadir o quarto. Ele fecha os olhos e recua, afastando-se da luz.

– Maldito homem do tempo que disse que iria chover hoje.

– Choveu hoje de manhã. Pai, adivinha?!

– Que diabos aconteceu, Matt? Encontrou um novo livro para ler?

Matt franze a testa

– Não, pai. Lembra daquele menino, o Barkley? Ele tentou me dar um soco.

O pai se aproxima de Matt, franzindo a testa.

– Mas eu o derrubei – ele diz rapidamente. – Um soco. Ele simplesmente se sentou e ficou me olhando. Ficou com a maior cara de idiota. Foi tão legal, pai! Queria que você tivesse visto. – Matt havia imaginado a cena durante toda a volta para casa: seu pai vendo-o nocautear alguém com um soco. Ele imaginava o olhar orgulhoso no rosto do pai, sabendo que o filho era igual a ele.

– Você me prometeu, Matt – ele grunhiu.

A animação de Matt repentinamente desaparece. Seu pai vai até ele pisando firme, os punhos fechados, enquanto ganha velocidade.

– *Você me prometeu!* – ele grita.

Matt pisca. Leva um segundo para se dar conta de que está sentado no chão com as costas contra a porta.

Leva outro segundo para que a dor o atinja, de todo o lado esquerdo do seu rosto.

E outro segundo para se dar conta de que seu pai havia batido nele.

Matt olha para cima. O pai olha fixamente para ele, os olhos arregalados. Chocado. Com raiva. Respirando com dificuldade. Matt pensa por um segundo que vai apanhar de novo. E então o pai abaixa as mãos.

– Por que você me obrigou a fazer isso, Matty? Hã? – E dessa vez mais suave, repleto de dor: – Por que teve de quebrar as regras? Você *me prometeu*. Me prometeu que não usaria seus punhos...

Matt vê o momento em que o pai se dá conta do quão estúpidas são essas palavras vindo dele. O pai fecha a cara, hesita, e então se afasta, procurando por suas botas.

Matt se coloca em pé com dificuldade e sai correndo. Pela porta, descendo as escadas, o rosto latejando. Pelas ruas, sem parar. Até chegar ao rio Hudson.

Ele caminha pelos píeres até avistar um velho barco de pesca próximo à margem, com a proa voltada para ela. Trepa no topo, observando as gaivotas lutarem por uma carcaça de peixe a alguns metros de distância.

Por que você me obrigou a fazer isso, Matty? Por que teve de quebrar as regras?

Culpa dele.

Era culpa de Matt. Ele deixou o pai nervoso. Fez o pai atacá-lo. Porque ele não o ouviu. Ele quebrou as regras.

Com cuidado, Matt toca o rosto. Está inchando.

Isso está errado. O pai nunca havia erguido a mão para ele. Nunca.

Matt o obrigou a fazer isso. A culpa é toda dele.

Matt assiste ao sol se pôr e, enquanto as horas passam, sua mente trabalha furiosamente. Pensando. Preocupando-se. Tentando entender.

E ele finalmente toma uma decisão.

O pai está certo: deve haver regras. Deve haver leis. Esse é o único modo de o mundo fazer sentido. Regras servem para deter a dor. De agora em diante, ele vai fazer conforme o pai mandou. Vai ajudar o pai. Vai fazer tudo de acordo com as regras. Desse jeito não vai mais desapontar ninguém – nunca mais.

De agora em diante, será um bom filho. Não vai causar mais nenhum problema.

• • • •

Se antes eles o provocavam na escola, agora é o alvo número um. Sempre com o nariz enfiado em um livro. Sempre estudando.

Os outros garotos adoravam isso. Eles mexiam com ele, o chamavam pela janela enquanto andavam de bicicleta.

– Demolidor! Ei, Demolidor, não vai sair pra brincar?

Matt nunca tinha certeza se seu pai ouvia essas provocações. Ele nunca demonstrava, mas Matt imaginava que sim. Ele não podia deixar de ouvi-los chamando Matt pelo nome de palco de Jack, o nome que ele usa quando veste a fantasia vermelha de Halloween, com a cauda e os chifres.

São os piores dias. Quando o pai tem de lutar nos cassinos, fantasiado, e depois volta para casa e bebe até dormir, olhando fixamente para uma fotografia que guarda na carteira.

Nesses dias, Matt tenta se assegurar de que o pai coma algo. Ovos ou torradas. Algo para absorver o uísque. Mas nunca faz diferença. Sempre acaba do mesmo jeito, com Matt ajudando o pai a chegar à cama enquanto, na mesma respiração, murmura desculpas e cumprimentos.

– Você é um bom menino, Matty. Um bom menino. Lembre-se de não acabar como seu velho, está me ouvindo? Você é capaz de fazer melhor.

E então ele desmaiava na cama e roncava até chegar a hora de ir trabalhar novamente.

Quando tudo fica pesado demais para Matt, ele vai para seu lugar secreto.

Um lugar aonde pode ir para liberar todas as suas frustrações. Um lugar para soltar sua raiva, sua fúria.

O ginásio.

Onde ele pode fingir que os sacos de pancada são as crianças da escola. Onde pode xingá-las infinitas vezes bem alto, socá-las até que seus punhos fiquem vermelhos e em carne viva, até que sua voz fique rouca e a garganta machucada.

Às vezes, quando está no ginásio, sente que está sendo observado. Da primeira vez, achou que fosse seu pai. Que ele havia descoberto o hábito secreto de Matt de entrar escondido no ginásio fechado. Pensou que estivesse encrencado.

Matt chamava, mas ninguém respondia.

Talvez estivesse errado. Talvez não fosse nada.

Mas a sensação não desaparecia. Apenas crescia.

Olhos nele. Sondando. Julgando.

Esperando.

• • • •

Dez anos atrás.

Outro dia fugindo pelo portão dos fundos da escola para evitar Barkley e seus comparsas.

Matt está cansado disso. Todo dia é a mesma coisa: esperar nos corredores da escola até que seus torturadores passem. Esconder-se nas salas de aula, enquanto procuram por ele.

E agora é tarde demais para mudar isso. Ele havia mostrado quem era de verdade, pelo menos de acordo com a escola. Um covarde. Alguém que recua. Alguém que foge das lutas, que se esconde atrás de seus livros na biblioteca em vez de sair para o recreio.

Matt odeia isso. Porque sabe que poderia encher Barkley de porrada. Ele já havia feito isso antes.

Mas ele não pode fazer isso de novo com seu pai. Ele fez um voto, e dessa vez iria cumpri-lo. É melhor assim. Manter a cabeça abaixada. Estudar bastante. Tirar boas notas. Era a única coisa que parecia deixar o pai feliz. Todos os dias, não importa o quão exausto está, ele se senta com Matt à velha mesa da cozinha e pergunta o que ele aprendeu. Matt sabe que o pai não entende a maior parte. Principalmente de Matemática. Mas ele conta assim mesmo, porque vê o quanto isso faz o pai feliz.

Esse era o momento pai e filho deles. Alguns pais levam seus filhos para pescar. Ou para acampar. Matt e o pai revisam o dever de casa.

Um carro buzina quando passa pelo garoto. Ele é chamado de volta ao mundo real. Olha para o céu com os olhos semicerrados. O sol se esconde atrás do Empire State Building. Hora de ir para casa. Ele tem de limpar um pouco o apartamento antes de servir o jantar. O pai certamente não vai fazer isso, e Matt gosta que as coisas estejam limpas, no lugar certo.

Coloca a mochila em uma posição mais confortável e espera o sinal abrir. Algumas outras pessoas esperam com ele: um cara de terno, impaciente, saltando de um pé para o outro como se precisasse fazer xixi; uma mulher com um carrinho de bebê; umas moças de vinte e poucos anos usando terninhos elegantes. Ele pode sentir o perfume delas. É bom. Uma espécie de algo almiscarado com algum tipo de tempero.

Uma delas vê que ele está encarando e pisca para ele. Matt ruboriza e desvia o olhar...

... para ver um velho caminhando para a rua. Diretamente para o tráfego.

– Ei!

O velho continua andando. Matt se inclina para a rua e vê um caminhão amarelo acelerando na direção dele, rápido demais para parar. As outras faixas estão bloqueadas por causa do trânsito. Não há para onde o caminhão desviar.

Vai atropelar o velho.

Matt nem sequer pensa. Ele corre para o meio do trânsito. Ouve o barulho dos pneus freando atrás de si, o urro furioso de uma buzina. Ele continua correndo. O homem segue caminhando sem a menor preocupação. Qual é o problema dele? É surdo?

– Ei! Sai daí! – Matt grita enquanto corre.

Nada.

Matt olha para a direita.

E olha diretamente nos olhos arregalados do motorista vendo Matt e o velho pela primeira vez.

O motorista vira o volante. O caminhão desvia para a direita e atinge um ônibus. O horrível ruído de metal retorcido soa pelo ar. Os gritos dos pedestres. O guincho dos pneus. Matt não para. Ele alcança o velho e o empurra com força. O homem cambaleia alguns passos para trás e cai esparramado sobre a calçada.

Matt continua correndo, mas algo pesado atinge suas costas. Ele é lançado no ar. *É isso. Você está morto. Quem vai cuidar do seu pai agora?*, ele pensa.

E então ele cai, derrapando pelo asfalto. Sua cabeça bate com força e quica. Ele sente a pele de seus quadris, braços e pescoço se abrindo. Desliza pela rua e vê um tambor de metal saltando e girando de ponta a ponta, no mesmo ritmo que ele, enquanto Matt rola no chão.

O caminhão ficou em formato de "L", chocou a sua parte dianteira com a sua traseira, e espalhou sua carga pela rua. Os tambores caíram ao redor dele, alguns espalhando líquido cor de bile pelo ar. Um cheiro intenso atinge o fundo de sua garganta, fazendo com que seja difícil respirar. Ele ouve outra freada. Gritos. O impacto e o rangido de carros batendo uns contra os outros.

Ele finalmente para de rolar, estacionando frouxamente sobre o piche quente. Olha fixamente para a superfície cinza-escuro. Um pedaço de chiclete grudado no asfalto.

Mais sons de batidas e de algo rolando. Os tambores ainda se movem pela rua. Um deles pode esmagá-lo. Ele deveria se levantar, deveria procurar um lugar seguro. Dolorosamente, mexe a cabeça, tentando ver onde estão os tambores.

Um deles passa girando por ele. Vê o fluido grosso voando pelo ar. Perto demais. Ele tenta se esquivar, mas é tarde demais.

O líquido espirra em seus olhos.

Matt grita.

Uma dor instantânea e borbulhante irrompe. Carvões vermelhos em brasa triturando suas retinas. Arames farpados se esfregando em seus globos oculares. Uma navalha movendo rapidamente, fatiando, cortando seus olhos em tiras.

Ele agarra os olhos. A luz lentamente desvanece ao seu redor.

Das luzes brilhantes de uma tarde de verão para a dor vermelho-vivo, lampejante e rápida.

Da dor vermelho-vivo para pulsos púrpuras. No começo, rápido, e, então, cada vez mais lentos, mudando de púrpura para negro. Púrpura e negro.

E então somente a escuridão...

Então somente a dor.

• • • •

Um milhão de vozes gritam em seus ouvidos, e Matt pode ouvir cada uma delas. Guinchando, berrando, esgoelando. É como estar ao lado de um alto-falante com o volume no máximo. Nunca para. Mesmo quando ele dorme. Uma barragem de sons: carros, caminhões, pessoas. O rosnado de motocicletas, o estalo de pés nos pisos. Crianças brincando lá fora.

Pessoas sussurrando, pessoas falando – é tudo a mesma coisa para ele: tortura. Sons sem filtro, mais altos do que qualquer coisa que ele já vivenciou, ocupam todo o espaço de sua mente, expulsando qualquer pensamento racional. Uma confusão de vozes que ele não consegue separar. Como um milhão de demônios agarrando-o a cada segundo de sua vida.

E os cheiros. Eles os dominam, o inundam em asfixiantes ondas de saturação. Flores com aromas tão fortes que o fazem engasgar e tossir.

Um açougue a três quarteirões que joga sua carne velha e os ossos no beco todas as noites antes de fechar, um cheiro como o de mil cadáveres apodrecidos.

Até os perfumes e os desodorantes o soterram. Minutos antes dos médicos e das enfermeiras chegarem, ele consegue saber que estão vindo. Pode sentir o cheiro de suas presenças mesmo uma hora depois de partirem.

Os lençóis de algodão parecem lixas contra sua pele. As pontas de seus dedos formigam o tempo todo. Como se de alguma forma tivessem aumentado de tamanho, suas digitais agora estavam tão profundas e sensíveis que podiam identificar fios de cabelos, como os de uma loira de cinquenta anos, em uma escova. As batidas cardíacas são a trilha sonora para todos os momentos. Batidas surdas, se sobrepondo, rápidas, lentas, temerosas, excitadas. Um batuque constante e um baixo que nunca para.

Nada disso para.

Operam seus olhos. Tentam fazer raspagem, limpar, cortar seus globos oculares. Seringas são enfiadas em suas pupilas, sugando pus e sangue. Nada funciona. Depois de uma das cirurgias, Matt escuta um médico conversando. Ele diz que os terminais nervosos atrás dos olhos de Matt parecem com o toco de um braço mutilado que ele viu em uma vítima de acidente de carro.

Há semanas que está na cama, catatônico. Incapaz de fazer qualquer coisa com exceção de lutar contra seus sentidos, bloquear os estímulos que o estão enlouquecendo.

Ouve conversas que acontecem a ruas de distância. É como assistir a uma novela dos infernos a cada minuto de cada hora de cada dia. A garota da padaria da Rua 35 sempre fala sobre o namorado que bate nela. Uma secretária a cerca de cinco quarteirões de distância conta ao chefe que a esposa dele descobriu sobre eles. Uma criança a pelo menos um quilômetro de distância berra porque derrubou o sorvete.

Não consegue manter um pensamento racional. Todas as vezes que tenta, as vozes o abafam. Mil – não, um *milhão* – de maníacos balbuciando para ele, exigindo sua atenção.

Cobrir os ouvidos não adianta. Ele até tenta gritar para diminuir as vozes, mas também não funciona.

Eventualmente, dão-lhe algum tipo de droga como medicação. É a única coisa que ajuda. Faz com que ele apague e consiga descansar.

••••

Nos dias que se seguem, ele sente os visitantes através de uma névoa de medicamentos e dor. Pai. Uma enorme presença que ele consegue sentir ao lado da cama, quase como se ainda pudesse vê-lo. O cheiro de uísque e de medo. Raiva e arrependimento.

– Sinto muito, Matt. Sinto muito por tudo. Quando você sair daqui, tudo vai ser diferente. Vamos nos mudar. Sair desse buraco do inferno. Encontrar algum outro lugar... com árvores. E grama.

Uma mão, tocando a sua. O toque é um choque elétrico de dor. Ele reage instintivamente, e afasta a mão. Sente a dor que irradia de seu pai. Ondas de vergonha e culpa pulsam para fora. Será que ele sabe disso? Como pode sentir isso?

Ele não sabe. Ele simplesmente sente.

••••

Outro visitante. Este chega no momento em que os analgésicos estão surtindo efeito, os comprimidos o elevam gentilmente em uma onda suave de esquecimento. Uma mulher. Ele sente cheiro de sabonete e... jasmim. Um cheiro limpo.

– Sinto muito, Matt – diz a mulher. – Por tudo.

Ela pega sua mão, e dessa vez ele não a puxa. Dessa vez, o toque é suave. A mulher se inclina sobre ele e beija sua testa. Enquanto ela faz isso, algo frio toca seu queixo. Ele ergue o braço. Uma cruz de ouro.

E então ela se vai, deixando para trás um momento de calma, um momento em que as vozes retrocederam ao plano de fundo. Quase chora de gratidão. Um momento, um breve momento em que pode pensar, em que se lembra de quem ele é.

Isso significa... isso significa que as vozes, os cheiros, tudo... pode ser controlado. Mesmo que seja apenas por *um segundo*, o que é importante.

Isso significa que ele pode afastar tudo isso.

Ele se sente mais forte. Mais calmo. Ele vai controlar seus sentidos. Diminuir a intensidade deles. Eles não são forças externas capazes de destruí-lo. Eles são o que ele é agora.

São tudo o que restou dele.

••••

Não é fácil. Na verdade, é a coisa mais difícil que Matt já fez, e isso quase o deixa louco.

Primeiro, ele tinha de separar os sons: as vozes, os ruídos, os gritos, o tráfego, os passos dos ratos, o arrastar dos sapatos, o estalar dos talheres em milhares de casas. A cidade.

Ele tem de separar cada um e lentamente empurrá-los para o plano de fundo. Então, tem de erguer um muro, um limite para sua mente em que os pensamentos cotidianos possam operar sem o violento ataque interminável. Ele tem de aprender a colocar todas as sensações *atrás* desse muro.

Empurrá-las para cada vez mais longe. Construir um muro cada vez mais alto, até que tenha um espaço livre em sua mente. Um quarto abandonado onde ele possa operar.

Este é o primeiro passo. Recobrar o silêncio.

O próximo passo é fazer seus sentidos trabalharem para ele. Convidá-los a voltar para o quarto. Aprender a funcionar a partir desse espaço, atrair para ele o que ouve, e os gostos e cheiros que sente. Ele tenta trazer isso até si de maneira controlada, para se concentrar exatamente naquilo que quer.

Esta é a parte mais difícil. Todas as vezes que seus sentidos se manifestam além do muro, *tudo* vem rapidamente até ele em uma onda de sensações, derrubando o muro e forçando-o a começar tudo de novo.

Isto leva semanas. Semanas deitado naquela cama de hospital, seus olhos cheios de crostas, chorando lágrimas de pus e sangue.

Mas ele aprende. Aprende a domar seus sentidos, a fazê-los trabalhar *para* ele. Vê-se como um policial, sentando em uma sala de alta tecnologia com câmeras e microfones enviando informações de toda a cidade, enquanto ele agrupa os dados no quarto atrás do muro.

É a coisa mais difícil que ele já fez – mas, lentamente, recorda-se de como é ser Matt Murdock.

• • • •

Jack Murdock espera do lado de fora do quarto onde Matt está, enquanto os médicos examinam os olhos dele uma última vez antes de mandá-lo para casa. Ele está nervoso. Preocupado. Havia tentado arrumar o apartamento, tentando minimizar os riscos para Matt, mas sabe que irão se deparar com problemas.

– Jack Murdock?

Jack ergue o olhar, esperando ver o médico. Em vez disso, vê dois homens em ternos caros.

– Quem pergunta?

O homem que falou entrega a ele um cartão. Jack olha para ele. Um advogado.

– Ficamos sabendo que seu filho está indo para casa hoje.

– E o que é que tem?

– A corporação para a qual trabalhamos apenas gostaria de se certificar de que não haverá nenhum aborrecimento.

– Aborrecimento?

– Sim. Seu filho entrou de repente na rua, no meio do tráfego. Claramente a culpa foi dele.

Jack se levanta, dando-se conta de quem eles são.

– Vocês, charlatões, cegaram meu filho!

– Não, Sr. Murdock. Nós não o cegamos. E eu prefiro que não diga nada parecido com isso novamente. Nós levamos difamação muito a sério. Agora, podemos confiar em sua discrição? Por favor, diga sim para que as coisas se mantenham simples. E nós realmente não gostaríamos de tornar pública a sua relação com o Sr. Rigoletto.

Jack os encara com os olhos arregalados.

– Pense com muito cuidado antes de responder – diz o segundo advogado. – Afinal, quem cuidaria de seu filho se você estivesse na prisão?

••••

Matt ficou naquela cama por quase um mês antes de mandá-lo para casa. Não há nada que possam fazer por ele no momento, a não ser encaminhá-lo a um departamento local da Fundação Americana para Cegos. Dizem ao pai que Matt pode conversar com conselheiros lá. Que eles têm programas para ajudá-lo a se ajustar à perda da visão.

Matt não quer ir. Quando o pai toca no assunto pela primeira vez, o garoto se tranca no quarto e se enfia embaixo das cobertas. Ele não quer encarar aquilo. Ele *não vai* encarar aquilo.

Ir significa aceitação: admitir que sua vida será assim para sempre.

4

SEIS MESES DEPOIS.

Matt costumava se sentar ali no teto o tempo todo, observando o mundo passar na rua lá embaixo. Vendo as vidas das famílias no prédio do lado oposto. Ele gostava da sensação de pertencimento. De ver seus vizinhos, mesmo que eles não pudessem vê-lo. De fazer parte de uma vizinhança que o conhecia. Que conhecia seu pai.

Agora...

Agora é diferente.

Agora ele não era mais parte de nada. Ninguém o cumprimentava amigavelmente. Era sempre com pena, culpa. Tristeza.

Aquele pobre garoto. A vida dele acabou. Teria sido melhor se tivesse morrido.

Mas Matt não se sente desse jeito. Tudo que ele sentia era... confusão. Ele sempre pensou que estar cego era estar ausente de tudo. Era a escuridão, para todo o sempre.

Mas não é assim com Matt. Ele pode sentir profundidade e forma e, de algum modo, pode *sentir* o que está ao seu redor. Neste momento, por exemplo. O vento do inverno sacode e se enrola em volta do tronco de uma árvore na rua de baixo, ganhando contornos em sua mente. Ele pode... sentir... ver... a curvatura do tronco, a extensão dos galhos nus por conta do inverno.

Não é exatamente "ver". Essa é a palavra errada. Talvez sua memória simplesmente esteja preenchendo o que ele acha que poderia estar vendo?

É assim que funciona? O vento dá a ele as medidas. E sua imaginação dá a imagem.

Ele se levanta, o vento o atingindo. Arrasta os pés à frente até que a ponta de seu tênis esbarra na beirada do telhado. Ele ergue o rosto para o vento, inala a friagem, o cheiro de uma tempestade que se aproximava, sobreposto pelo aroma da comida sendo feita – carne, batatas fritas, pizza, cachorros-quentes.

Ele se inclina para a frente, pendendo para o nada. Passa pela sua cabeça que, se tem alguém lá embaixo vendo, pensaria que Matt está prestes a se suicidar.

Sorri diante desse pensamento. Não. Ele ainda está redescobrindo como viver.

O vento sobe rasteiro por seu rosto. Ele o segue até a rua, dando voltas nos carros parados ao longo da calçada. Ele "vê" as formas que o vento constrói enquanto chicoteia ao redor dos para-lamas e retrovisores, sobre os tetos e em volta dos pneus. Ele sabe que é capaz de andar em volta dos carros, pairar suas mãos a poucos centímetros do metal, sem tocá-los uma só vez.

Apesar de estar conseguindo se ajustar a uma vida sem visão, não significa que está feliz. Longe disso. Ele ainda acorda todo dia com uma profunda sensação de desespero no estômago, e o ginásio é a única coisa que expulsa esses sentimentos. Embora sempre demore horas. Ele não quer sentir a piedade vinda das outras pessoas. Não quer sentir os olhares, a velha balançada de cabeça. Ele entra escondido pela janela dos fundos de sempre. E não acende as luzes. Por que se incomodar?

Todas as noites, tenta treinar seus novos sentidos, tenta usar o que aprendeu e colocar em prática nas vigas de equilíbrio e nos sacos de pancadas.

Porém, não é a mesma coisa. Lá dentro, sem o vento – sem algo para colidir com os objetos – ele encontra mais dificuldade para medir distância, para saber de que direção vem o saco de pancadas, e, por isso, acaba com mais cortes e feridas do que nunca.

Mas ele volta. Noite após noite. Semana após semana. Socando. Tentando *forçar* seu corpo a ver novamente. Tentando, de alguma forma, fazer algo que ele costumava fazer. Tentando ignorar a deficiência.

E, todas as vezes que volta, acaba de cara no chão.

Nesta noite, quando Matt cai, ele se vira de costas e não se mexe. Está cansado disso. Cansado de tudo. Por que isso tinha de ter acontecido com ele? Por que não com qualquer outra pessoa que estava naquela rua? Por que nem mesmo com o velho? Por que tinha de ser com ele? Ele poderia *ter feito* algo de sua vida. Ele estava no caminho. Um advogado. Um juiz. Um policial. Qualquer coisa. Qualquer coisa que agradasse seu pai.

Agora? Agora ele não é nada.

Não pode sequer lutar boxe. A pior carreira possível que seu pai escolheria para ele, e nem isso ele pode fazer.

As lágrimas surgem. Ele as segurava desde o acidente. Controlando--as. Mas agora, sentado no velho e surrado tablado, sentindo o cheiro de serragem, suor e cigarros, ele deixa que elas venham.

– Deixe de sentir pena de si mesmo, garoto. É patético.

Matt congela. Ele limpa o nariz e vira a cabeça na direção da voz, tentando localizar sua fonte.

– Quem está aí?

– Levanta. – A voz é baixa, grave. – Você é tão surdo quanto é cego? Eu mandei levantar.

– Eu...

– Resposta errada.

Matt ouve o assobio do ar. E, então, algo atinge sua cabeça com força.

– Ai! Ei!

– Levanta.

– Que diabos...

– Resposta errada.

O assobio do ar. Outra pancada dolorosa, dessa vez contra seu rosto. Matt se arrasta para trás, chocando-se contra a parede.

– Levanta.

Matt vira a cabeça para a esquerda, depois para a direita, tentando seguir a voz. Ele respira fundo. O ar assobia.

As mãos de Matt se movem rápido, agarrando a vara antes que o atingisse uma terceira vez. Seu atormentador ri.

– Viu? Não foi tão difícil, foi?

A vara é arrancada da mão de Matt.

– Levanta.

Dessa vez não há aviso. A vara acerta seu rosto com tanta rapidez que Matt tem certeza de que ouviu o som do assobio chegar *depois* do golpe.

– Pare!

– Você pode fazer parar. Levanta.

Matt se levanta com dificuldade. Vira-se em um círculo lento.

– Você aprende devagar, garoto.

– Quem é você?

– Pergunta errada.

A vara assobia. Matt se encurva para trás, longe do alcance dela. Ele pensa cuidadosamente antes de falar novamente, imaginando como poderia fugir desse psicopata. Como poderia chamar a polícia.

Um pensamento lhe ocorre. Ele se vira para onde acha que seu atormentador está parado.

– Por que você está aqui?

Ele se prepara, apoiando-se na ponta dos pés. Pronto para se esquivar do alcance. Mas o golpe não vem

Ele fez a pergunta certa.

• • • •

Ele diz que seu nome é Stick – um nome que, Matt se dá conta, combina bastante com ele*. Eles saem do ginásio em direção às ruas frias. Matt sente uma onda de nervosismo. Ele não gosta de ficar ali fora. Não mais. Ainda é um campo minado de desastres para ele. Ele tem a bengala branca que o médico prescreveu, mas ainda não aperfeiçoou seu uso. Ele mexe a bengala rápido demais, mas ainda anda na mesma velocidade de antes, por isso, acaba tropeçando em caixas ou bicicletas presas nas grades.

Ele precisa se forçar a diminuir o passo. Andar como um velho. E ele odeia isso.

– Estive te observando, garoto – diz Stick, enquanto andam lentamente pela calçada.

– Por quê?

– Porque você é especial. Você tem alguma coisa. Alguma coisa que nós podemos usar.

– Quem é "nós"?

– Isso não lhe diz respeito.

---

* "Stick" pode ser traduzido como vara, vareta, bastão, bengala. (N.T.)

Matt bufa.

– De qualquer forma, não sou especial. Sou um ninguém.

– Ah? Você sabe bem disso, não é?

A voz dele é suave, mas Matt pode ouvir a tensão que há nela, como uma cobra prestes a atacar.

– Sou cego. Como posso ser especial?

– Acha que sua cegueira vai te deter? Você acha que os cegos não conseguem realizar nada?

– Não... É só que...

– Só que você sente pena de si mesmo. E eu não tenho tempo para autopiedade, garoto. Saia já dessa.

Matt sente a raiva crescendo dentro de si. Quem diabos esse cara pensa que é? O que ele sabe?

– Consigo sentir o calor emanar da sua pele – Stick diz suavemente. – E te aconselho a escolher com muito cuidado suas próximas palavras.

Sente o calor emanar? Matt para de andar.

– Você também é cego?

– Desde que nasci. Então sim, eu *sei* do que estou falando. E eu *sei* pelo que você está passando. Mas quer saber? Mesmo assim eu não ligo.

Andam em silêncio por um tempo, os ruídos da cidade chegando até eles, vindos de todos os lados.

– Para onde você está me levando? – Matt finalmente pergunta.

– Não estou te levando a lugar nenhum. Vou te mostrar algo.

– O quê?

– Você vai ver. Ou suponho que não, certo?

E então ele riu de novo, a risada seca, da qual ele sabia ser o motivo.

• • • •

Acabou sendo um velho porão em um prédio abandonado.

Matt para diante da entrada, Stick ao seu lado.

– Eu não vou entrar lá com você – Matt diz, naturalmente.

– Por que diabos não?

– Porque você pode ser um psicopata!

– Verdade.

– "Verdade"?

– Sim. Mas não significa que eu vou te machucar.

– Isso não me anima.

– Não é para te animar. Eu tenho um ginásio lá embaixo. Eu vou te treinar.

Matt franze a testa.

– Me treinar para fazer o quê?

– Para lutar. Para ser um guerreiro.

– Um *guerreiro*. Certo. E porque eu iria querer ser um guerreiro?

O rosto de Stick está, de repente, bem diante do dele. Matt pode sentir o cheiro de canela e laranjas.

– Você prefere continuar fugindo? Se escondendo?

– Nã... não.

– Você não é mais uma criança. Entende? Você deve treinar se quiser ter algum valor para mim.

– Algum valor para você? Eu não sei o que quer dizer com isso! Para o quê?

– Não posso dizer. Ainda não.

– Certo. Então deixa eu ver se entendi. Você, um estranho que tem me seguido, quer que eu, um garoto menor de idade, entre com você em um edifício abandonado? Onde você vai me treinar para ser um guerreiro místico?

– Eu não disse místico. Não há nada de místico em lutar.

– Tanto faz. A resposta é não.

– Não seja idiota.

– É sério. Não vou entrar ali com você.

Matt se prepara, pronto para o golpe na cabeça. Mas ele não vem. Em vez disso, ouve Stick suspirar.

– Olha, eu não tenho tempo para isso. Vou estar aqui. Volte quando estiver pronto para se desculpar.

– Me desculpar pelo quê?

– Desperdiçar meu tempo. Eu achei que você estava pronto. Obviamente não está.

• • • •

Matt consegue se manter afastado por uma semana. Todos os dias sente vontade de ir descobrir sobre o que Stick estava falando, mas ele se segura, não quer ceder com tanta facilidade.

Ele chega de tarde e empurra a porta quebrada.

Usa a bengala para verificar o local. Nada. Lixos e destroços foram retirados da passagem. Matt entra, sentindo uma umidade forte no ar. Ele consegue sentir o cheiro do bolor e do mofo e os esporos invisíveis entrando em seus pulmões. O quão destruído estaria este prédio?

– Vire para a esquerda e depois siga em frente! – Matt reconhece a voz de Stick, gritando de algum lugar do prédio.

Ele segue as instruções e se encontra no topo de uma escada, que leva ao que presume ser o porão. Move-se lentamente, sentindo os degraus com sua bengala, deslocando-a de um lado para o outro, do modo como ensinaram no hospital.

Tap. Tap. Um metro de largura.

Tap. Distância normal entre os degraus.

Ele desce, até lá embaixo.

– Orgulhoso de si mesmo? – pergunta Stick. – Você não precisa dessa bengala, sabe. Bem... ela é útil. Mas não para ficar andando. Ela é melhor como arma.

Matt não diz nada. Ele se dá conta de que Stick gosta de dizer coisas que fazem Matt querer perguntar o que significa. Bem, ele não vai dar essa satisfação a Stick.

– Não conseguiu ficar longe, né?

– Estava curioso.

– Aposto que estava. Mas, agora que está aqui, precisa escutar. Há algumas regras, ok? Se quisermos deixá-lo preparado a tempo, temos muito trabalho a fazer.

Novamente, Matt não pergunta do que o homem está falando. Ele acha que consegue sentir a decepção de Stick. Como se Matt estivesse estragando sua diversão.

– Você treinará aqui todas as horas que tiver livre. E, mesmo assim, eu não sei se vai adiantar. Você é indisciplinado. Autoindulgente. Emocional. E essas são três qualidades que eu realmente odeio nas pessoas. Mas vou arriscar com você, Matt.

– Por quê? – pergunta Matt agressivamente. – Por que vai arriscar comigo?

– Porque não tenho escolha. Preciso de toda a ajuda que eu conseguir.

• • • •

Semanas se passam e Stick ainda não conta a Matt o motivo de precisar dele. Eventualmente, ele para de perguntar. Não parece mais tão importante.

Ele sabe que parece loucura, mas é verdade. O tempo que passam no porão é inteiramente dedicado a isso. Ao treinamento.

– Não! – gritou Stick. – Você já me contou que consegue sentir o vento. Agora tem que sentir o ar.

– Não consigo *sentir* o ar! – Matt está suando. Frustrado. É a quinta vez que ele corre e bate de cara em um dos manequins de luta de Stick.

– Sempre existe ar, garoto. Como você respira?

– Quero dizer que ele não está se movendo!

– Ele não precisa se mover. Apenas pare. Se acalme.

Matt faz como foi instruído: ele acalma a respiração, respira fundo e devagar. Permite que seus sentidos entrem no quarto dentro de sua cabeça. Nem todos eles – só o suficiente para sentir algo... *a mais*.

A escuridão que o envolve se desloca lentamente, pulsando. Um pouco dela fica mais pesada, uma solidez negra que parece ganhar forma. Outras partes se tornam mais leves. Estranho, desenhos cinza-carvão se formam atrás de seus olhos.

– Espere – Stick diz suavemente. – Foque no ar. Sinta as correntes tocando tudo que há na sala.

Matt respira ainda mais devagar. Os desenhos em cinza e preto giram e se deformam. Ele consegue sentir o movimento sobre eles, um toque invisível, quase como ver no verão ondas de calor sobre o asfalto.

Os cinzas e pretos se tornam mais definidos conforme ele se concentra nessas ondas invisíveis, observando enquanto elas se modificam para linhas e formas.

E então elas se transformam ainda mais. Matt franze a testa, irritado. Não está funcionando.

E então...

As formas mudam, tornando-se mais precisas. Contornos e penhascos aparecem. Morros e vales. Quase como se ele estivesse olhando do alto para uma cadeia de montanhas lá.

A imagem evolui novamente e um círculo se abre. Um lago na paisagem?

Não.

A percepção de Matt se aprofunda. Como se ele estivesse vendo uma dessas figuras que pode ser tanto uma velha quanto uma moça. Os picos e vales mudam em sua mente, e ele se dá conta de que está olhando para o rosto de Stick. O círculo se abrindo é a boca de Stick quando ele começa a falar.

– Você entendeu? – ele diz suavemente. – O ar está sempre aí. Você só precisa vê-lo.

Matt olha ao redor, maravilhado. Mas o movimento destrói o feitiço. Sua calma concentração se estraçalha em milhares de pedaços e ele está de volta à escuridão distorcida.

– Pratique, garoto – diz Stick. – Vai ficar mais fácil.

••••

Meses se passam. O porão se torna a segunda casa de Matt. Aonde ele vai para fugir.

Para ter esperança.

Ele ouve. Testa o ar, procurando os sons na lista em sua mente.

A tensão seca do categute.

O estalar da madeira sendo forçada a dobrar além de sua curvatura natural.

– Você está segurando um arco – diz Matt. – O que dois caras cegos vão fazer com um arco?

– Isso.

Matt ouve o categute se esticar. Em seguida, um assobio e um estampido alto.

Matt aguarda.

– E então? – diz Stick.

– E então o quê? Você disparou a flecha. E pelo que sei ela pode até estar grudada no teto.

– Não dê uma de espertinho. Você sabe exatamente em qual direção ela foi.

Matt vai até a parede. Ele tateia ao redor da área onde ele sabe que a flecha atingiu. Há um alvo ali com uma pequena depressão no meio. A flecha está enfiada exatamente no meio.

Ele a arranca e toca a ponta. Morna. Significa que não foi colocada ali antes. Não que ele esperasse que Stick fosse enganá-lo, mas nunca se sabe.

– Sua vez – diz Stick.

Matt pega o arco e flecha. É mais leve do que esperava – e mais difícil de controlar. Ele puxa a corda do arco, sentindo seus músculos tremerem enquanto tenta segurar firme.

– Não é o suficiente. – Stick bate em seu ombro. Matt tenta puxar a corda ainda mais para trás. Os músculos de seu ombro reclamam.

– Agora segure.

– Por quê? – pergunta por entre os dentes apertados.

– Porque você primeiro precisa aprender a controlar. Você *sempre* precisa aprender primeiro a ter controle. De qualquer coisa. Lembre-se disso, garoto.

Matt aguenta firme. Seus músculos berram. O suor encharca sua testa.

– Por quanto tempo?

Nenhuma resposta.

Então, depois de mais um minuto inteiro.

– Agora.

Matt solta, com um suspiro de alívio. O cordão dolorosamente raspa a parte de dentro de seu antebraço, esfolando a pele. A flecha atinge a parede e ricocheteia, atravessando uma janela.

– Nada bom. Vá de novo.

– Estou sangrando!

– Não me importo. Vá de novo.

Matt tenta ignorar a dor. Ele pega a próxima flecha e repete a manobra, esperando Stick dizer a ele que solte. Dessa vez a flecha não atravessa a janela – mas também não chega nem perto do alvo.

– Nada bom. De novo.

De novo. E de novo. E de novo. Até que Matt mal consiga levantar os braços. Seu corpo está ensopado de suor, o sal arde em seu antebraço. Ele erra o alvo todas as vezes. E, cada vez que tenta, ele parece conseguir puxar a corda cada vez mais e mais.

– Você está lutando contra eles – diz Stick.

– Lutando contra o quê? – Matt pisca o suor para longe de seus olhos.

– Contra o arco. Contra a flecha. Você está tentando controlar eles.

– O que mais deveria fazer?

– Você deve se tornar um só com o arco. Com a flecha.

Matt libera a tensão na corda e abaixa o arco.

– Eu não entendo...

Matt escuta o assobio do ar e desvia, mas não é rápido o suficiente. A vara o atinge no ombro.

– Eu mandei parar?

– Eu...

– Eu mandei parar?

Matt suspira, puxa a corda novamente e ergue o arco.

– Sempre haverá alguém mais rápido que você, alguém com a mira melhor. A flecha tem que sair *de* você. A espada tem que *ser* o seu braço. Não deve haver diferenças entre seus punhos, seus pés, seus nunchakus, sua katana, que seja. Se você se sente separado de sua arma, você vai morrer.

Morrer? De que diabos ele está falando?

– Hã... você não está me treinando para ser uma espécie de mestre do crime, está?

Stick coloca a mão sobre seu ombro.

– Não, garoto.

– Que alívio.

– Se eu fosse fazer isso, eu escolheria alguém muito mais esperto do que você. Agora, chega de falar. Vá de novo.

Matt aumenta a tensão na corda. Respira fundo, recua até o quarto seguro em sua mente. Dessa vez ele bloqueia tudo, com exceção de si mesmo, do arco e do alvo. Concentra-se completamente neles, respirando lentamente, até que nada mais exista.

Sente a tensão em seu ombro, em seus bíceps, em seus pulsos doloridos e nos dedos trêmulos. Sente a flecha, das rêmiges à ponta. Puxa a flecha para dentro de seu ser até se tornar parte dele. Então ele estende seus sentidos até o alvo, atraindo-o para si, sentindo as linhas invisíveis de consciência que ligam a flecha até a madeira.

E solta.

Tanc.

– Consegui! – Matt baixa o arco, ignorando a dor que queima em suas costas e pescoço. – Eu consegui! Acertei na mosca?

– Não.

Matt esvazia de decepção. Afinal, depois de tudo, ele esperava ter conseguido atingir o centro.

– Mas você atingiu a madeira. É um começo. Agora, faça de novo.

– Mas...

– De novo!

••••

As estações passam. Meses ficam para trás de Matt em uma neblina de exaustão e euforia. Ele se sente como um mágico. Seus sentidos são poderes que ele pode usar, poderes que fazem dele algo... *mais*. Algo *melhor*.

As noites são as melhores. Quando acorda horas antes do amanhecer e sai pela janela da escada de incêndio, onde Stick sempre está esperando.

Eles sobem ao teto e cruzam a cidade, não veem a vida abaixo deles e não se importam com ela. A escuridão os envolve, esconde a dança deles por sobre os telhados, onde a distância entre os edifícios é um desafio e a altura, algo a ser ignorado. Nessas noites, a única coisa que importa para Matt é o vento em seu rosto, os tremulantes tons de cinza que delineiam as formas.

Isso é viver.

5

OITO ANOS ATRÁS.

A maior parte das pessoas se contenta em passar pela vida feito sonâmbula. Ele olha ao redor todos os dias e vê seus rostos, seus traços são um borrão de desespero e tristeza. Um bando de ninguéns. Pessoas que apenas... ficam à deriva pela vida que o bom Deus deu a elas. Nem sequer olham. Nem sequer vivem. Apenas deslizam de um dia para o outro, ignorantes do mundo ao redor delas.

Atravessam a mesma rotina todos os dias: acordam. Vão para um emprego de merda. Voltam para casa. Utilizam-se de drogas para aliviar a dor. Repetem tudo mais uma vez, com leves variações, dependendo de suas personalidades. Talvez façam uma parada ao final do dia para tomar alguma bebida. Talvez vão para aquele encontro com a secretária na hora do almoço. Tanto faz. Mas tudo acaba da mesma maneira: deitados na cama, desejando que o sono venha, e percebendo, com uma sensação estranguladora, que amanhã será exatamente a mesma coisa – de que isso é a vida.

E o pior é que *aceitam* isso. *Sabem* que estão vendo suas vidas sendo drenadas, como a água pelo ralo do banheiro. Mas são covardes. Eles não *fazem* nada a respeito. Eles... *continuam*.

Eles se acomodam.

Isso o deixa doente.

Mas ali há um homem que está mais acordado do que qualquer um que Larks já conheceu. Um homem cujos olhos estão bem abertos para o mundo, bem abertos para as possibilidades ao seu redor.

Wilson Fisk.

Assim que Larks conheceu Fisk, instantaneamente soube que aquele era o homem para quem entregaria toda sua lealdade. Que aquele era o homem que faria o nome de Larks significar alguma coisa.

Larks acredita nisso com a mesma crença que uma dona de casa de Louisiana tem de que os curandeiros ambulantes, com suas grandes tendas e shows de Jesus, irão curar sua asma.

Larks acha que Fisk seria, de verdade, um curandeiro muito bom. Ele tem o carisma. A presença. Ele tem aquela vibração bíblica antiga. Aquela que diz "*Não brinque comigo, filho. Se brincar, vou jogar todos os tipos de fogo do inferno sobre sua cabeça*".

Larks semicerra os olhos diante do sol do fim da tarde. Um escuro laranja-avermelhado, parcialmente coberto por alinhadas nuvens vermelhas carregadas, que se acumulam no céu. Ele acha que este é o dia mais quente que tiveram este ano, mas hoje ele não se importa. Curte a sensação do calor em seu rosto, enquanto ele e Fisk andam pela vizinhança para coletarem o dinheiro de proteção para um dos tenentes de Rigoletto, um homem chamado Al Spilotro.

Spilotro, nascido e criado na Cozinha do Inferno, toma conta do seu território com a obsessão doentia de um marido ciumento, e o fato de ter escolhido Fisk para cuidar do dinheiro significa que ele vê algo em Fisk. Do mesmo jeito que Larks vê.

Ele e Fisk viram na Rua 31 Oeste. Eles têm apenas uma loja ali, um açougue gerenciado por um casal. O Sr. e a Sra. Brennan. Eles não deveriam ter nenhuma loja ali, visto que está fora da Cozinha do Inferno e é, tecnicamente, território da Tríade. Mas o açougueiro não estava contente com a proteção da Tríade. Principalmente porque Fisk e Larks passaram um período de vários meses vandalizando as lojas ao longo daquela rua por essa exata razão. Os Brennans mudaram para a proteção de Spilotro e, então, o milagre dos milagres aconteceu, todos os seus problemas acabaram. É apenas uma questão de tempo até que os Brennans espalhem a notícia aos seus colegas da rua, e a 31 Oeste se torne território de Rigoletto.

Devagar se vai ao longe, como Fisk sempre diz. Aumentando sua influência, aumentando sua reputação – mas nunca desafiando diretamente a Tríade.

A rua está lotada, todos estão aproveitando o dia de verão. Velhos jogando dominó. Algumas crianças correndo umas atrás das outras, indo e vindo pela rua, desviando dos carros que buzinam. Passam por um bar que colocou suas mesas do lado de fora, os clientes bebendo suas cervejas e uísques na calçada.

O proprietário do bar – um homem careca e corpulento chamado Joe Fielding – faz uma pausa no ato de recolher os copos vazios.

– Boa tarde, Sr. Fisk – ele diz respeitosamente. As pessoas por ali são sempre educadas com Fisk. Mesmo que não paguem proteção para a máfia, eles sabem para quem ele trabalha.

Fisk para de andar. Larks para alguns passos atrás, atento ao arredor.

– Joe – diz Fisk –, como estão as coisas?

Joe olha em volta para se certificar de que ninguém está ouvindo.

– Não tão boas. O bar foi roubado de novo algumas noites atrás.

Larks observa Fisk fingindo surpresa.

– Sinto muito por ouvir isso.

Joe assente.

– Me limparam completamente – ele diz, com um tom infeliz.

– E os seus amigos?

Seus amigos. *A Tríade*.

– Nada. Eles nem têm aparecido por aqui.

Fisk balança a cabeça.

– Você não receberia esse tipo de tratamento de mim, Joe. Eu sou daqui. Eu cuido do meu pessoal.

E é por isso que Spilotro escolheu Fisk, para começo de conversa. Ele queria alguém que conhecesse a área. Que tinha as ruas da Cozinha em seu sangue.

– Você está indo ver os Brennans? – pergunta Joe.

– Estou. – Fisk sorri, todo charme. – É hora de nossa conversinha semanal.

– Então não vou te segurar. – Joe hesita, e então se aproxima de Fisk. – O que você acha *de a gente* ter uma conversinha semanal? Talvez você possa passar aqui para tomar algo? Por conta da casa, é claro.

– Consideraria uma honra – diz Fisk. – Podemos conversar sobre esses roubos que você está sofrendo.

Joe sorri, aliviado.

– Ótimo. Te vejo em breve, Sr. Fisk. Se cuida.

– E você também, Joe. Você também.

Fisk continua caminhando e Larks o segue de perto. Mais um que quer a proteção de Rigoletto. Em breve a rua será deles. Depois disso... bem, uma longa e cuidadosa olhada nas docas pode ser a próxima coisa a se fazer. A Tríade não vai ceder controle das docas sem uma briga e Rigoletto poderia ser contra isso – poderia não querer chatear o inimigo. Mas Fisk?

Ele pouco se importa. Ele tem planos, Larks sabe. Grandes planos.

E Larks estará com ele por todo o caminho.

6

SETE ANOS ATRÁS.

A pior coisa da esperança é... bem, a própria esperança, pensa Jack. Ela é uma amante traiçoeira. Espera até que você abaixe sua guarda, que pense que as coisas talvez estejam dando certo... e então ela ataca. E, quanto mais as coisas *parecem* ir bem, mais forte é o medo que se constrói ao fundo, porque você sabe – você simplesmente tem a maldita *certeza* – que algo está para acontecer. Algo grande.

Agora, por exemplo. Jack está se sentindo muito bem com a vida – e essa sensação é desconfortável, considerando tudo que já aconteceu, porque antes disso ele nunca tinha experimentado a felicidade. Ele tem apenas... se segurado. Sobrevivido.

Mas... Matt está indo bem. Diabos, Matt está indo *muito bem*. Aquele garoto simplesmente o impressiona mais e mais a cada dia. Se tivesse sido Jack a ficar cego – e não passa um dia sequer sem que deseje que isso *tivesse* acontecido –, ele não sabe o que teria feito. Mas Matt... Matt parece estar *mais forte* depois do acidente. Às vezes Jack acha que o garoto pode ver melhor do que ele.

E ele está constantemente estudando, algo que coloca um sorriso no rosto de Jack todas as vezes que vê Matt passando os dedos sobre aqueles livros de braile que custam uma fortuna. No entanto, é dinheiro bem gasto. O garoto é inteligente e Jack sabe que é Matt quem vai pegar o nome dos Murdock e fazer algo bom com ele. Porque Jack tem a maldita certeza de que não vai deixar para trás nenhum legado que valha a pena.

Jack Murdock? Não, nem faço ideia. O quê? Um boxeador? Ele ganhou? Hã? Ele usava a fantasia vermelha com chifres? Sim. Agora eu lembro. Demolidor, certo? Não sabia o nome verdadeiro dele.

Mas talvez agora tudo isso tenha ficado para trás. Rigoletto não o fazia vestir a roupa há meses e Jack estava participando de lutas *reais*. Eram lutas difíceis, claro. Contra oponentes mais jovens. (Não é todo mundo mais jovem que você hoje em dia, menino Jack?) Mas ele tem vencido. Seis seguidas. E a próxima luta é grande: no complexo poliesportivo Madison Square Garden.

Uma chance de provar que ele ainda é bom.

Rigoletto há meses não tem pedido para que Jack faça as rondas de coleta com Slade. Talvez tenha encontrado um novo capanga. Alguém que goste mais daquilo.

A velha chama está voltando. O orgulho.

A esperança.

• • • •

De manhã bem cedo, Jack corre no Central Park, observando as mães que empurram carrinhos de bebê pelas poças de água. Pessoas com cães. Casais de idosos fazendo a caminhada matinal. Ele gosta dessa hora do dia. Não é tão cedo para estar escuro, mas é cedo o bastante para que o peso do dia que está por vir ainda não tenha acabado com o humor e com a felicidade de todos.

É um breve interlúdio, quando todos podem fingir que são felizes e normais, e que a vida pode ser promissora.

Jack costumava sentir a mesma coisa. Mas, ultimamente, ele conseguia carregar essa sensação por todo o dia, conseguia ignorar todo o lixo que a Cozinha do Inferno atirava sobre ele.

Ele corre pelo caminho. Seus pulmões estão queimando, mas é uma queimação limpa. Faz com que se sinta bem. Choveu durante a noite. Tudo está úmido e cinzento. O cheiro de terra molhada está suspenso no ar, um cheiro que ele ama porque é muito raro. As cores se destacam, profundas e exuberantes. Os troncos das árvores, a grama, o caminho de concreto, a própria terra. Escura e pesada. Purificada.

Quinze quilômetros por dia: é o mínimo, se você quer ser um boxeador. Na TV, eles sempre mostram boxeadores levantando peso, passando o tempo todo na academia. Mas isso é simplesmente idiota – faz você ficar musculoso demais. Você precisa de poder. Velocidade. Correr. Pular. Arrastar pneus. Esse é o melhor treinamento para um boxeador. Sem muita aparelhagem, mas dá conta do serviço.

Na beira do parque, ele para em um bebedouro e mata a sede. Levanta-se, olha ao redor...

E vê um carro diminuindo a velocidade ao se aproximar dele. Seu estômago afunda.

Rigoletto.

A janela se abre.

– Você está exigindo muito de si mesmo, Murdock. Você não é mais um jovenzinho.

Seja educado, Jack pensa – talvez não seja nada.

– Preciso continuar treinando, Sr. Rigoletto. Especialmente se eu quiser manter minha sequência de vitórias.

Rigoletto lança um olhar confuso para ele. E rapidamente se transforma em um olhar de divertimento.

– Murdock... você não acha mesmo que esteve *ganhando* aquelas lutas, não é?

Jack franze a testa. É sua vez de ficar confuso.

– Quantas vezes você foi atingido na cabeça? Estava tudo armado. Aquelas seis vitórias? Eu as armei.

Jack balança a cabeça.

– Não. Eu venci aqueles garotos.

– Murdock. Eu armei tudo para que você fosse o favorito do mês. Todos vão apostar em você na luta do Garden.

– E eu *vou* vencer.

A voz de Rigoletto fica fria.

– Não. Não vai.

A realidade o atinge.

– Sr. Rigoletto, não. Eu...

– Lembre-se das ameaças de sempre, Murdock. – Rigoletto sorri. – Como está seu filho esses dias? Lidando com a nova vida?

Encaram-se.

– Caia no quarto round. Por favor, faça o máximo para ser convincente. Você precisa ser convincente. Faça isso, e vou lhe pagar um extra pelo trabalho.

O vidro se fecha, e o carro parte. Jack o observa se afastando. Fica ali parado por um bom tempo depois que ele desaparece.

Ele se dá conta de que está tremendo de raiva. Teve que usar todo seu autocontrole para não se enfiar dentro do carro e quebrar o pescoço de Rigoletto.

Ele estava indo para casa antes de Rigoletto o encontrar. Agora ele volta para o parque e corre por mais duas horas, tentando queimar a fúria que borbulha dentro dele.

Não adianta.

• • • •

Matt está em casa quando Jack chega, as roupas encharcadas de suor. Os músculos trêmulos de fadiga. Matt está sentado na pequena mesa da cozinha, passando os dedos sobre um livro.

– Oi – diz Matt.

– E aí? Vou tomar banho.

Matt para e vira o rosto na direção de Jack.

– Está tudo bem?

Jack hesita. Não adianta mentir. O garoto consegue captar esse tipo de coisa agora. Só Deus sabe como.

– Nervoso. Luta importante amanhã.

Matt sorri.

– Você está em boa forma, velho. Vai ganhar.

Jack não diz nada. Ele segue direto para o banheiro e fecha a porta, encostando-se na tinta descascada. Liga a água quente, espera o vapor inundar o banheiro. E então entra na banheira e fica parado embaixo do velho chuveiro, enquanto a água escalda sua pele até deixá-la vermelha.

À mesa do jantar naquela noite, Jack olha fixamente para o filho. Passaram-se três anos desde o acidente. Três anos desde o dia em que ele achou que tinha perdido Matt. Ainda consegue se lembrar, mais claramente do que qualquer outra coisa: o sentimento de mais profundo desamparo. De ter falhado. De raiva do mundo.

E nas semanas seguintes, assistindo a Matt berrando naquela cama de hospital, só ficando em paz quando o enchiam de medicamentos. E, mesmo assim, ele murmurava e se debatia durante o sono, gritando que tudo estava alto demais. Suplicando ao pai para que ele fizesse todos pararem de falar.

– O que você está olhando? – Matt pergunta.

Jack sorri com o canto da boca e balança a cabeça.

– Nada. Eu estava olhando pela janela.

– Não, não estava – declara com certeza. Sem dúvida alguma. Jack já ouviu dizer que, quando você perde um de seus sentidos, em resposta, os outros se desenvolvem mais. Mas não desse jeito, certo? Isso não parece natural.

– Você realmente acha que posso ganhar?

– Claro! Você está em sua melhor forma. Você vai limpar o chão com ele.

Caia no quarto round, Murdock. Faça parecer convincente.

– Você não está preocupado, está? – pergunta Matt.

Jack força um sorriso.

– Eu? Não. Moleza.

Engole a água e levanta para encher o copo de novo na pia.

– Está ansioso para a faculdade de Direito?

Mude de assunto. Não o deixa saber o que está acontecendo.

– Claro.

– Qual é? Você vai se dar bem, garoto. Vai aprender como se faz essas regras que você é tão bom em seguir. Abrir as asas, ou seja lá como dizem.

– É. Abrir as asas.

Agora é a vez de Jack sentir que algo está acontecendo. O que é muito bom para ele, pois sabe que não é uma das pessoas mais perceptivas do mundo. Ossos do ofício – muitos golpes na cabeça. Ele se senta novamente.

– O que foi?

– Nada.

– Matt...

Matt suspira.

– Se eu for embora, quem vai cuidar de você?

– Quem...

Jack olha fixamente para o filho com espanto e começa a rir.

Matt se irrita.

– Qual é a graça?

Jack ergue as mãos no ar, um gesto de quem se rende.

– Nada. É só que... ah, Matt. Você é um bom garoto, você sabe disso, não é? Eu vou ficar bem. Você não precisa se preocupar comigo.

Mesmo enquanto diz isso, lembra-se de todas as noites em que acabou com uma garrafa de uísque, ouvindo os Stones e agarrado a uma foto de Mary. As noites em que Matt o ajudou a ir para a cama. As vezes que Matt costurou suas feridas, enfaixou suas costelas. Fez as compras quando Jack estava com muita ressaca e não conseguiu fazer por si mesmo.

Deus, ele pensa. *Eu tenho sido um pai terrível.*

Jack ergue a mão, hesita, e então a pousa levemente sobre a do filho. Matt, surpreso, se enrijece e quase afasta a mão. Jack nunca foi de abraços e coisas do tipo. Outro erro.

– Pense em você agora, entendeu? Eu vou ficar bem. Você sempre esteve aqui por mim, Matt. Mas agora é a sua vez. Sua vez de encontrar um sentido na vida. Longe desse... buraco do inferno.

Ele aperta a mão de Matt e, então, a afasta.

Matt não diz nada.

• • • •

Madison Square Garden.

A multidão sempre fez Jack se sentir vivo. É sua droga. O que lhe dá forças.

Esta noite, ele precisa disso.

Seu oponente é bom. Rápido. Mais rápido que Jack.

Mas Jack sabe ser golpeado. Esse é seu segredo. Ele deixa o garoto o atingir. Uma. Duas. Três vezes. E então ele o golpeia com um "swing". Ou lhe dá um soco rápido. Ou atinge o garoto com um gancho curto. Surpreendendo-o.

Jack pode ver que o garoto não esperava esse tipo de luta – está em seus olhos. Jack quase pode ouvir seus pensamentos. *Quem diabos esse velho pensa que é? Ele... tem o quê? Mais de cinquenta? E acha que pode comigo?*

Mas esse olhar muda depois de alguns rounds, depois que o sangue começa a fluir. Ele se transforma em... respeito. Talvez um pouco de medo? Mas há uma arrogância, também. Um sorrisinho que aparece conforme os minutos passam. Como se ele soubesse de algo.

E talvez saiba. Talvez saiba que Jack deve cair. Talvez Rigoletto esteja armando para que o garoto seja o substituto de Jack. Porque, vamos encarar a verdade, depois de hoje, a carreira de Jack acabou. Os rumores vão começar. Sussurros nas ruas. Slade. Larks. Fisk. Todos vão começar a falar. E vai se espalhar o boato de que Jack entregou a luta.

Ele vai perder todo o respeito que ganhou. É a única coisa que as pessoas sabem a respeito de Jack Murdock: ele é um lutador honesto. Ele nunca aceitou cair. Nunca entregou uma luta. É confiável.

É por isso que Rigoletto armou para ele, para começo de conversa.

Jack volta a se concentrar na luta. O som de carne das luvas de couro atingindo a pele. As palmas e os insultos da plateia. Os lampejos brancos dos flashes em seus olhos. Os bastardos não podem tirar fotos, mas sempre tiram. O gosto metálico de sangue em sua boca. O suor caindo em seus olhos. Um corte em seu supercílio, grudando seu olho. Ele o abre com força. Tenta soltar o sangue seco. Não funciona.

Luta. Esquiva. Abaixa.

O protetor bucal do garoto é rosa choque. O que é isso? Isso distrai. Não olhe para ela.

Um golpe. Conecta-se com as costelas. O garoto se contorce para o lado, para longe do adversário. Usa o cotovelo, atinge Jack na lateral. Com força.

Jack tem certeza de que ouviu um estalo. Ele tem certeza *absoluta* de que sentiu um lampejo de dor pontuda, aguda. Ele realmente torce para que seu pulmão não tenha sido perfurado.

O garoto usa a distração de Jack. Atinge um soco em sua cabeça.

Jack fica realmente impressionado. As luzes brancas lampejam em sua vista. Ele se dá conta de que está olhando para o chão, olhando fixamente para o suor e sangue na lona. Como ele chegou até ali? É apenas o terceiro round.

Precisa se levantar.

A contagem começou.

Quatro...

Cinco...

De joelhos. *Levante-se, velho. Não deixe que vejam sua fraqueza.*

Seis...

Abaixa um braço. Ajeita-se.

Sete...

Fica de pé. A plateia aplaude. Um olhar surpreso do garoto. Não esperava que ele se levantasse depois daquilo.

O juiz segura seus pulsos.

– Você está bem?

Jack assente.

– Você está bem? – repete o juiz.

– Estou bem! – Jack grita.

O juiz assente e solta seus pulsos. Jack não espera. Ele volta com tudo para a luta, acertando o garoto no rosto. Dando uma lição por ter usado os cotovelos. O garoto cambaleia e cai contra as cordas. Jack continua, esquecendo-se do que ele supostamente deveria fazer. Ele apenas vê o medo nos olhos de seu oponente e reage a ele. Ataca.

O sino toca: fim do round.

Jack se força a parar – e vê o alívio no rosto do garoto.

Volta para seu canto. Para seu banco.

Slade está ali, parado casualmente perto das cordas, enquanto o treinador de Jack limpa o sangue e espalha vaselina em seu olho.

– O Sr. Rigoletto quer que eu o lembre de cair no próximo round.

Jack não responde.

– Murdock.

Jack vira a cabeça. Slade olha para ele de um jeito engraçado.

– Lembre-se do seu menino. Eu o vi na plateia. Você não quer que nada aconteça com ele.

Isso surpreende Jack.

– Matt está aqui?

Slade faz um sinal com a cabeça por cima do ombro. Jack se levanta e o avista instantaneamente. Uma ilha de calma no furor da sede de sangue e da gritaria bêbada. O que ele está fazendo ali? Ele nem consegue ver a luta.

– Acho que ele quer apoiar seu velho. – Slade faz uma pausa, um sorriso surge como uma rachadura em seu rosto. – Pelo menos ele não vai ver quando você cair bruscamente. Tudo tem seu lado bom.

O sino toca.

Jack se levanta. A multidão se coloca de pé, rugindo, gritando como selvagens – com exceção de Matt. Ele ainda está sentado, segurando sua bengala branca contra os joelhos. Os óculos escuros refletindo os holofotes.

Esperando.

Ouvindo.

– Essa é para você, Matt.

A cabeça de Matt se moveu um pouco? Como se ele ouvisse as palavras? Não. Impossível. Não há como ele ouvir em meio a toda essa gritaria.

Mas Matt lentamente se levanta e se volta na direção do pai.

Um breve momento de calma enquanto Jack encara Matt, mais orgulhoso daquele menino do que qualquer coisa que tenha feito durante toda sua vida. E, então, o oponente vem em sua direção. Agora sorrindo, para que Jack saiba que ele sabe. Ele acha que esse é o round que vai ganhar.

Jack sorri de volta.

E acerta o garoto com tudo. Toda a raiva que vem acumulando durante os anos. Toda a frustração de ter de trabalhar para Rigoletto. Toda a dor de perder Mary. Tudo. Tudo em um único soco.

O gancho atinge o garoto com tanta força, que ele sai voando.

Jack recua, abaixando as mãos.

O garoto atinge a lona como um boneco. Ele morde a língua quando atinge o chão e o sangue espirra para todo o lado. Sua cabeça quica no chão.

O juiz está de joelhos. Contando.

Um...

Dois...

Três...

Quatro...

Cinco...

Seis...

Sete...

Oito...

Nove...

Dez...

Acabou. O juiz está de pé, vindo na direção de Jack. Ele ergue seus braços. O vencedor.

A multidão vai à loucura. Jack tenta encontrar Matt novamente na plateia, mas a loucura é muita. Muita gente no caminho.

Jack olha para seu canto. Vê Slade ali, olhando para ele com... pena? E então Slade se perde na multidão. Jack sabe que ele vai ver Rigoletto.

O negócio é que Jack sequer está assustado. Ele fez o que tinha que fazer. Provou a si mesmo – e a Matt – que ele ainda era bom. Que o velho podia ser um perdedor, mas não desistia.

Jack se virou e passou por entre as cordas, devagar. Sem demonstrar medo. Eles estariam observando. Tudo dava a sensação de ser hiper-real: as cores fortes demais, os sons estranhamente altos e claros. Ele podia sentir o cheiro da pipoca, dos cachorros-quentes e do suor.

As pessoas dão tapinhas em suas costas, enquanto ele cruza o chão de borracha. Alguns querem apertar sua mão. Outros gritam raivosamente contra ele.

Ele ignorou a todos. Ele não tinha muito tempo.

• • • •

Jack não tinha planejado ignorar Rigoletto. Se tivesse, com certeza teria bolado algum plano. Uma mala pronta, passagens de avião. Um carro alugado. Algo que estivesse esperando por ele lá fora. Teria mandado Matt para longe.

Ou poderia nem sequer ter aparecido para a luta. Ele e Matt poderiam ter saído de Nova York. A cidade onde havia morado por toda sua vida.

Mas para onde iria? Não conhecia nenhum outro lugar. E Matt? Sempre fugindo? Não.

Não. Ele planejava fazer o que lhe haviam dito. Como ele sempre fazia. Ser um bom garoto. Obedecer ao bom chefe da máfia. Fazer o que lhe mandavam.

Mas, quando viu Matt na multidão, algo mudou.

Não podia fazer aquilo. Não podia decepcionar Matt. Ele acreditava em seu pai. Nenhum pai poderia ignorar isso.

Não importa o quanto isso fosse lhe custar.

Jack deixa a arena por uma porta lateral que dava em um beco. Está chovendo, as luzes da rua deixando as gotas brancas. Poças oleosas no asfalto refletem as luzes de freio de cada carro que passava na entrada do beco.

Um som: sapatos pisando no chão. O barulho de algo atingindo uma poça.

Jack para. Ele suspira, coloca as mãos nos bolsos. Rigoletto agiu mais depressa do que ele havia previsto.

Ele não se vira.

– Acabe logo com isso, então.

Eles vêm para cima dele com canos de ferro e punhos. Slade, McHale, Gillian, Angelo e Marcello. Ele não se dá ao trabalho de tentar se defender. Não adianta. Ele se dá conta disso agora. Ele não vai fugir disso. Assinou seu atestado de óbito naquele ringue.

Os punhos caem sobre ele. O cano acerta com um estalo, quebrando seu pulso. Ele grunhe de dor. Ele não lhes dará nada mais do que isso. O cano cai de novo, sobre seu tornozelo. Ele pensa que é Gillian que está com o cano. Outro estalo. Ossos estilhaçam. Slade – pesado, forte – vem até ele com os punhos erguidos.

O nariz se quebra. Os olhos se fecham, inchados. Ele está encostado a uma lixeira. E os golpes ainda chegam. Ele não sente mais dor – flutua acima disso, sua mente se retira para algum tipo de casulo de autopreservação. Mas ele pode ouvir os golpes úmidos. Ainda sente os golpes o atingindo.

Ainda não se arrepende do que fez.

No entanto, se arrepende de ter de deixar Matt por conta própria. Mas está feliz pela conversa que tiveram na última noite. Ele vai ficar bem. O garoto vai ficar bem.

E então a surra para. Jack se força a abrir um dos olhos e vê seus quatro agressores recuarem na chuva, saindo da luz. Sombras da morte voltando para o inferno.

Outra figura caminha lentamente na direção dele. Os sapatos batendo no asfalto molhado.

Jack nunca havia notado como o modo de Rigoletto se vestir é antiquado. O terno. O sobretudo e o chapéu. Como se ele vivesse nos anos 1950.

Ele é da velha guarda. O último de uma espécie em extinção.

Ainda assim, é um idiota.

Jack começa a rir, uma risada quebrada, engasgada de sangue que espirra por entre os dentes estraçalhados e pelos lábios rompidos.

Rigoletto para a alguns metros de distância. Incerto. E então caminha novamente, até que a luz acima de Jack lentamente ilumine seu rosto.

Ele está franzindo a testa.

– Por que diabos você está rindo disso, Murdock? Ficou louco?

Jack continua rindo, mas a risada se torna uma tosse sangrenta. Ele se contorce e engasga, conseguindo finalmente expelir o sangue que há em seus pulmões. É realmente isso. Ele está acabado.

Ah, bem. Teve uma boa vida. Nem todo mundo pode dizer isso.

Sente a dor derretendo e sorri para Rigoletto, o sorriso de um jovem. Ele consegue mover dois de seus dedos. A dor volta brevemente à vida, enquanto ele força os ossos quebrados a tomarem a forma de uma pistola e dispara contra Rigoletto.

Rigoletto o encara, abre seu paletó e retira uma .44.

– Você é um F.D.P. idiota, Murdock, sabia disso?

Rigoletto força a arma na boca de Jack. Jack sente gosto de óleo. E o frio contra sua língua.

Quando o fim chega, é um alívio.

7

SETE ANOS ATRÁS.

É Matt quem tem de identificar o corpo do pai. Não há mais ninguém que possa fazer isso. Matt é a única família que Jack teve.

No começo, ele pensa que tudo foi um erro. Não há como o cadáver sobre a mesa de aço naquela sala gelada ser de Jack "Batalhador" Murdock. Não pode ser. Ele estica a mão para tocar no rosto do pai, mas o legista o impede colocando a mão sobre seu ombro.

– Melhor não, filho – ele diz, gentilmente. – Estamos... falando de trauma por disparo de arma de fogo.

Matt engole as lágrimas. Ele respira profundamente, trêmulo, e segura com força os cantos da mesa de aço, seus dedos ficando brancos.

No fim, ele tem de identificar o pai por uma de suas tatuagens. Aquela quase apagada em seu braço. Matt pode sentir a tinta na pele gelada do pai, ele traça o formato com a ponta dos dedos. Jack contou a Matt que fez a tatuagem no último dia de escola. Ele e a mãe de Matt. Cada um fez a metade de um coração. Ele riu quando contou aquilo para Matt. *Piegas pra caramba*, ele disse, olhando para a tatuagem. *Mas éramos jovens. E naquele momento era a coisa mais romântica que qualquer um de nós já havia feito.*

• • • •

Naquela noite, Matt voltou ao Madison Square Garden.

Você sabia. Você sabia que algo podia acontecer, ele pensa.

Foi por isso toda aquela conversa. Sobre Matt cuidar de si mesmo. Sair de Nova York. Abrir suas asas. Seu pai sabia.

Matt fica parado na entrada do beco. Pode ouvir algo se movendo rapidamente: a fita que isola a cena do crime, já rasgada e jogada na lixeira, esvoaçando ao vento frio.

Ele segue em frente, sua bengala tocando o caminho adiante. Não que ele precise dela, mas ele sempre gosta de estar com ela caso alguém esteja olhando. Evita perguntas.

Ele reconhece o ponto instantaneamente. Pode sentir o fraco cheiro de ozônio do sangue do pai. Ele para bem em frente à mancha escura e respira fundo, sentindo o cheiro de cachorro-quente vindo da rua. Pizza e curry. Cordeiro vindo do restaurante grego a alguns quarteirões de distância. Cerveja, vinho... vermelho e branco, seco e suave. Ele pode sentir o cheiro de tudo isso.

Empurra tudo para o seu plano de fundo e se concentra nas imediações. Os odores no beco revelam uma imagem dos eventos recentes. Os policiais com seus sapatos de couro. O legista fedendo a alvejante e limpadores industriais extrafortes.

Matt gira devagar em um círculo. Seu pai é fácil de identificar. Ele reconheceria sua fragrância em qualquer lugar: talco, uísque, o cheiro decente de suor de quem trabalhou duro. Tristeza. Ele ainda não sabe *como* consegue sentir o cheiro da tristeza. Simplesmente consegue.

E, acima de tudo isso, havia o cheiro do sangue.

E mais. Um toque de pólvora. Óleo para armas. Brilhantina de cabelo. Loção pós-barba cara. Anéis de ouro.

Já havia sentido esse cheiro antes. Rigoletto.

Havia outros, também.

Slade. Todas as vezes que Matt encontrou Slade, notou o fedor de alho e camarão, sua comida predileta. Matt podia sentir esse aroma no beco agora.

E mais.

McHale. (Aquele pós-barba Old Spice antigo, forte e pungente, que falha em esconder seu cecê terminal, o suor impregnado em todas as suas roupas. Não importa quantas vezes ele as lave, não consegue se livrar do fedor.)

Gillian. (Comida asiática. Macarrão. Frango agridoce. Todos os almoços, sem nenhuma falha.)

Angelo. (Pós-barba de marca. Cremes faciais caros.)

Marcello. Um italiano pequeno com um enorme nariz. Sempre fungando, como se tivesse uma gripe permanente. (Remédios homeopáticos. Gengibre, três raízes e casca. Chá verde, cascas de psyllium para ajudar com sua SII.)

Seis homens. Seis homens contra um.

Matt tem total certeza do que aconteceu ali. Rigoletto queria que Jack entregasse a luta. Jack decidiu que não iria fazer isso – e pagou o preço. Rigoletto deve ter perdido uma fortuna para tomar uma atitude tão extrema.

Depois dessa noite, o dinheiro vai ser a menor das preocupações de Rigoletto.

• • • •

Já é meia-noite. Matt não vê razão em esperar nem um pouco mais.

Todas as lições durante todos aqueles anos... ele sempre soube que Stick o estava treinando para algo, e é, Matt sente, para isto: para punir aqueles que fazem coisas erradas.

Matt se enfia na velha jaqueta de motoqueiro de seu pai. É vermelho-escura, quase preta. Então ele encontra uma velha touca balaclava no fundo da gaveta e a coloca, sente a lã arranhando a pele. Em seguida, calça jeans e tênis. E, finalmente, seu velho taco de beisebol, escondido no fundo do armário.

Ele sobe até o telhado. Ali é o lugar em que se sente mais confortável hoje em dia. Onde pode ficar sozinho, onde não tem de se preocupar em fingir. Onde ninguém pode vê-lo.

Isso é importante. Se ele for avistado, haverá perguntas. *Ele* ainda não consegue explicar o que pode fazer. Como diabos alguém entenderia?

Não é difícil captar o primeiro cheiro. Old Spice e frango agridoce não são uma combinação que muita gente por aí carrega consigo. Gillian e McHale. Parecem estar sempre juntos, como uma dupla desses velhos policiais da TV. O mesmo gosto para roupas, também: ternos amassados, marcas de comida cobrindo suas camisas.

Matt os rastreia até um bar na Rua 41 Oeste, se empoleira no telhado oposto e espera. Pode ouvi-los lá dentro. Rindo e contando piadas sujas. Bebendo jarras de cerveja e shots de uísque.

– Viu os olhos dele, cara? – McHale. Forte sotaque do Bronx. – O jeito que ficou vermelho?

– Ruptura – diz Gillian.

– Hã?

– O termo correto é "ruptura". Quando todos os vasos sanguíneos estouram. Acho que foi a biqueira de Slade. Ele tem aquelas pontas de metal estilo caubói em suas botas.

Estão falando sobre seu pai. Matt agarra a beirada do prédio, o concreto duro sob seus dedos.

– Qual é a dele? – pergunta McHale. – O cara é italiano – ele pronuncia *itaianu*. – Pra que ele *ana* por aí *usano* essas coisas?

– O cara ama caubóis. O que se pode fazer?

– É esquisito.

– Por quê? Que diferença faz para você?

– Nenhuma. Mas aquelas gravatas... Você viu a da noite passada? Uma dessas coisas de couro com uma fivela em cima. Deviam ser banidas.

– Desde quando você é um conhecedor de moda?

– Não sou. Só tenho bom gosto, sabe? Bom gosto não custa nada.

Um arroto alto.

– Certo. Está pronto?

– Ainda estou bebendo.

– Traga com você. Quero me juntar ao Angelo no Magic Box. Ouvi dizer que há carne nova no pedaço. Direto da Checoslováquia.

– Ah é? Onde fica isso?

– Sei lá. Rússia?

Eles cambaleiam para fora do bar, os pés raspando na calçada. Trôpegos pela rua, passando uma garrafa de uísque de um para o outro.

Matt os acompanha por cima dos telhados. Espera uma oportunidade – e, finalmente, vê um beco estreito mais à frente. As ruas estão bem tranquilas ali. Ninguém para testemunhar. Perfeito.

Ele ganha velocidade, correndo pelos telhados, desviando de chaminés de metal, que soltam o vapor gorduroso das lanchonetes fast-food, e saídas de ar-condicionado, barulhentas, gemendo, como se estivessem vivas. Ele salta sobre um espaço entre os prédios, sente o vazio passando sob os pés, e pousa com facilidade – quase uma pausa, continua correndo. Veloz, leve. Calmo. Da maneira como Stick ensinou.

Ele agarra a escada de incêndio, desliza para baixo dela, salta sobre a sacada e se joga dos últimos cinco metros até o chão.

Ergue o taco, vai em direção à boca do beco.

– Tudo o que eu disse foi – McHale diz, enquanto se aproximam. – Eu disse a ela, você não enfie seus dedos na manteiga de amendoim. Não é higiênico.

– O que ela disse?

– Disse que era apenas um pote de manteiga de amendoim e que ela, se quisesse, usava o dedo. Eu a expulsei. Falei para nunca mais voltar.

– Ei! – Matt chama. – Vocês são os dois desgraçados que mataram Jack Murdock?

Uma pausa.

– Que diabos? – murmura Gillian.

– Quem está aí? – grita McHale.

– Não importa – diz Gillian. – Seja lá quem for, vai morrer.

Matt escuta o *clique* de um canivete. Ele abre um sorriso soturno.

Eles se aproximam devagar, sentindo o caminho adiante.

– Está escuro – sussurra Gillian. – Não consigo ver nada.

– Significa que ele também não pode ver – murmura McHale.

– Certo – Matt sussurra... de trás deles.

McHale gira. O taco de Matt se ergue e o acerta entre as pernas. O gorducho se curva com um grito. O taco se ergue de novo, atingindo-o na garganta. Ele cai automaticamente, com dificuldade para respirar. Uma extensão do braço de Matt, o taco gira para a direita, descrevendo um círculo. Atinge Gillian duas vezes.

Ouve-se o estalo de um nariz quebrando. Dentes destroçados caem ao chão. Um rugido de raiva, o assobio do vento assim que o canivete se aproxima.

Matt ergue o taco e, então, o lança para baixo.

O ruído do pulso se partindo. Um grito choramingado.

Gillian cai de joelhos.

O tinido do metal no chão quando a lâmina cai.

Matt poderia matá-los. Ele o faria bem rápido, teria sua vingança.

Mas ele não o faz.

Matt Murdock toma o tempo que julga necessário.

Eles suplicam por misericórdia – enquanto ainda conseguem falar.

Matt não para. Ele pensa em seu pai, naquele necrotério, e solta o taco, e continua o serviço com as próprias mãos – exatamente como seu velho pai, usando os movimentos que Jack lhe ensinou quando era um garoto, antes de avisar Matt para largar o boxe.

Mesmo depois que eles desmaiam, ele continua. A raiva e a fúria sendo liberadas a cada golpe molhado do seu punho na pele ensanguentada. Cada gemido, cada mudança de seus corpos inconscientes sob seus punhos, faz com que ele queira machucá-los ainda mais.

No fim, ele *ainda* quer matá-los.

Mas consegue se afastar do precipício. Quase consegue ver seu velho parado ali, balançando a cabeça.

Eu disse para você usar a cabeça, garoto. Chama isso de usar a cabeça?

Estou fazendo isso por você, pai.

Vinte minutos depois de ter atraído os capangas para o beco, Matt Murdock agarra seu taco, agora tingido de vermelho, e sobe novamente para os telhados.

Dois já foram. Faltam quatro.

• • • •

Ele sabe onde Slade vai estar: no ginásio.

Matt entra escondido da maneira habitual, dando a volta por trás e entrando pelo vestiário. Lá dentro ele para. Pode ouvir Slade batendo no saco de pancadas – mas também ouve alguma outra coisa. Um som estridente, com um leve eco. Ele repassa o som em sua mente e lhe vem a fonte. Sente o cheiro. Gengibre. Chá verde.

Marcello. Limpando as unhas com uma faca.

Matt anda suave e silenciosamente pelo vestiário e entra na passagem que leva ao ginásio. Ele se recorda de anos atrás, quando ouviu seu pai sendo forçado a trabalhar para Rigoletto. Aquela noite deu início ao caminho de seu velho para a morte. Aquela foi a noite em que ele *realmente* morreu. Jack apenas não sabia disso ainda.

Matt imagina que Slade será diferente de McHale e Gillian. Slade acha que é um boxeador. Então ele ouve a voz de Stick em sua cabeça. *Não subestime seu oponente*. Slade *era* um boxeador. Não profissional, mas ele é grande – tem muito peso por trás dele.

Então Matt equilibra o jogo: desliga o interruptor de luz na entrada do ginásio.

– Ei, Slade? O que aconteceu, cara?

A voz de Slade vem do ringue.

– O que diabos você acha que aconteceu? Caiu a energia.

– Não. Olha. Tem luz lá fora.

– Então é o fusível. Vá olhar.

– Eu não vou lá embaixo!

– Não seja frouxo. Vá olhar!

– Vai *você* olhar.

Matt atravessa o assoalho de madeira, evitando as placas que estalam. Ergue o taco de beisebol, pausa para ouvir a respiração – e então golpeia.

Marcello cai. Matt não tem certeza se gosta do som que o homem faz quando cai. Ele o atingiu com força – talvez com força demais.

– Marcello? Que diabos foi isso?

Cordas se esticando e estalando enquanto Slade sai do ringue.

– Marcello? Isso não é engraçado, cara. O que foi esse barulho?

Matt espera enquanto Slade se aproxima. Enquanto seu corpo enorme atravessa o ar, correntes se formam ao seu redor, dando formato a ele na penumbra cinza da mente de Matt. Ele tem um pouco mais de dois metros de altura e é coberto por pelos grossos e encaracolados. Como um lobisomem na forma humana.

Slade caminha cuidadosamente pelo chão, na direção de onde Marcello estava sentado em seu banquinho de madeira. Ele tropeça na figura caída do pequeno homem. Matt sente a incerteza em Slade enquanto ele se abaixa e toca o rosto de Marcello. Ergue os dedos, cobertos de sangue.

Endireita-se e olha ao redor.

– Quem está aí? – ele ruge.

Matt hesita. De todos os capangas de Rigoletto, é Slade quem ele mais odeia. É um valentão, igual aqueles da escola. Aqueles que fizeram da vida de Matt um inferno. Matt sabe que seu velho não se incomodava com Slade – Jack apenas o ignorava. Mas, com o passar dos anos, Matt cansou de ouvir Slade. Viu a crueldade casual em seus olhos, sentindo a natureza sádica do homem.

Matt quer que ele veja quem o está punindo. Quer que ele saiba o motivo.

Ele volta até o interruptor e o liga, seguindo rapidamente ao longo da parede e sobre no ringue. Ele aguarda embaixo do holofote até que Slade o veja. O grandalhão ainda está olhando para Marcello.

– Estou aqui.

Ele pode sentir as correntes de ar mudando enquanto Slade se vira e vê Matt.

– Pode vir, grandalhão – diz Matt. – Vamos ver essas maravilhosas habilidades boxeadoras das quais você está sempre falando.

Ele larga o taco.

– Eu até vou lhe dar uma chance de lutar.

Slade se demora, olha ao redor, confuso, enquanto ele se aproxima. Não acredita que Matt está ali sozinho. Matt sabe que ele está se perguntando onde estariam os reforços.

Quando se dá conta de que ninguém mais vai aparecer, seu rosto enorme se divide em um sorriso cruel. Matt pode ouvir seus lábios se esticando, ouvir o divertimento em sua voz.

– Vou te quebrar no meio, homenzinho.

Ele entra no ringue. Matt sente a vibração na lona, o modo como ela se afunda levemente a cada passo de Slade. Ele sente o homem sólido e alto e o calor do holofote desaparece quando a sombra dele recai sobre Matt.

Matt inclina a cabeça para trás para encará-lo. A grandeza imponente do homem faz com que pense em recuar. Centenas de surras. Centenas de insultos. Todas as vezes que foi largado na grama, sangrando e chorando. Forçado a aguentar, porque o velho lhe disse que tinha de fazer isso. Forçado a suportar e suportar e suportar.

A raiva ganha vida, queimando através de suas veias, inflamando-lhe o sangue. Seus músculos tremem. Ele sente como se pudesse enfrentar o mundo, como se fosse capaz de lutar e lutar até não sobrar mais ninguém.

A adrenalina aumenta em seu sistema e ele ataca com o pé – atingindo o joelho de Slade em cheio. Slade grita quando a rótula explode, a perna vira ao contrário, de um modo que uma perna nunca viraria. O osso rasga a pele, um som parecido com tecido sendo rasgado.

A súbita respiração frenética de um homem dominado pela dor. Matt sente o sangue no ar. O medo no suor de Slade.

Matt saca o presente especial que tem para Slade. A arma favorita do grandalhão, se os rumores forem verdadeiros: um punhado de moedas enfiado em uma meia.

Slade vê o que vem a seguir, e balança a cabeça.

– Não... não.

Matt atinge Slade no rosto. O metal rompe a pele. Uma, duas, três vezes. E, então, repetidamente, até que Matt perca a conta e a meia se rasgue, espalhando as moedas na lona, no meio do sangue de Slade. Ele solta a meia, usa as mãos e os pés para quebrar as costelas do homem, destroçá-las.

Só então ele para. Respirando pesado. Suando.

Insatisfeito.

Restam dois: Angelo e Rigoletto.

Ele vai atrás de Angelo em seguida, deixará Rigoletto por último. Matt ainda tem de pensar em algo especial para o chefão. Rigoletto vai exigir mais tempo.

••••

The Magic Box é uma agência de acompanhantes na 12ª Avenida, e tem todos os clichês que alguém pode esperar de um lugar com um nome desses – desde a placa de neon rosa e os manequins nas vitrines, vestidos com lingeries minúsculas, até o enorme leão de chácara parado na porta. A placa diz "casa de massagens", mas não engana ninguém. Não está nem mesmo *tentando* enganar alguém.

Do prédio em frente, Matt observa o lugar. Pode sentir o cheiro de Angelo em um quarto no terceiro andar: pós-barba caro e o creme que ele usa na esperança de diminuir as rugas que vê aumentando a cada dia que passa. Uma luz vermelha quente vaza do quarto por uma janela aberta até uma pequena varanda. Cortinas rosa esvoaçam ocasionalmente para fora das janelas e depois voltam ao lugar – um ventilador elétrico soprando no quarto. Angelo não está sozinho. Matt fareja. Um perfume forte, enjoativo. Quatro marcas diferentes.

Ele deixa seus sentidos vagarem para mais longe. Suor masculino. Testosterona. Falsas declarações de amor e conforto vindo das garotas. Proclamações de devoção eterna dos clientes.

Matt levanta o olhar para o céu noturno e sente a brisa envolvendo seu rosto, como dedos acariciando suas bochechas, apressando-o.

Ele se inclina sobre a beira. O espaço entre os dois prédios é enorme, mas ele não vai permitir que isso o impeça. Angelo está ali, a menos de quinze metros de onde Matt está. Ele não pode deixá-lo escapar.

Matt dá alguns passos para trás. Faz uma pausa. E então corre a toda velocidade e se lança como uma gárgula, abrindo bem os braços. Um momento de leveza. Um sentimento de liberdade. E então o telhado vem na sua direção e ele pousa.

Mas ele calculou mal. Seu joelho dobra e ele cai para a frente, batendo o rosto com força nas telhas. Ele cai, meio tonto, e desliza pela inclinação do telhado.

Atinge a beirada. Seu corpo pende metade para fora e, dessa vez, sua leveza faz com que seus sentidos despertem. Ele se lança para fora e agarra a calha antes de cair para a morte.

Segura-se ali com uma única mão, balançando a cabeça e piscando. Estúpido. Está ficando convencido. Precisa ser mais cuidadoso.

Olha para baixo, vê a varanda à sua direita. Arrasta-se por ela, usando as duas mãos, e cai com leveza. Encosta-se na parede.

Ouvindo.

– Só estou dizendo, querida, é que você precisa gastar um pouco de dinheiro se quiser parecer bem.

É ele. Angelo. Está perto.

– Quantos anos parece que eu tenho?

– Não sei, Angelo. Quarenta?

– Cinquenta e um.

Matt ouve o orgulho na voz de Angelo conforme ele fala. Matt se dá conta de que ele está se movendo, andando de um lado para o outro do quarto.

– Sem chance. Você está bem demais para ter 51! Não é, Sammy?

Um murmúrio de concordância vem da outra garota no quarto.

– É verdade. Mas eu tomo esses suplementos. E eu só como carne de vaca que foi alimentada com grama. Sem hormô...

Matt estica o braço para dentro e agarra Angelo quando ele passa pela janela.

O homem guincha e luta como um peixe fisgado. Matt não consegue golpear com a outra mão rápido o bastante. Angelo se solta e Matt tem de cambalear até o quarto ou arriscar deixá-lo escapar.

– É uma batida! – grita uma das garotas.

Matt tenta puxar Angelo, mas o homem arranca o braço e força Matt a entrar ainda mais. Matt xinga e, então, se joga e golpeia Angelo no nariz. Angelo se agacha até o chão com um uivo de dor, mas Matt mantém o controle sobre ele e começa a arrastá-lo para fora da janela.

– Não é polícia! Olha para ele – grita outra garota, essa tem o cabelo grosso e vermelho. – O desgraçado está tentando sequestrar o Angelo. Agarre-o!

E então Matt é rodeado por uma massa de membros. Unhas se enfiam em sua pele; saltos altos perfuram seu corpo. Ele protege a cabeça, cambaleia até ficar contra uma parede. Mas elas ainda o atacam. Socando, chutando, mordendo. Gritando diretamente em seu ouvido. Tudo é muito alto. O fedor do perfume o domina. Não pode escapar. Estão em cima dele, fazendo-o cair sobre o carpete grosso.

Não. Não pode terminar assim. Ele ainda tem de pegar Rigoletto.

Matt se debate e, subitamente, fica de pé, lançando corpos para longe do seu. Uma delas se recusa a se afastar. Ela está agarrada em seu pescoço, tentando arrancar seus olhos. Ele se vira e a bate contra a parede

– e mesmo assim ela não solta. Ela berra insultos e xingamentos em seu ouvido.

Seu pé se prende no carpete grosso e ele tropeça para a frente. Sua perna acerta o batente da janela e ele cai sobre a pequena varanda, chocando-se contra a grade. Há um sentimento de súbita leveza e um grito de terror.

– Ah, por favor... *não!*

Ele se lança para a frente, joga as mãos para fora. Sente os dedos roçarem na perna da garota.

E então ela se foi.

Um segundo depois, ele ouve a batida atordoante da carne se estatelando no chão.

Gritos vindo de baixo. Gritos vindo de trás dele. As garotas gritam o nome dela.

– *Mary!*

Ele mal as ouve. Está inclinado por sobre a varanda, imaginando a cena lá embaixo. Sirenes ressoando, gritos de pânico ecoando de um lado para o outro. Ele ouve passos rápidos e desesperados no quarto atrás dele: Angelo está fugindo.

Matt se vira atordoado. Pode sentir os olhares das garotas. Ele quer dizer que foi um acidente, que não foi culpa sua, mas não consegue. Ele se volta para a janela, entorpecido de horror. Sai para a pequena varanda e sobe para o telhado, afastando-se lentamente.

Ele a matou. Sequer a conhecia, e a matou.

Ele deixa que seus pés o levem pelos telhados da Cozinha do Inferno. Fica pensando que nada daquilo é real. Que não aconteceu. O mesmo sentimento que teve quando seu pai foi assassinado. A velocidade de tudo diminui. A realidade muda, torna-se nova de novo, como se ele estivesse vivenciando tudo aquilo pela primeira vez, mas por meio de um filtro de dor e horror.

Ele volta ao ginásio no porão de Stick. Precisa de consolo. Alguém que possa entendê-lo.

Tropeça escadas abaixo.

– Stick?

Não há resposta.

– Stick?

Ele entra no ginásio e instantaneamente percebe que está sozinho. O lugar parece vazio. Abandonado.

– Stick?

Suplica. Esperança.

Mas não há resposta.

Matt se deita no chão, curvado, puxa os joelhos até o peito, e chora.

• • • •

Hotel Terminal.

Um nome adequado, pensa Stick. Ele sempre se pergunta se Stone o escolhe *simplesmente* pelo nome, ou se há alguma outra razão mais esotérica para marcar seus encontros ali.

Certamente não é por sua classe ou limpeza.

É mais provável que seja porque a equipe – se é que se pode chamá-los assim – sabe quando desviar o olhar.

Stick entra no hall de entrada. Abre seus sentidos, analisando a área em busca de inimigos. Hábito. Não haverá inimigos ali.

Ele passa pela velha mesa da recepção, tentado a bater sua bengala na madeira para acordar o recepcionista que cochila. Decide não fazer isso. Ele se conhece bem o suficiente para saber que só quer atacar alguém. Machucar alguém. Não é culpa do recepcionista o que aconteceu esta noite.

Não é culpa de ninguém, é somente sua. Ele julgou mal o garoto. Muito mal.

São dois agora. Dois em seguida que não atingiram suas expectativas.

Suspira e aperta o botão do elevador. Ele espera que Stone tenha algumas ideias, porque ele está vazio. Não resta mais nada.

As portas deslizam e se abrem com o rangido das engrenagens e o arranhar da maquinaria. Ele entra. O cheiro de mijo e vômito quase o derruba. Velhas embalagens de fast-food se empilham em um canto, o ar está carregado com o fedor de gordura velha e batatas fritas estragadas.

O elevador sai num solavanco, arrastando-se para cima até o terceiro andar. Um carpete antigo mostra o caminho, datado e surrado.

A porta está destrancada. Ele a abre e espera enquanto ela range lentamente para dentro.

– Sou eu, Stick. Não precisa ficar paranoico.

Stick dá um passo para dentro do quarto, fecha a porta atrás de si.

– Paranoia é nossa amiga. Faria bem em se lembrar disso. – A exasperação se arrasta em sua voz.

– Você deixou a porta destrancada.

– Se a Mão quiser me encontrar aqui, você realmente acha que essa porta os impediria? Um garoto com um martelo de borracha pode quebrá-la.

A janela está bem aberta. Stick pode sentir a brisa fria entrando no quarto, trazendo com ela o cheiro da fumaça dos carros e da humanidade.

– O que foi?

Stick suspira profundamente.

– Perdemos ele.

Ele sente que Stone fica tenso.

– Não. Não acredito nisso.

– Quer acredite, quer não, é verdade. Matt Murdock não é aquele que procuramos.

– Ele tem que ser!

– Não. Ele fez justiça com as próprias mãos esta noite. Ele pegou meus ensinamentos e os usou para proveito próprio.

– Que tipo de proveito? Roubo?

Stick faz uma pausa.

– Vingança. Contra aqueles que mataram seu pai.

Um momento de silêncio. E então...

– Você está louco? – Stick consegue perceber a raiva mal contida na voz de seu antigo aluno. – O garoto se vingou dos assassinos de seu pai e por isso você diz que não podemos usá-lo?

– Ele é indisciplinado. Emocional. Eu achei que poderia... ensiná-lo a controlar essas coisas. Eu falhei.

– Você não falhou. Você criou uma arma. Esta noite a arma sentiu o gosto do sangue pela primeira vez. A lâmina se saciando.

– Não. Eu o julguei mal. Ele não pode nos ajudar.

– Stick, você me disso isso várias vezes. Estou cansado, cansado demais de ouvir isso: a Casta é tudo que se coloca entre este mundo e as forças das trevas. Mas estamos envelhecendo. Precisamos de sangue jovem, e nos últimos vinte anos você encontrou dois – *dois* – possíveis candidatos. Matt Murdock e Elektra...

– Nem me fale dela – diz Stick, ríspido. Ele se afasta.

– Eu tenho que falar. A garota falhou. Ou nós falhamos com ela. De qualquer modo, há uma chance de o inimigo já ter chegado até ela. E se não encontrarmos um novo campeão...

– Eu sei! – Stick grita. – Você acha que não sei? Por que diabos você acha que passo minha vida viajando pelo mundo em busca de alguém que valha a pena?

– Stick, ninguém *nunca* vai valer a pena. Você quer que todos alcancem padrões que ninguém pode alcançar.

– Você alcançou.

– Quarenta anos atrás. E mais ninguém, desde então. Devemos dar ao garoto mais uma chance. Mais um teste.

– Não. Acabou.

– Stick...

– Chega! – Stick vocifera. – Não vou mais discutir isso. Não podemos comprometer nossa ordem. Você *sabe* disso. – Stick segue na direção da porta. – O garoto falhou. É inútil para nós.

8

SEIS ANOS ATRÁS.

Larks é bom em esperar.

É uma habilidade que muitos não conseguem nutrir, e uma que ele acha muito útil. Ele pode ficar parado por horas. É como meditar. O mundo flui através dele, os pensamentos ficam à deriva por sua mente e ele sai do outro lado se sentindo descansado e em paz.

Entretanto, no momento ele não consegue encontrar paz. Algo está no ar. Algo está acontecendo.

Fisk está sentado diante dele a uma mesa no Frankie, um bar que Fisk gosta de usar quando quer ter certeza de que não estão sendo seguidos. Uma vez contou a Larks que, quando era garoto e queria fugir de seu pai, ele ia até lá lavar louça. Frankie lhe dava dinheiro e uma cerveja – mas apenas se ele a bebesse lá dentro. Larks acha que o lugar é um lixão, o tipo de bar que você vê em todos os quarteirões da cidade. Cachecóis irlandeses nas paredes. Anúncios de cerveja exibidos com orgulho. Clientes grudados no balcão do bar, levantando com os braços molhados de bebida derramada toda vez que precisam ir ao banheiro.

Mas Fisk se sente seguro ali. Ele sabe que pode conversar sem que algum homem de Rigoletto o esteja ouvindo.

– É uma oportunidade, Larks. Uma grande oportunidade.

Uma hora atrás, Larks contou a Fisk sobre Slade e os outros que acabaram no hospital, com medicação na veia e pinos enfiados em seus ossos quebrados. Ele também contou como Gillian havia se tornado um dedo-duro, gritando sobre como se tornaria testemunha estadual se os policiais o protegessem. Claro, isso significa que a polícia acabou prendendo os outros, também.

Fisk olha fixamente por sobre o ombro de Larks.

– Sim – Fisk finalmente diz. – Acho que é hora de eu fazer minha primeira jogada. Já esperei tempo demais.

Larks espera. Calmo. Ele sabe que vai receber um pedido para fazer algo ruim, e para ele está tudo bem.

Larks sofre de uma falta de moral que o incomodou em certo ponto de sua vida. Não conseguia entender porque estava pouco se lixando para as pessoas, não sentiu nada da primeira vez que torceu e arrancou a cabeça de um passarinho, suas perninhas arranhando seu punho por quase um minuto enquanto sua cabeça jazia a certa distância. Alguns anos depois, ele encontrou na biblioteca um livro para terapeutas. Explicava sobre sociopatas e psicopatas, e esse tipo de coisa. Ele leu o livro com grande interesse, porque o descrevia quase que exatamente. Não era um psicopata. Era um sociopata. O que é diferente.

– Slade e os outros – diz Fisk, suavemente – não devem sair do hospital.

É tudo o que diz. Tudo que tem a dizer.

Larks termina sua cerveja, se levanta e deixa o bar.

Sai para a rua. O ar está gelado. Uma friagem que o atinge no fundo da garganta quando ele respira, fazendo arder suas narinas toda vez que inspira.

Ele gosta do inverno. Tudo está morto. O céu fica cinza. As árvores enegrecidas e secas, as ruas cobertas de gelo. Mas isso faz com que se sinta mais vivo do que no verão. O verão o sufoca, o derruba por causa do calor e de um peso que não o permite se mover. Mas o inverno... ele volta à vida no inverno. O frio desperta algo nele. Algo primitivo.

É a melhor época para matar. Parece correto matar durante o inverno.

• • • •

Ele espera passar da uma da manhã. Ele sabe que é quando o hospital fica mais movimentado. A molecada é despejada dos bares e clubes noturnos, entram em brigas, quebram garrafas com suas cabeças. Coisas inofensivas, mas que mantêm os médicos ocupados.

Larks entra no hospital por uma das entradas do fundo. Lá dentro, ele passa por enormes caixas de plástico, repletas de lençóis sujos, diante de um elevador de carga. Ele poderia simplesmente entrar e ir direto para a enfermaria.

Ele não acha que vai ser desafiador. Mas há algo que ele sempre quis fazer.

Sobe as escadas até o andar seguinte, passa pelos consultórios, olhando para dentro, até que encontra o que está procurando: um jaleco branco de médico, pendurado no encosto de uma cadeira. Larks entra no consultório e o agarra, desapontado por não encontrar, também, um estetoscópio dando sopa por ali. Pois é, cavalo dado não se olha os dentes.

Veste o jaleco e verifica a etiqueta com o nome. Dr. Slater. Um sorriso minúsculo surge em seus lábios. Gostou disso.

Larks procura a faca que gosta de manter no bolso detrás de sua calça jeans. Ele ainda pode sacá-la se rapidamente afastar o jaleco, então sai do consultório satisfeito.

Muda o passo: endireita os ombros, anda com o tipo de arrogância casual que os médicos têm. Aquele *sou importante demais para qualquer coisa aqui* tipo de andar.

Ele segue para a enfermaria, onde sabe que Slade e os outros estão. Quando vira no corredor, surpreende-se em ver um policial sentado ali, lendo uma revista.

Ele não para de andar. Não diminui o passo. Sempre aja como se pertencesse ao lugar, e ninguém te questionará.

O policial olha para ele. É jovem. Está entediado. Mas há algo por trás de seu olhar enquanto observa o jaleco de Larks e, depois, os seus cabelos mais longos do que o normal. Ele franze a testa levemente, tentando juntar a imagem que tem de um médico com esta que vê se aproximando.

– Boa noite, oficial – diz Larks.

O policial assente, ainda desconfortável, mas sem saber o motivo. Larks fica maravilhado com a quantidade de confusão que um simples jaleco pode causar.

– Você tem uma família esperando em casa? – pergunta Larks.

– Por quê? – rebate o policial, na defensiva.

– Nenhuma razão em especial. Não é fácil fazer o turno da noite por causa de um bando de canalhas.

O policial relaxa um pouco.

– Ah. Sim. Eu tenho. Tenho uma família, quero dizer. A verdade é que provavelmente vou conseguir descansar mais aqui do que em casa.

Como Larks não responde, ele acrescenta.

– Bebê recém-nascido. Ainda não dorme a noite toda.

Larks assente, mostrando compreender.

E, então, com um movimento ligeiro de mão, corta o pescoço do policial com a faca. O homem pisca. Por um momento, é como se nada tivesse acontecido, de tão afiada que é a lâmina da faca de Larks. Uma faca para filetar peixes – a única coisa que pertenceu ao seu pai. Lentamente o policial cai para o lado e a ferida se abre, revelando algo parecido com um sorriso sangrento.

Larks se move com rapidez. Ele empurra a porta, abre, agarra o policial, e o arrasta para dentro. Ele consegue enfiar o corpo na enfermaria antes que suje todo o chão lá fora.

Ele derruba o policial, ainda vivo, no chão. O policial ergue as mãos, agarrando o ar. Larks se agacha perto dele, observando. Ele sempre foi fascinado pelo momento da morte. Cada uma das pessoas que ele matou – as quais não tiveram morte instantânea, e ele trabalha duro para se certificar de que nunca tenham – passou pela mesma sequência de emoções.

Primeiro é a descrença. Elas lutam, sem nem saber o que está por vir. E então a fúria por se aproximarem da morte. A raiva absoluta, primitiva, por estarem perto de se extinguirem e não haver nada que possam fazer para deter isso. A impotência deve ser a pior parte, Larks se diverte pensando. Aquele sentimento de que seu destino foi arrancado de suas mãos. Seu futuro foi roubado.

Depois disso, há uma onda de pânico. O corpo se debate, temendo o fim.

E, finalmente, a aceitação. Pensamentos sobre aqueles que serão deixados para trás.

Larks sempre sabe dizer quando mudam para esse estágio da morte.

Seus corpos cedem. Seus olhares se afastam, recusando-se a olhar para qualquer outra coisa que não sejam suas próprias lembranças enquanto morrem.

Ele costumava deixar que desviassem o olhar, mas, ultimamente, desenvolveu certo prazer em agarrar seus cabelos, certificando-se de que a última coisa que veem seja seu rosto fino.

Seus dedos apertam o cabelo grosso do policial enquanto ele desvanece. Larks se aproxima, olhando dentro de seus olhos... e sorri.

Ele pode dizer o exato momento em que o policial morre. Há algo indefinível, algo que simplesmente... desaparece. Uma vez ele se perguntou se isso poderia ser a alma partindo do corpo, mas nunca chegou a uma decisão.

Ele solta o policial e se levanta, olha ao redor. O quarto tem seis camas, mas apenas quatro estão ocupadas.

McHale, Gillian, Slade e Marcello. Todos presos aos acessos intravenosos, os corpos cheios de diversos gessos e curativos. Larks anda entre as camas, a faca ainda na mão. Ele sabe que deve acabar logo com isso – provavelmente há outro policial, um que saiu apenas para pegar café –, mas não quer apressar.

Escolhe Marcello para ser o primeiro. Ele se inclina para perto, analisando o homenzinho. Não parece tão ruim. Nenhum curativo no corpo. No entanto, tem um em volta da cabeça. Larks puxa o curativo, tentando ver a ferida.

Os olhos de Marcello se abrem repentinamente. Ele vê Larks e abre a boca para dizer algo. Larks coloca o dedo sobre seus lábios, indicando silêncio. Marcello concorda e obedece, obviamente pensando que ele está ali para levá-los embora.

Larks ouve um barulho metálico e olha para baixo. Marcello está algemado à cama.

Um sorriso se alarga sobre o rosto de Larks. Um público cativo. Que maravilha. Ele se vira lentamente em círculo, observando a localização de cada um nas camas.

Começa com Marcello. Uma rápida enfiada com a faca de seu velho – mas não um rasgo de garganta inteira. Ele quer algo mais artístico.

Em choque, os olhos de Marcello se arregalam de choque. Larks vai até a próxima cama. Gillian. O apunhala na garganta, do mesmo jeito que fez com Marcello. Os olhos de Gillian se abrem, e ele gorgoleja de dor. Agora para McHale. A mesma coisa, mas dessa vez o ângulo do corte é para a direita. E então para Slade.

O grandalhão.

Larks enfia a lâmina bem fundo em seu pescoço e a torce. Slade subitamente desperta, seus olhos cheios de dor. Tenta gritar, mas tudo o que sai é um gorgolejo sufocado.

Ele se apressa para a porta e se vira para ver sua obra. Quatro homens. De dois em dois. Suas gargantas bombeiam sangue em um ângulo para o centro do corredor entre as camas. Larks sente a tentação de caminhar pelo corredor.

Mas ele sabe que não pode. Não é um psicopata. Um psicopata não resistiria à tentação.

Ele assiste aos homens morrendo em suas camas, e então verifica seu estado.

Há algumas manchas de sangue em sua manga direita. Ele tira o jaleco, jogando-o no chão.

Passa por cima do corpo do policial e volta para o corredor. Olha para os dois lados. Ninguém está vindo.

Ele parte.

Mal pode esperar para contar à Fisk. Larks sabe que ele ficará orgulhoso.

PARTE II

9

UNIVERSIDADE COLUMBIA

Seis anos atrás.

– Anda, gorducho!

Matt está em pé no meio da neve, sua respiração enevoando o ar, enquanto Brad Matheson e seus lacaios aceleram atrás de Foggy Nelson.

Franklin "Foggy" Nelson é companheiro de quarto de Matt. Ele também está estudando Direito. Um cara genuinamente legal.

Você não vê muitos deles hoje em dia.

Brad pisa no freio pouco antes de atingir Foggy. Os pneus travam no gelo, o carro desliza um pouco e acaba atingindo suavemente a parte detrás das pernas de Foggy, fazendo com que ele cambaleie para a frente.

– Corre, porquinho! – grita Brad.

Foggy olha ao redor, humilhado, e vê os olhares de pena lançados em sua direção. Ele começa a correr desajeitadamente, movendo seu corpo levemente fora do peso o mais rápido que consegue. Brad e seus amigos caem na gargalhada e disparam novamente atrás dele.

Matt conhece o tipo de Brad. O tipo de cara que costumava intimidar Matt em todos os recreios. O tipo de cara que tem uma boa grana, mas não muito cérebro, e a crueldade casual que a maioria das crianças perde quando cresce. Aquelas que não perdem... bem, Matt é da opinião de que essas que não perdem essa veia sádica quando crescem, ou se tornam criminosos ou policiais.

É uma linha tênue entre as duas coisas.

Brad acelera novamente. Foggy não é rápido o bastante. O para-choque atinge a parte detrás de sua perna, mais forte dessa vez, e ele cambaleia, escorregando no gelo e caindo de cara. Seus livros voam para todos os lados, espalhando-se pela rua.

Brad acelera e se afasta, rasgando os livros de Foggy com seus pneus. Matt segue a direção do carro enquanto se aproxima dele, seus sentidos se estendendo, o ar e o vento criando formas no cérebro de Matt. Ele pode ver Brad rindo enquanto passa a toda velocidade, seus amigos dando tapinhas em seus ombros.

Matt cruza a rua e ajuda Foggy a se levantar.

– Obrigado – Foggy diz, olhando com tristeza para seus livros na neve lamacenta.

– O que foi tudo isso? – pergunta Matt.

Foggy dá de ombros.

– O que posso dizer? O cara não gosta de mim.

Matt se inclina para pegar alguns livros, lembrando-se de antes tatear ao redor com a bengala. Precisa manter as aparências.

– Acho que simplesmente vou ter de viver com isso. Não é por muito tempo, certo? Faltam apenas três anos.

• • • •

Matt, mais do que qualquer outra pessoa, sabe o que três anos de bullying podem fazer com alguém. Naquela noite, ele veste uma calça jeans e uma blusa preta. Pega a touca balaclava que comprou com esse exato propósito e sobe a escada de incêndio até o telhado da faculdade.

Os telhados do campus são limpos, bem iluminados. Holofotes reluzem por todo o perímetro. As luzes da rua iluminam os caminhos. Bom para a segurança. Ruim para Matt.

Mesmo assim, ele precisa praticar. Desde aquela noite na Cozinha do Inferno, Matt não subiu muito aos telhados. Ele baixou a cabeça, esperando que Stick o chamasse novamente para treinar. Para gritar com ele. Para puni-lo. Qualquer coisa. Ele obviamente ficou sabendo do que aconteceu.

Mas houve apenas... silêncio. Aquilo acabou com os dias de Matt, tingidos do desapontamento que, com certeza, seu mentor sentiu em relação a ele.

Agora não há nada que Matt possa fazer a respeito disso. Mas não se passa um dia sem que ele pense naquela garota, seu grito aterrorizado, o barulho doentio do corpo dela atingindo o chão. Mesmo agora ele balança a cabeça, tentando afastar a lembrança. Coloca a touca. Respira fundo o ar gelado e atravessa correndo o telhado.

Ele encontra Brad algumas horas mais tarde. Algumas horas que Matt passou congelando o traseiro esperando que o idiota desse as caras.

E quando ele finalmente aparece, está com uma garota. Matt reconhece a voz dela – está em uma de suas aulas. Acha que o nome dela é Sally. Matt os segue de cima, enquanto Sally se esforça para fugir de Brad, que a segue para o seu dormitório.

– Eu disse não, Brad. Pare com isso.

– Qual é, Sally? Vamos comigo para o meu quarto. Tenho cerveja. Alguns remedinhos...

– Você está louco? Se te pegam com essas coisas, chamam a polícia.

– E daí? Meu pai conhece o chefe de polícia.

– Bom para você. Mas o resto de nós não tem essas ligações, sabia?

A voz de Brad se torna galanteadora.

– Eu protejo você, gatinha. Você fica comigo, e eu te garanto que nunca vai ter problemas.

Sally para de andar. Seus pés raspam na neve quando ela se vira para encará-lo.

– Brad. Ouça com muita atenção, ok? Eu preferiria passar um ano na cadeia a "ficar com você". Entendeu? Você e eu? Sem chance? Não vai rolar. Pare até de pensar nisso. Porque nunca... jamais... vai acontecer.

Matt sorri. Ouve outro raspar de sapato no chão congelado.

E então o ruído de um tapa.

– Você... você me bateu! – Brad soa surpreso.

Quando Sally fala novamente, sua voz mudou de desprezo para raiva.

– Brad, se você chegar a *pensar* em me beijar de novo, eu não vou nem me preocupar em chamar a polícia. Vou te caçar por conta própria. Entendeu?

Ela se vira e se afasta apressada.

– Vaca! – grita Brad.

Certo, pensa Matt. Já é o suficiente.

Ele cai exatamente atrás de Brad. Engancha seu pé em volta da perna do homem e puxa, fazendo com que ele caia de cara na neve.

Matt se ajoelha em cima de suas costas.

– Eis o que vai acontecer – Matt sussurra. – Você vai virar uma página nova na sua vida. Você vai ser uma boa pessoa. Você vai se dar conta de que as pessoas não estão aqui para a sua diversão. Entendeu?

– Vo... você sabe o tamanho da encrenca em que se meteu? Eu vou...

– Resposta errada. – Matt aperta o joelho contra o rim de Brad. O homem grita de dor. Matt se inclina para a frente, colocando mais peso sobre a coluna dele. – Você sabe o que mais vai fazer? Vai ser legal com Foggy Nelson.

– Q... quem?

Matt para, olhando fixamente para a nuca de Brad. Tem de lutar contra o impulso de começar a socá-lo naquela mesma hora

– O cara que você quase atropelou com seu carro hoje. O cara que você tem incomodado desde o começo do semestre.

– Ele? Por que você...

Matt enfia mais o joelho.

– Tá bom! Tá bom! Eu deixo ele em paz. Jesus!

– Não sei – diz Matt. – Não sei ao certo o que é, Brad, mas algo me diz que você pode estar mentindo. Eis o que vou fazer. Vou te ensinar uma lição. Algo que vai fazer você se lembrar do que aconteceu esta noite todas as vezes que sentir vontade de abusar de alguém.

Matt tira a touca e enfia na cabeça de Brad para que ele não consiga ver.

E então ele começa.

• • • •

Algumas garotas encontram Brad na manhã seguinte quando saem para uma corrida matinal. Dez minutos depois, metade dos alunos está parada lá fora, rindo do cara pelado amarrado na fonte. Depois de estar ali por cinco horas, ele tem de ser levado para o hospital por conta de um começo de hipotermia.

Matt se preocupa muito. Ele ficou de olho em Brad durante a noite toda. Não dormir valeu a pena, porque Matt sabe que todas as vezes que Brad pensar em incomodar alguém, seus pensamentos vão se voltar para essa noite, e ele vai reconsiderar.

Matt deseja que Stick ainda estivesse por perto para ver o que Matt fez. Matt acha que ele ficaria orgulhoso.

• • • •

– Foi a coisa mais estranha – disse Foggy, deitado em sua cama com as mãos atrás da cabeça. – Lá estava eu, tentando pegar um refrigerante na máquina, sabe aquela? Perto da sala de mídia? Aquela coisa estúpida trava toda vez. Você tem que enfiar a mão bem lá dentro e puxar...

– Pula para o final – diz Matt, deitando em sua cama.

– Hã? Ah, é. Claro. Lá estava eu, minha mão presa dentro da máquina idiota, e quem vem andando na minha direção? Brad Matheson! Eu pensei, "Bom, é agora. Ele vai ganhar o dia com isso". Mas sabe o que aconteceu?

– O quê?

– Ele disse: "Deixa eu te ajudar com isso, Nelson". E virou a máquina para que eu conseguisse enfiar a mão. E eu fiquei lá parado, pensando: "O que aconteceu? Cadê a piada?". Mas não aconteceu nada. Ele apenas disse: "Você está bem?". E eu disse: "Sim, obrigado". E ele deu um tapinha nas minhas costas e disse: "Sem problema, Nelson. Te vejo por aí". E saiu andando. Acredita nisso?

– Um homem mudado.

– Sim. Vamos ver. Ei, era a Cathy que estava conversando com você hoje?

Matt franze a testa. Cathy. Ela foi falar com ele depois da aula de ética do Professor Lynch.

– Sim. Pediu ajuda com as anotações sobre a aula. Disse que a ética dela precisa de ajuda. Acho que ela estava brincando.

Foggy irrompe em gargalhadas.

– Ah é? E você vai ajudá-la?

– Não.

– Sério? Por que não?

Porque ceder aos seus sentimentos é perigoso, pensa Matt. *Faz com que as pessoas morram.*

Controle tudo. Mantenha seus sentimentos, seus desejos, em rédea curta. É o único jeito de manter todos em segurança. Ele já violou esse acordo consigo mesmo ao lidar com Brad. Não quer fazer isso de novo.

– Não tenho tempo – disse Matt. – Tenho muita coisa para estudar.

Uma pausa.

– Você sabe que ela não quer que você a ajude *de verdade*, certo?

– Vá dormir, Foggy.

– Claro. Só estou dizendo. Você entende o que ela está te pedindo?

– Sim, Foggy.

– Tem certeza? Porque tenho a sensação de que você não sabe.

As molas rangem quando Foggy se inclina no colchão e olha para Matt.

– Tipo... o que estou tentando dizer é que a única coisa com que ela precisa de ajuda é estudar biologia. – Matt ainda não reage. – Biologia *humana*.

Matt joga o travesseiro nele.

• • • •

Ele espera até que Foggy caia no sono, e então se levanta da cama. Veste seu traje preto e seus tênis. Se alguém perguntar, ele pode dizer que não conseguia dormir e saiu para correr.

O que é verdade.

Até certo ponto.

Não que ele tenha muita escolha. Uma boa noite de sono está fora de questão quando se divide um quarto com Foggy Nelson. O ronco de Foggy é surreal – uma bufada áspera cheia de fleuma, que faz até o cara do quarto ao lado bater na parede.

Matt não se importa. Mesmo que tivesse um quarto só para si, ainda não seria capaz de dormir. Como poderia, com o vento chamando por ele?

Ele fala com Matt, traz as notícias do dia. O vento ataca, vem do oceano, feroz e amargo, congelante, trazendo conselhos dos navios de carga e dos barcos de pesca. Chacoalha antenas parabólicas e faz com que os fios de energia vibrem, deixando em seu rastro redemoinhos de neve. Rosna por entre os cânions de concreto, faz os galhos nus das árvores se debaterem. As folhas velhas e os troncos secos se soltam e rodopiam pelo ar como fadas.

E Matt o segue, saltando pelos telhados, para ver o mundo se descortinando abaixo dele.

Um padeiro dá alguns pães que acabaram de sair do forno para um morador de rua que treme de frio diante de sua porta.

A música tocando nos rádios dos carros e dos táxis – uma centena de idiomas diferentes falando as gírias da rua.

Matilhas de cães gemem e latem, procurando comida, lutando uns com os outros na guerra eterna por território e domínio. Uma luta até a morte, e o cão triunfante uivará para a lua, talvez sentindo o clamor do sangue ancestral, de um tempo em que os lobos corriam pelas estepes.

E, por cima de tudo isso, Matt Murdock se abre para o vento e aproveita essa celebração.

Navega pelo espaço entre os edifícios. Salta, pousa, rola, e se levanta para correr novamente, com seus passos leves. Sobre uma chaminé, saltando para o céu. Os braços abertos – voando, planando. Acima de tudo.

Move-se graciosamente.

Ele pousa e continua a correr, sem parada, até o próximo edifício, este é mais alto. Segura-se na escada de incêndio. O metal gelado em sua mão. Os músculos do ombro se tensionam, puxando-o para cima da escada e por sobre as bordas.

Acelera novamente, dando cambalhota sobre os telados, equilibrando-se nos fios de alta-tensão – devagar, calmo.

E então...

... um súbito movimento no canto de seu olho. Matt para. Congela. Alerta.

Rapidamente se esconde nas sombras.

Tem mais alguém ali. Matt estende seus sentidos ao redor.

Ali... um cheiro. Humano e fragrante. Perfume: jasmim, flor de laranjeira. Como um dia fresco de verão. Uma mulher. Ele move a cabeça lentamente, tentando descobrir de onde vem o cheiro.

Ali. O pulsar de uma batida cardíaca, acelerada de excitação. Aparece, e então some, passando por ele como um trem na noite.

Uma respiração, um suspiro. Um sorriso no vento.

Ele sai das sombras para o campo aberto. Sente o vento tocar sua face.

Ali, de novo. O toque leve dos pés atravessando o telhado.

Um desafio.

Matt começa a perseguir essa intrusa de seu mundo. Ela se move com agilidade. Olhando por cima do ombro. Seu olhar está nele, um sorriso em seu rosto. Ela está voando pelos telhando, afastando-se de Matt.

Ele não consegue acreditar. Não pode ser possível. Este é o seu mundo. Seu terreno. Ninguém deveria conhecer mais do que ele. E, mesmo assim, ali está alguém que foge dele como se estivessem em uma corrida matinal de domingo no parque.

E então a figura despenca da beirada de um pequeno edifício.

O estômago de Matt afunda. Um erro. Ela caiu para a morte.

Ele para na beirada do prédio e estende seus sentidos para baixo. Nada. Ela desapareceu. Ele tenta captar seu cheiro, mas está mascarado pelo lixo bem abaixo dele. Matt pula para o beco, escorrega em alguma gordura congelada, e cai de lado.

Risos.

Ele rapidamente se vira.

Uma pisada leve no asfalto. Matt se vira de novo, nota que é um gato, olhando fixamente para ele. O gato arqueia as costas e se esfrega contra sua perna.

Ele estica o braço e lhe acaricia o pelo, imaginando para onde a garota foi.

A risada surge novamente, um suave riso. Ele corre para a entrada do beco... e espera.

Ali. O toque de jasmim no vento.

Ela está indo na direção do parque.

• • • •

Matt fareja o cheiro dela: o perfume velho ainda preso à sua pele e um toque nada desagradável de suor. Agora ela não lhe escapa. Ele arranca a máscara, está atrapalhando.

Ele continua a perseguir. A mulher brinca com ele, diverte-se com o homem cego. Ela atravessa uma rua movimentada na esperança de que Matt recue.

Não recua – e percebe seu erro quando é tarde demais. Um carro, muito perto.

Ele ouve a buzina ensurdecedora, o barulho de pneus derrapando na neve derretida e, instantaneamente, lembra-se do dia fatídico, o dia que deu início a tudo aquilo.

Distraído. Estúpido. Ele salta no ar, pensando por um momento que passou do teto do carro, quando seu pé atinge a placa de táxi que há em cima. Ele é derrubado de lado e voa pelo ar, atingindo um monte de neve na calçada. Seu fôlego foge dos pulmões.

Matt se contrai e rola, a neve congelante em seu rosto. A risada chega até ele pelo vento. Levanta-se. Volta a correr.

Um grito repentino ecoa através da noite de inverno. Matt se vira na direção dele, seguindo os largos caminhos de concerto do parque. Outro grito, mas dessa vez é seguido por uma risada suave, sedutora.

Seu pé atinge algo. Ele se inclina e toca o objeto.

Um tênis.

Ele franze a testa, mas deixa onde está e continua seguindo pelo caminho. Encontra o segundo tênis a cerca de dez passos. E então um cachecol.

E então...

... uma calça. E uma camiseta.

E então, pendurada nas árvores... roupa íntima.

Que diabos está acontecendo aqui?

Ele para embaixo da árvore, ergue o braço.

– Parado, idiota.

Matt faz o que é pedido.

– Vire-se. Devagar.

Matt obedece. Dois policiais: um velho, já surrado; um novo, nervoso, os dedos se abrindo e se fechando em volta do cabo da arma. Matt pode acabar com os dois se for preciso. Diabos, pode correr se for preciso. Mas isso seria quebrar as regras, e ele se lembra da última vez em que quebrou as regras. Uma garota acabou morrendo.

Ele não será responsável por algo assim novamente.

– Steve, vá ver a garota – diz o policial mais velho. – Eu vigio o doente.

O jovem policial se apressa, deixando o velho caminhando junto com Matt.

– Você não vai fazer nada estúpido agora, vai, garoto?

Matt estica as mãos à frente dele, e as entrelaça.

– Não, senhor. Sou todo seu. Isso é apenas um mal-entendido.

– Sim. Nunca ouvi isso antes. Identidade?

Matt suspira e puxa a carteira do bolso de seu traje. O policial a analisa. Matt quase pode ouvir a confusão enrugando seu rosto.

– Aqui, hum... diz que você é cego.

– Está correto, oficial.

– Tipo... *completamente* cego?

– Temo que sim. Desde criança.

– O que diabos está fazendo aqui a essa hora da noite?

– Eu não conseguia dormir. Resolvi dar uma volta. É época de provas, sabe? Estudo Direito.

– É mesmo? Um advogado cego? Bom para você, garoto.

Ele devolve a carteira para Matt no momento em que o jovem policial volta.

– Não encontrei nada – ele disse. – Nem garota, nem corpo, nada.

– Você não vai encontrar um corpo, Steve. Vamos lá. – Ele puxa o jovem policial pelo braço e o leva de volta para a viatura.

– O que está fazendo? – reclama Steve. – Não vamos nem levá-lo conosco?

– Por qual motivo? Ser cego em um local público?

– Cego?

Matt deixa os dois policiais discutindo e caminha lentamente pelo passeio. Ele sabe que está sendo observado.

E ela está se divertindo muito à custa dele.

• • • •

O inverno vem com força no dia seguinte. Flocos de neve grossos e pesados cobrem todo o campus, amontoando-se contra as janelas e calçadas.

– Eu não entendo – diz Foggy, a voz abafada pelo cachecol.

– O que você não entende? – Matt assopra as mãos enquanto seguem até o portão.

– Eu estudo sem parar. Você nem olha para os livros.

– E?

– E eu mal consigo ficar na média. Mas você nem fez muito esforço.

– Talvez você deva tentar estudar com a TV desligada?

– Não sejamos radicais.

Foggy põe o pé na rua, sem olhar, mas Matt agarra seu braço e o puxa para trás.

– O quê?

– Espere.

Um segundo depois, um carro esporte vira a esquina derrapando, deslizando pela neve derretida. O motorista acelera e o carro se endireita, voando até o lugar onde Foggy estava prestes a atravessar.

– Ei! – ele grita. – Você é louca? Podia ter me matado!

Matt fareja o ar. Flor de laranjeira e jasmim.

– Do que você está rindo? – grita Foggy. – Sério, o que há de errado com você, mulher? E por que está dirigindo com a capota abaixada nesse...

Matt salta para dentro do carro. Direto no banco detrás, e então passa para o do passageiro.

– Matt?

Matt escuta a marcha sendo colocado no lugar, e o carro dispara, as rodas girando, lançando gelo e neve pelo ar. O carro se enfia no tráfego, os carros buzinando enquanto ela os fecha.

Matt se recosta com um sorriso, sentindo o vento em seu cabelo a 80 km por hora. Na neve. No meio do trânsito. Sabe que ela lança olhares de esguelha para ele enquanto procura o medo em seu rosto. E todas as vezes que ela faz isso, ele capta mais de sua estrutura facial. Delicada, mas dura. Os lábios carnudos esticados para trás enquanto sorri sob o vento.

Noventa e cinco. Ela fecha um enorme caminhão. O motorista pisa no freio, os enormes pneus tremem e derrapam enquanto a parte traseira do caminhão desliza para o meio do tráfego.

No entanto, não acontece nenhuma colisão. Todos param a tempo. Ela ainda o observa – mais do que presta atenção na estrada. A cabeça dela descansa no banco como se estivesse pronta para tirar uma soneca.

Cento e dez. Gelo e água espirram dos dois lados.

Cento e trinta. Ela agora está recostada. Ela parece... desapontada? Esperava uma reação dele, e não conseguiu. Matt sorri de novo. Ela pisa mais fundo.

Cento e cinquenta. É o suficiente para fazer qualquer um se mijar de medo, mas não Matt. Ele pode sentir o sangue pulsando, o coração acelerando no peito. Faz muito tempo desde que Matt se sentiu vivo desse jeito.

Uma hora depois, estão nas montanhas, o ar fino e vazio em seus pulmões. Não disseram nem uma palavra um ao outro.

O rosto de Matt está vermelho e formigando. Não consegue mais sentir o nariz. Mas pelo menos está vestido para a ocasião. A não ser que seus sentidos estejam mentindo para ele, a garota está usando um vestido preto de coquetel. Só. Não está de sapato, nem de meia-calça. Apenas o vestido.

Ela continua, subindo cada vez mais. Matt decide que é hora de quebrar o gelo.

– Hã... moça?

Ela sorri, inclina a cabeça para o lado. Acha que venceu. Que ele está prestes a lhe fazer perguntas. Quem é você? Por que está me seguindo?

– Sim?

– Você não acha que deveria subir o teto? Parece que não está muito vestida, e eu odiaria se você pegasse uma gripe.

Silêncio.

O carro vira repentinamente, derrapando para o lado. Eles atravessam uma barreira, o automóvel atinge uma barricada de neve, passa no meio dela e voa pelo ar. Começam a descer novamente, com força, voando pelo morro a 90 km por hora. As árvores atingem as laterais do carro. De algum modo, ela consegue evitar as árvores maiores. Matt se segura, o coração batendo rápido. Não totalmente fora do controle... só o suficiente para alimentá-lo com a adrenalina que ele precisa. Não sente nenhum tipo de pânico vindo do assento do motorista.

Ela está fazendo isso de propósito.

O carro gira 360 graus e derrapa de lado pela encosta. A garota ri, a cabeça inclina para trás, olhando para o céu cinzento de inverno. Um slalom selvagem no meio das árvores nuas.

Matt pode sentir a beirada do penhasco, uma súbita queda onde o ar frio esbofeteia de baixo para cima.

Estão indo direto para ele, mas mesmo assim Matt não se importa. Ele se sente vivo, a normalidade dos últimos anos, a simples mundanidade de sua vida arrasada depois de uma hora com essa garota. Ele ri conforme ela puxa o freio de mão, o carro derrapando novamente em um lento círculo.

A beirada está se aproximando. Quinze metros. O carro ainda nem desacelerou.

Dez. Eles vão atravessar. Cinco...

O carro atinge um monte de neve enorme. Matt é jogado para o lado, o cinto de segurança ferindo-lhe o ombro. Um dos lados do carro se inclina para cima, fica parado ali por um momento, e então cai novamente com um ruidoso *estampido*.

Matt solta o ar lentamente, suspirando. Liberando a tensão.

Silêncio, e então:

– Foi bom para você? – ela pergunta.

A garota sai do carro e anda para a beira do penhasco. Ela fica ali parada, com o vento esbofeteando-a, ela mal se mexe. Ela é forte.

Matt espera, deixando que a moça tome a liderança. Ele ainda não tem controle sobre ela. Não consegue descobrir o que ela quer, como ela pensa. Ela o fascina.

– Perto da beirada, Matt Murdock.

Ela sabe seu nome. Interessante.

– A um passo do fim.

– O fim do quê? – Matt sai do carro e caminha lentamente na direção dela. Ele sente como se estivesse se aproximando de um cervo na floresta – como se o menor movimento errado pudesse afugentá-la.

Para ao lado dela. A mulher não se vira, apenas olha fixamente para o penhasco.

– É aqui o nosso lugar. – Sua voz agora é suave, pensativa.

– No frio?

– No limiar. – Ela olha de lado para Matt. Analisa seu rosto, seus olhos examinando cada detalhe, como se tentasse memorizá-los. – O resto do gado... está feliz em ficar em seu curral. Entorpecido. Adormecido. Mas nós somos diferentes.

– Somos?

– Sim. Quando te vi nos telhados, eu soube. – Ela se afasta, olhando para as águas agitadas. – Somos iguais, Matt. Dois da mesma espécie.

Ela se volta para ele, fita seu rosto. Ele sente que ela está quase... esperando por algo. Procurando. Tentando entender.

– Pessoas como nós não podem viver como o resto deles. Não podemos ficar quietos. Não podemos simplesmente... deslizar até a hora da morte. Você entende o que estou dizendo?

Matt sente a boca seca. Ele *entende*.

– Você e eu, somos atraídos para a beira do precipício. – Ela estende a mão e lhe acaricia o rosto. – E nos atiramos.

Então dá um passo para trás, preparando-se para saltar.

Matt tenta detê-la, mas é exatamente como da última vez. É tarde demais. Ela se foi. Está caindo.

– Não!

Caindo.

Ele aguarda por aquele som familiar e doentio da carne atingindo o chão, mas, em vez disso, ouve um estalo alto, como uma árvore sendo atingida por um raio.

Gelo. Ela atinge o gelo.

Isso significa água.

Matt não hesita. Segue-a por sobre a beirada.

O vento rasga seu rosto. Seus óculos se quebram. Ele gira no ar, consegue girar o corpo para cair em pé no momento certo.

É como atingir uma parede. Seus joelhos dobram até o peito. Há um som de algo se quebrando, e ele, de imediato, pensa que são suas pernas. Mas é apenas o gelo. A água gelada o engole, espremendo seu corpo e arrancando todo o ar de seus pulmões. Ele arfa, em choque, e engole água. Debate-se até a superfície, atinge as lascas de gelo enquanto sua cabeça irrompe para a superfície. Enche o pulmão de ar e mergulha de novo, procurando, sentindo.

Mas está sem esperança. Não pode sentir o cheiro dela ali embaixo. Tudo que pode sentir é uma escuridão primitiva, uma sensação de vazio abaixo dele, acima dele, pronta para engoli-lo inteiro. Ele se debate, tentando encontrá-la na água, mas não há nada. Ninguém. Ela provavelmente já foi arrastada pela correnteza.

Irrompe na superfície novamente. Enche os pulmões mais uma vez. Está prestes a mergulhar novamente na escuridão quando um som rapidamente o faz subir.

Um motor.

Matt para de se mover. Ele fica na água, esperando. Ouvindo.

E aí está. O barulho de um motor, e o som de uma risada carregada pelo vento.

10

SEIS ANOS ATRÁS.

– Você tem que fazer as pessoas te respeitarem, Tony.

Rigoletto senta à mesa na sala particular nos fundos de seu restaurante favorito, bebericando seu drinque. Está passando sua sabedoria para o sobrinho e segundo na linha de comando, Tony Piccolo. Tony já está na casa dos quarenta anos e é o favorito para assumir os negócios caso Rigoletto decida se aposentar – algo que Larks não acha que um dia irá acontecer. O velho encabeçará o negócio até o dia em que morrer.

Tony Piccolo acha que ele é da velha guarda, que seu nome deve ser mencionado na mesma linha que Al Capone ou Lucky Luciano. Larks acha que ele é uma piada, e ele sabe que Fisk pensa a mesma coisa. O cara ama aquele programa sobre a máfia que passa na TV a Cabo, sempre fala sobre o quanto ele é verdadeiro, como é difícil equilibrar a família – a família com F maiúsculo. *Família*. Ele também gosta de pensar que se parece com o ator principal. Ele começou a ganhar peso, e uma vez Larks o pegou praticando sua encarada no espelho do banheiro do bar do Lou. Tentando fazer aquele olhar preguiçoso que o ator tem.

Larks não disse nada quando entrou e o viu fazendo isso. Apenas seguiu para o urinol e fez o que tinha de fazer.

Mais tarde contou para Fisk. Ele riu até quase se engasgar com o vinho. Sentiu-se bem aquela noite. Ele gosta de fazer Fisk rir.

Larks ouve Rigoletto falar sobre respeito. Fisk estava sentado na frente de Piccolo, assentindo ocasionalmente quando Rigoletto se voltava para ele e dizia:

– Estou certo, Fisk?

Larks sabe que Fisk não acha que Rigoletto esteja certo. Rigoletto é da velha guarda. Antiquado. De uma era passada que – na opinião de Larks – nunca existiu fora dos sonhos de Rigoletto. Uma era em que a máfia tinha honra, ajudava as velhinhas a atravessar a rua, protegia a vizinhança dos criminosos verdadeiros.

Não. Nunca aconteceu desse jeito. A máfia de antes era a mesma de agora. Ou Rigoletto está ficando senil, ou simplesmente não queria admitir isso. A questão era sempre o poder. Cometer crimes para ganhar dinheiro para ganhar poder. Uma equação simples.

No fim, tudo se resume a isso. Poder. E não apenas crime – tudo. Amor. Vida. Casamento. Empregos. Divórcio. Tudo isso se resume às dinâmicas de mudança de poder: quem tem mais, e como vai fazer para conseguir mais.

Ouve-se uma batida educada na porta. Larks, o membro mais novo presente, levanta-se e a entreabre.

Ele não está esperando o empurrão súbito do outro lado, a porta explodindo para dentro, batendo em seu nariz.

Cambaleia para trás, luzes brancas lampejando no fundo dos olhos, o nariz vertendo sangue.

O caos ao seu redor. Enquanto ele se encosta em uma parede, vê um atirador mascarado entrar na sala, apontando um revólver de cano curto para Piccolo. Ele observa o atirador lentamente apertar o gatilho, vê a câmara rodando.

Uma explosão de barulho. Um lampejo laranja. Faíscas irrompendo do cano. A bala atinge Piccolo no peito. Ele faz uma careta e dá um tapa na ferida como se fosse uma picada de mosquito. O mascarado continua atirando. A força lança Piccolo de volta à sua cadeira, que desaba conforme as balas atingem a perna, o braço, o estômago, a bunda de Piccolo.

Ele cai no chão.

Mal se passaram três segundos. Outro atirador corre para dentro. Sua arma aponta para Fisk conforme o primeiro vira a arma para Rigoletto. Larks se firma contra a parede, puxa sua faca, e a atira.

Ela atinge o primeiro atirador no pescoço. Ele cambaleia e sua arma dispara, errando Rigoletto por pouco. Fisk saca sua arma. Atira no peito do mesmo atirador cinco vezes, o ruído explosivo ensurdecendo todos na sala minúscula. O segundo atirador se vira e foge.

Fisk está de pé, parado na frente de Rigoletto em uma posição protetora. Pronto para outro ataque.

– Vá! – ele ordena.

Larks corre sala afora e restaurante adentro. Rostos assustados se viram em sua direção. Ele sai para a rua no momento em que um carro dispara pelo tráfego, batendo na lateral de um táxi antes de acelerar, virar uma esquina e se perder de vista.

Larks volta para a sala. Rigoletto está no chão próximo ao sobrinho.

Tony Piccolo está morto, deitando no assoalho em uma poça de sangue cada vez maior.

Pelo menos ele se foi como nos filmes, pensa Larks. Ele teria gostado disso.

••••

– Que diabos foi aquilo, Fisk?

O Detetive Boyd irrompe em direção deles atravessando o gramado, o rosto pálido salpicado de raiva.

Larks se levanta lentamente. Ele é alto, quase dois metros de altura. Boyd é grande, também, mas é pesado, mais gordura que músculos. Um corte de cabelo bem feito e colônia, como se pensasse que é alguém. Ele olha para Larks e diminui o passo, levanta as mãos no ar.

– Tá certo, tá certo.

Larks não diz nada, apenas brinca com uma tampa de garrafa que achou na grama cheia de neve, passando-a por entre os dedos como um mágico. Larks não gosta de Boyd. Ele tem muita ambição. Quer chegar ao topo de qualquer jeito. Pessoas assim, elas não têm lealdade. É difícil controlá-las.

Mas, como Fisk diz, é bom ter um policial no bolso. Especialmente um que está em ascensão no departamento. Só precisam se certificar de que há muita sujeira sobre ele para mantê-lo sob controle. O único problema é que Larks sabe que Boyd provavelmente pensa a mesma coisa. Quem sabe o quanto ele escavou desde que começou a trabalhar para Fisk?

– Você fez bem – diz Fisk. Ele quebra um pedaço de pão velho e joga no lago. Nenhum dos patos parece interessado.

– Nenhum de nós deveria ser morto! – exclama Boyd.

– Você escolheu um homem que não é confiável – diz Fisk. – Parecia prestes a machucar Rigoletto. – Fisk se vira e se dirige a Larks.

– Estou certo, não estou?

Larks assente.

– Foi o que me pareceu.

– Não iria! Estava apenas assustando ele, só isso!

– Estava para puxar o gatilho – afirma Larks.

– Ele era policial! – diz Boyd, bruscamente. Olha nervoso ao redor, e então se aproxima mais. – Ele tinha família! O que devo dizer a eles agora?

– Nada – responde Fisk. – A polícia vai investigar um tiroteio entre gangues. Será descoberto que um membro corrupto da polícia de Nova York estava envolvido na disputa. Isso vai encerrar qualquer questão subsequente. E você não vai dizer nada.

– Mas... a esposa dele... ela vai perder a pensão.

Fisk encara Boyd por alguns momentos antes de sorrir.

– Você está brincando, né? Não está falando sério que se importa com isso, né?

Boyd desvia o olhar.

– Quer dizer, se você se importa, então, por favor... sinta-se livre para mandar a ela seu pagamento pelo trabalho de hoje. Melhor ainda, mande a ela uma porcentagem do dinheiro que eu te pago todos os meses. Não? Seu ultraje moral não chega tão longe?

Boyd não diz nada.

– Achei que não. Vá embora, Detetive, você está assustando os patos.

Boyd se vira e se afasta pelo meio do parque, as mãos enfiadas nos bolsos, o vento esbofeteando seu cabelo.

– Não gosto dele – diz Larks. – Ele não te respeita.

Um lento sorriso se forma no rosto de Fisk.

– Não estou nem aí. Uma das muitas coisas que discordo de Rigoletto é a história do medo versus respeito. Medo mantém as pessoas no controle. Respeito... não.

– E quanto a Rigoletto? E os tenentes dele? Eles temem você?

Fisk olha fixamente para os patos antes de responder.

– Vão temer – diz suavemente.

11

SEIS ANOS ATRÁS.

Matt leva o resto do dia para descer a estrada da montanha e finalmente conseguir uma carona de volta ao campus. Ele entra com dificuldade no quarto, tremendo incontrolavelmente. Os dedos estão dormentes. Não consegue nem sentir os dedos dos pés.

Foggy o olha de cima a baixo.

– Onde você esteve?

– Fui dar um mergulho.

Matt liga o chuveiro – só a água quente. Enquanto o vapor lentamente toma conta do banheiro, ele tira as roupas quase congeladas, joga-as no chão, e enrola uma toalha na cintura. Senta-se na beira da banheira, deixando o calor penetrar em seus ossos.

– Um mergulho com a Elektra?

– Esse é o nome dela?

– Sim. Ela é encrenca, cara. Louca.

Matt suspira enquanto o vapor lentamente o envolve em um caloroso abraço.

– Sabe o acidente que Flint sofreu esquiando? Quando ele quebrou os dois braços?

Matt assente.

– Ele nem sequer sabe esquiar.

– Eis o motivo dos braços quebrados.

– Não! Quer dizer, ele deu uma cantada na Elektra. Ele disse que a última coisa de que se lembra é ela rindo da sua cara... e então ele acordou no hospital. A mina é insana.

Matt assente.

– Talvez. Agora, você sabe onde ela mora?

• • • •

Matt não tem bem certeza do porquê está parado ali no escuro, a neve caindo suavemente sobre sua cabeça, às dez da noite.

Tudo que sabe é que não consegue tirar Elektra da cabeça. Durante toda a noite passada e hoje só consegue pensar nela. Ele sabe que Foggy está certo – ela é encrenca. Mas tem algo nela que o atrai. A mulher é um ímã, puxando-o para ela.

Ele sequer tem certeza sobre como se sente a respeito dela. Está bravo? Irritado? Achando divertido? Ele acha que é uma combinação – é provavelmente *por isso* que não consegue parar de pensar nela. Nunca se sentiu assim antes, a respeito de ninguém.

Só sabe de uma coisa: quer ensinar uma lição a Elektra. Por deixá--lo lá. Por assumir que o conhece. Por causa de todas as coisas que ela disse – estava errada. Ele *pode* seguir as regras. Ele *não* é como ela. Ele pode conter os instintos primais que todos têm. Passou a maior parte da vida fazendo exatamente isto: se controlando. Certificando-se de que as pessoas não se machucassem. E na única vez que ele cedeu, na única vez que deixou suas emoções tomarem conta, alguém morreu.

Então quem diabos ela é para ficar ali tentando despi-lo, entrar em sua pele?

Ele quer mostrar a ela, provar que é diferente dela.

Mas também há uma pequena parte de Matt que quer impressioná-la.

Aos olhos dele, a mansão do outro lado da rua parece uma prisão, um bloco sólido de pedra com portões altos e janelas enfeitadas. Isso lhe dá nos nervos. Limpo demais. Sua forma se revela aos seus sentidos sem dar nenhum trabalho: um grande bloco de tijolos e argamassa. Nenhuma surpresa. Como um cafetão que carrega no pescoço um monte de correntes de ouro. Essa casa é isto: uma declaração ao mundo de um homem inseguro.

Foggy disse que o pai de Elektra era algum tipo de diplomata. Talvez todos eles sejam assim. Você me mostra o seu, e eu mostro o meu.

Matt aguarda do lado de fora do portão, deixando seus sentidos falarem com ele. Sabe que há algum tipo de evento acontecendo esta noite. Muitos carros parando diante da entrada. Muitos seguranças armados. Complicado. Ele considera brevemente abandonar o plano, mas não consegue. Sua curiosidade está aguçada.

Espera a lua passar atrás de uma nuvem e então sai da sombra de uma árvore e atravessa a rua deserta até o portão de ferro. O espaço entre as barras é pequeno – pequeno demais, pelo que parece, para que um adulto se esprema por entre elas.

No entanto, as aparências podem enganar.

Ele se lembra das palavras de Stick: *suas costelas podem se flexionar, garoto. Deixe que flexionem.*

Matt respira fundo e se força através do vão. Por um breve momento, pensa que está entalado, e imagina a cara dos seguranças ao encontrarem um intruso entalado no portão. Mas ele consegue sair e atravessa o espaço aberto até um muro baixo que cerca a parte dos fundos da casa, separando o jardim por um caminho de cascalho.

Há escadas que levam para baixo, provavelmente para a cozinha. Não é para onde Matt quer ir. Ele precisa subir até o telhado, onde se sente mais seguro.

Ele escuta, ouve o ruído de passos no cascalho, o chacoalhar de papel. Sente um forte cheiro de goma de menta.

O segurança poderia ter colocado um holofote na testa. Não que fosse difícil rastreá-lo sem a goma de mascar, mas mesmo assim... Foi legal da parte dele ajudar.

Matt espera o segurança passar, e então salta para cima do muro baixo, usando-o para pular e segurar a beirada de uma janela do segundo andar. Ele se ergue. Outro pulo, e segura o beiral três metros acima. Terceiro andar. Precisa ser mais rápido agora. Se acontecer de algum dos seguranças olhar para cima, vai vê-lo na mesma hora.

O telhado está muito longe. Ele desliza rapidamente pelo beiral de cinco centímetros, movendo-se graciosamente. Calmamente procurando outro caminho, uma ajuda para subir. Nada. Continua até captar um perfume do lado de fora de uma janela: jasmim e flor de laranjeira.

Ele espia lá dentro, vê que é o quarto dela. Hesita. De repente se sente um intruso. Quase um *voyeur*. Há outra maneira de fazer isso? Matt olha por sobre o ombro, de volta para o chão. Há outros dois guardas patrulhando. Eles podem olhar para cima a qualquer momento e pegá-lo.

Não. Esse é o jeito de entrar. Ele força a fechadura da janela. Trancada. Não é problema. Pega o conjunto de gazuas que Stick lhe deu, abaixa-se e lentamente desenrola a bolsa usada, apanhando dois tipos de ferramentas. Insere a primeira, usando-a para segurar o mecanismo de bloqueio, e então insere a segunda. Ele a move lentamente, sentindo a vibração pelos dedos, ouvindo os estalidos do pequeno mecanismo.

Cinco segundos depois, abre a fechadura. Guarda as gazuas e calmamente desliza a enorme janela, abrindo-a, e salta do beiral para dentro do quarto de Elektra.

Fecha a janela atrás de si e faz uma pausa, absorvendo tudo. Pode sentir o cheiro de sua presença como se ela estivesse no quarto com ele. A memória de seu cheiro lhe mostra os movimentos dela, onde passa a maior parte do seu tempo. É forte na cama. Na penteadeira também, onde ele se mistura com o cheiro da maquiagem.

Vai até a lareira, as mãos percorrendo os inúmeros troféus. Natação. Corrida. Karatê. Aikido. Kendo. Sempre o primeiro lugar.

A garotinha do papai sabe lutar.

Matt se sente ainda mais como um pervertido agora, então se encaminha para a porta e gentilmente a abre. Pode ouvir os ruídos vindos de longe. O gentil murmúrio de uma multidão falando e rindo. Música: um piano, harpas. O tinido de copos e dos talheres.

Deve ser algo grande. Provavelmente para levantar fundos.

Matt entra no corredor. Um carpete grosso e caro sob os pés. Ele para. O que vai realmente fazer lá? Não pensou nisso direito. Queria que Elektra soubesse que não é um frouxo, mas não havia realmente pensado em como faria isso. Talvez simplesmente devesse voltar para o quarto dela e escrever algo no espelho com batom.

Obrigado pelo mergulho. Ou, *Da próxima vez, eu dirijo.*

É, ele gosta disso.

Quando está voltando para o quarto dela a fim de fazer exatamente isso, ouve o som de garras no piso acompanhado por um rosnado.

Droga.

O cachorro irrompe no corredor, arrastando uma coleira de couro. Pelo som das pisadas, ele é bem grande. Um rottweiler, talvez. Ou um pastor-alemão.

Mesmo assim, Matt não quer matá-lo. Assim que o cachorro salta no ar em sua direção, ele dá um pontapé que sacode o cérebro do animal o suficiente para cair no chão, automaticamente inconsciente.

O responsável pelo cachorro aparece no fim do corredor. Ele está segurando um walkie-talkie perto da boca com uma das mãos, e com a outra procura pela arma no coldre.

Não dá mais para fazer isso em silêncio.

Matt se lança sobre o guarda. Ele chega ao homem no momento em que este consegue sacar a arma. Matt o golpeia no pulso e ele derruba a arma. Matt a segura no ar, e depois a lança com força contra a testa do homem. Sua cabeça tomba. Matt se joga no chão e lhe dá uma rasteira.

O guarda cai de costas. Tarde demais, Matt se dá conta de que está perto da janela. Joga-se para a frente, mas o segurança atravessa o vidro e cai por cima da janela.

Matt corre até a beirada. Ele ouve outro estrondo, olha para baixo e sente um teto de vidro a uns três metros abaixo dele, agora com um buraco no meio conforme o segurança mergulha no chão de um enorme salão.

O salão está repleto de gente. Ele pode ouvir os gritos surpresos enquanto olham para cima...

... diretamente para Matt.

Ele recua, mas não antes de sentir o aroma de jasmim e flor de laranjeira e ouvir o ritmo particular do coração dela. Elektra está lá embaixo, tocando piano. É uma peça difícil... Rachmaninoff, ele pensa. Mas ela faz parecer fácil. Há algo que aquela mulher não saiba fazer? Não erra uma só nota. Nem mesmo quando o vidro explode sobre ela.

Finalmente para de tocar e se vira para olhar para ele. Matt sente isso como se esse olhar esquentasse seu rosto. Subitamente está encurralado. Os olhos dela o prendem no lugar como uma mariposa em um quadro. Ele respira com dificuldade. Um momento em que o tempo para.

– Pegue-o!

Os estalos das armas automáticas.

Os disparos irrompem no salão. Gritos, uma debandada em pânico em direção à saída. Cadeiras caindo no chão. Matt se joga para trás. As balas atravessam a janela sem vidro e atingem a parede no fundo. Isso acabou dando errado muito rápido. No que diabos estava pensando quando decidiu ir até lá? Ele quebrou as regras. De novo. E agora coisas ruins estão acontecendo. De novo. Precisa sair dali. Imediatamente.

Ele corre, furioso consigo mesmo por fazer algo tão estúpido. Não pensou com clareza. Na verdade, *sequer* pensou. Deixou que ela o atingisse. Deixou que entrasse na pele dele.

De volta ao corredor. Os sons dos passos na frente. Gritos.

Ele para, volta. Não. Não pode voltar. Eles também estão vindo por ali. Tenta a porta mais próxima. Trancada. Segue para a próxima. Dá em um escritório. Ele entra depressa e corre até a janela.

Abre a janela e se inclina para fora. Refletores iluminam o terreno como um pátio de prisão. Os seguranças rondam o local, cães latem e puxam as coleiras. Não há saída naquela direção. Tem que subir.

As lições de Stick inundam sua mente. Suas palavras, todas as vezes que Matt fica frustrado ou com raiva. *Mantenha a calma, garoto. Respire. Deixe tudo lá fora e se concentre no momento.*

Matt respira fundo e pisa no parapeito da janela. Ele se vira, sentindo a parede: tijolos nus. Pelo menos algo está dando certo. Tijolos significam lugar onde apoiar os dedos.

Matt estica o braço o máximo possível, procurando a maior fenda entre os tijolos. Coloca os dedos, mas não há como dizer se a fenda é grande o suficiente para aguentar seu peso.

Não há o que fazer. Ele se certifica de que seus dedos estão fixados o mais firme possível – e tira o peso dos pés. A dor apunhala as juntas de seus dedos. Ele consegue se segurar... por pouco. Respira fundo, puxa a mão esquerda. O ombro e o cotovelo direitos gritam de dor. Contrai-se, tenta ignorar, e se ergue ainda mais alto, o peso em sua mão esquerda. E então solta a direita, sobe mais, e repete o processo.

É lento, e doloroso, mas ele alcança o telhado sem que nenhum grito de alarme venha de baixo.

Coloca os dois braços sobre a beira do telhado...

... e então há um estalo alto no momento em que uma bala atravessa seu braço esquerdo.

Ele grita assustado e cai, para trás, do beiral. Se segura com a mão direita, lágrimas de agonia rolando por seu rosto. O ombro esquerdo está queimando, choques elétricos pulsando por suas veias.

Há gritos vindo de baixo. Mais disparos. Pedaços de tijolo explodem perto de sua cabeça e salpicam-lhe o rosto com pequenas alfinetadas de dor. Cerra os dentes, esperando que uma bala atinja suas costas a qualquer segundo, e se puxa para cima novamente, usando apenas seu braço direito para erguer todo o peso de seu corpo.

Ele rola e deita de costas. Olha fixamente para as nuvens carregadas. Toca o braço e sente o buraco: o sangue bombeia livremente, quente e grudento. *Tenho que parar o sangramento*, ele pensa. *Tenho que sair daqui.* Todo seu lado esquerdo está queimando. Logo vai entrar em choque.

Primeiro passo: sair daqui.

Ele se levanta, cambaleia até o outro lado do telhado. A parte do fundo da casa está tão ruim quanto a frente – cheio de seguranças armados com rifles automáticos e pistolas. O pai de Elektra deve ser muito paranoico para querer tanta proteção. Ou isso, ou ele é realmente tão importante quanto acha que é.

Matt segue até a parte esquerda da casa e espia lá embaixo. Dúzias de carros estacionados no fim de um caminho de cascalho em espiral. É o jeito, melhor se esconder lá embaixo. Os refletores estão todos focados nos carros, deixando largos espaços com sombras e uma extensão de grama entre a casa e o portão que não estão iluminadas como a mesa de operação de um hospital.

Não há tempo para sutileza. Matt vira, fica de joelhos e rasteja para trás. Abaixando-se sobre a borda, ele se pendura pelo braço direito – e então se solta. Atinge o terraço do terceiro andar com força. Seus joelhos se chocam com o peito, deixando-o sem ar. Ele espera, ofegante por ar.

Sem gritos. Sem alarmes.

Espera para ver se a dor vai diminuir – e então se dá conta de que está apenas piorando. Fica de pé com dificuldade e agarra a grade do terraço, quase caindo por sobre ela, e mal consegue se segurar antes de cair os dois andares em um canteiro de flores.

Ele manobra a queda para rolar assim que atinge o chão. Continua, agachado, deixando uma trilha de sangue sobre as pétalas das flores e a grama.

Abaixa-se entre os carros, segue até o último da fila, e estende seus sentidos por sobre a grama até o portão do perímetro. Ouve seguranças à direita, se espalhando da frente da casa. Mais deles vindo da esquerda. Droga. Assim que o virem, vão começar a abrir fogo. Ele nunca vai conseguir, não importa o quão rápido corra.

Matt volta em direção à casa, abre uma porta qualquer e entra em uma área de segurança. Monitores ligados. Walkie-talkies sobre a mesa. O jantar de alguém embrulhado (sanduíche de atum e uma barra de chocolate tamanho família). Matt tateia as paredes até encontrar o que está procurando: as chaves dos carros, penduradas em um quadro.

Agarra o primeiro chaveiro que toca e volta rapidamente para os carros. Agacha-se, perde-se no meio do labirinto de carros de luxo ordenadamente estacionados. Aperta o botão do alarme. Um *bipe-bipe* alto indica o desarmamento de um alarme do outro lado do estacionamento improvisado.

Ele se move rápido, sabendo que os seguranças também ouviram. Ele ainda não tem certeza de qual é o carro – então tem de apertar o botão de novo. O *bipe-bipe* vem da sua esquerda. Um SUV. Desativa o alarme uma última vez e abre a porta do passageiro. Ainda escondido dos seguranças. Consegue ouvi-los falando com urgência uns com os outros enquanto se aproximam.

Matt entra abaixado no carro e gentilmente fecha a porta. Mantém a cabeça abaixada enquanto insere a chave, ajeita-se de modo que seus pés fiquem sobre os pedais.

Hesita. Isso é insanidade. Ele nunca dirigiu, por razões óbvias. Mas não há outra saída.

Liga o carro.

O motor rosna e ganha vida, e ele enfia o pé no pedal. Os disparos irrompem atrás e à sua esquerda, atingindo o carro enquanto ele avança para a frente. Matt ouve os altos estalos das balas atingindo o metal, e então está sobre o gramado, girando o volante, espirrando lama e grama conforme segue direto para o portão de ferro.

Mais disparos atrás dele. As luzes traseiras se estilhaçam. O retrovisor explode em fragmentos enquanto ele ganha velocidade.

Ele atinge o portão a toda. É atirado para a frente, o joelho atinge o fundo do painel, as costelas acertam o freio de mão. O air bag explode na lateral do seu rosto. Matt pisca, meio tonto, e se lembra de girar o volante para a direita para que não atravesse a rua e entre no terreno do outro lado. Enfia o pé no acelerador, tenta, freneticamente, empurrar o air bag para o lado para que consiga alcançar o volante.

Buzinas ressoam enquanto os carros desviam dele, que sente o cheiro de algo queimando. O carro está pegando fogo? Não. É água. Vapor. Mas sente também o cheiro de óleo. O carro, danificado pela colisão. (Ou pelas balas.) De qualquer forma, ele precisa largá-lo. Rápido.

Matt estende os sentidos e ouve rodas girando à frente, o apertar de um disco de freio quando um carro diminui a velocidade e desvia para evitar atingi-lo. Ele se ajusta à distância deles e vira um pouco o volante para a direita, mantendo-se na faixa correta.

Tem um carro à sua frente indo na mesma direção. Perfeito. Ele foca toda sua atenção nisso, escutando se as rodas dianteiras do carro se viram no asfalto para seguir as curvas da via. Deixa que o carro o guie, como um cão-guia.

Dirige por mais alguns minutos, mas, quando a rua fica congestionada, ele sabe que tem de largar o carro ou corre o risco de um acidente. Encosta o carro, chuta a porta para abrir e corre para dentro do mato na lateral da via, depois morro abaixo e para dentro de um parque com gira-gira e balanços para crianças. Continua correndo, o corpo inteiro entorpecido. Tudo o que ele sabe é que tem de sair dali. Voltar para o dormitório. Cuidar de seus ferimentos. Ficar lá dentro. Manter-se escondido. Não ser preso.

Consegue voltar para a cidade, embora não tenha muita certeza de como. Seus sentidos vêm e vão, sua percepção aumenta e diminui. Ele não tem ideia de quantas vezes já caiu e se reergue. Está suando, congelando. O sangue ainda escorre pelo seu braço e pinga pelas pontas dos dedos. Ele rasteja fundo para dentro de si mesmo, tentando trancar a dor lá dentro.

No meio de ondas de agonia e náusea, no meio de rajadas de frio úmido e gelado, no meio de ondas de calor intenso e febre, ele luta para manter a concentração, para achar a força de que precisa.

Até que, finalmente, está de volta ao dormitório. Vazio. Ninguém acordado para vê-lo.

Entra no quarto. Passa por Foggy, roncando e bufando. Passa por sua cama e entra no banheiro. Inclina-se sobre a pia, o sangue escorrendo pelo ralo.

Limpe o ferimento.

Fique consciente.

Pare o sangramento.

É um mantra simples e ele o repete várias e várias vezes enquanto tateia com apenas uma mão o armário de remédios procurando por curativos e antisséptico.

Pare o sangramento.

Fique consciente.

Duas das coisas mais importantes na sua vida neste momento. Se falhar em qualquer uma das duas, sabe que estará morto.

Ele apalpa o braço. Acha a saída do ferimento e quase tem um colapso de alívio: a bala não está alojada lá dentro. Não precisa ir ao hospital.

Usa os dentes e os dedos para envolver o braço, desajeitadamente, apertando a atadura contra o ferimento. Está atordoado. Exausto. Pega alguns analgésicos, fortes, e se inclina em cima da pia, respirando fundo e devagar.

Idiota, idiota, idiota. Ele deixou as emoções ficarem no caminho de novo, e isso quase o matou. Quando vai aprender?

Joga água no rosto. O nariz estava entupido pelo cheiro do próprio sangue e medo – mas agora, conforme limpa o rosto, ele capta outro aroma.

Jasmim e flor de laranjeira.

O chuveiro se liga atrás dele. A água tamborila na cortina de plástico.

– Você vai ficar aí derramando sangue no chão ou quer que eu te enxágue?

Ele pode ouvir o sorriso na voz dela.

12

QUATRO ANOS ATRÁS.

Wilson Fisk acha o inverno uma época gloriosa.

Ele se levanta às 4h30 todas as manhãs só para olhar pela janela e ver a cidade lá embaixo. A pureza dessa visão lhe agrada. As infinitas possibilidades de uma camada de neve fresca cobrindo a sujeira e a escória.

A sujeira vai voltar, é claro. Sempre volta. O lodo. O lixo. O gelo negro. A lama. Mas, por um breve momento, a cidade é nova e está esperando.

– Os tempos estão mudando, Rigoletto. Há crianças na rua competindo conosco. É vergonhoso.

Fisk se vira para a janela, onde vê que a neve já se tornou lama nas ruas abaixo. Três horas. É o tempo que leva para a cidade novamente se tornar imunda.

Ele leva sua forma maciça para o lado, deixando que a luz flua para dentro do recinto. Fica parado – observando, esperando – nas sombras da conferência da cúpula dos líderes do submundo de Manhattan. Dez dos homens mais importantes da cidade. Rigoletto convocou a reunião por sugestão de Fisk. Ele sempre faz o que Fisk sugere – desde que Fisk salvou sua vida.

– Competindo? – pergunta bruscamente Marcelle Beaks. Ele controla o comércio que entra e sai das docas, tirando as mercadorias ilegais dos barcos. – Não estamos competindo. Eles estão nos fazendo comer poeira porque sabem o que as pessoas querem.

Drogas sintéticas, pensa Fisk. É o que querem. Ele observa o rosto de Rigoletto, vê a raiva retorcendo seus traços velhos e cansados.

– Temos que pensar em nossas famílias – continua Beaks. – Em nossos funcionários. Precisamos mudar conforme os tempos mudam, Rigoletto. Extorsão por proteção, traficar cigarros no mercado negro... já não dá mais lucro.

– Chega! – esbraveja Rigoletto. – Não quero mais ouvir isso.

Al Spilotro se inclina para a frente.

– Qual o motivo da súbita moralidade? O dinheiro está aí para ser ganho. Estamos falando de centenas de milhões aqui. Por que deixar que os pequenos cafetões e traficantes acabem com tudo se temos a infraestrutura para fazer por conta própria?

Beaks e os dois outros chefões assentem. Fisk anota quem são. Spilotro ganha mais coragem com isso e abre a boca para falar novamente. Mas, antes que possa proferir uma palavra, Rigoletto bate o punho na mesa.

– Todos vocês, calem as bocas! Não vamos assassinar crianças. Entenderam? Não vamos atender a tais... *perversões*. Quero dizer, vocês estão falando de tráfico humano, não é? Escravos sexuais? Que diabos há de errado com vocês? E querem infectar nossas vizinhanças com crack? Não. Vamos nos ater aos antigos esquemas. Podemos ser criminosos, mas não somos monstros.

– Mas...

– Já tomei minha decisão! Saiam daqui. Todos vocês.

Os outros chefes trocam olhares. Fisk os observa atentamente, notando o clima. Eles finalmente se levantam e deixam o recinto, Beaks, ao sair, bate a porta com mais força do que o necessário.

Rigoletto suspira.

– Ah, Fisk. Por que os tempos têm que mudar? Por que não continuam os mesmos? Eles querem desistir das nossas velhas tradições... da nossa honra. E pra quê? Uma grana rápida? Nossas famílias vivem nessas cidades. Nossos filhos vão a essas escolas.

Toma um gole de seu *espresso*. Contrai-se e larga a xícara, pegando o copo de água.

– Eles querem que transformemos esta cidade em um inferno na terra. Prostituição infantil. Drogas sintéticas... escravidão... – Sua voz some e ele balança a cabeça.

– Prostituição infantil. Drogas sintéticas. Escravidão – repete Fisk. Ele respira fundo e solta devagar. – Essas coisas são o futuro.

– O quê?

Rigoletto começa a girar a cadeira, mas Fisk se coloca atrás dele e lhe agarra a cabeça com suas enormes mãos.

– O que está fazendo? – Rigoletto tenta se soltar. Tenta se livrar dos dedos de Fisk, mas ele é velho, fraco.

Fisk sorri, e então torce. Um estalo forte, e não há mais Rigoletto.

Fisk olha fixamente para o corpo caído.

Abaixa-se, tira a rosa da lapela de Rigoletto e a prende ao próprio paletó. Esperou anos por isso. Dando seus pulos para alcançar a posição mais alta. Fazendo contatos. Construindo um consenso entre os outros chefes.

Fisk passa por cima do corpo e volta para a janela. A neve cai novamente – flocos grandes e suaves que gradualmente cobrem a lama e a sujeira. Fisk sorri. É um sinal.

A cidade pertence a ele.

Vê o caminho adiante – um glorioso império que se estende por toda a cidade.

Mas primeiro... primeiro vai ter de limpar a casa.

13

QUATROS ANOS ATRÁS.

Os meses que se seguem são "um clichê de filmes românticos, vergonhoso pra diabo", como Foggy Nelson diz para Matt depois de umas cervejas a mais.

Matt não se importa. No momento ele não anda se importando com muita coisa. Tudo no que consegue pensar é ela. Sua pele. Seu cheiro. Seu toque. Seu cabelo. Tudo dela.

Encontram-se todas as noites. Quando todo mundo já foi para a cama, ele e Elektra seguem para o ginásio do campus e malham juntos por horas sem fim.

Não conversam, mas seus corpos se comunicam. Ele pode sentir a alegria nela, o brilho selvagem de uma caçadora, a paixão primitiva de viver cada dia ao máximo.

Depois dos exercícios, seus suores se misturam nos tapetes. Tornam-se um.

Mas ainda há alguma coisa, uma... tristeza. Uma melancolia que nunca desaparece realmente dela. E todas as noites, conforme se aproxima a hora de irem embora, Matt sente que o humor dela muda. Da alegria para a tristeza, um peso que paira sobre todo seu ser. Durante esses últimos momentos, a mulher arrogante e cheia de si por quem ele se apaixonou se vai, e ela se torna uma estranha.

• • • •

Algo surge na escuridão – como se submergisse das profundezas do oceano. Algo o está atraindo. Algo que não deveria estar.

Perigo.

Um toque. Um pedaço de madeira encostando em seu pescoço exposto.

– Você nunca ouviu, não é? – grunhe uma voz.

Matt desperta completamente, tenso. A madeira se afunda em seu pescoço enquanto ele continua deitado na cama.

– Fique longe dela.

Ele conhece essa voz.

Stick.

Matt tenta se sentar, perguntas surpresas se formando em seus lábios. Mas Stick lhe pressiona uma vara comprida contra o pomo de adão e o força a recuar.

– Não fale. Apenas ouça. Ela é o demônio. Entendeu? Veneno. Ela está a caminho do inferno, e vai te arrastar junto. Já é ruim o suficiente que você tenha falhado comigo, mas não vou deixar você se unir ao inimigo, também. Eu prefiro te matar a deixar isso acontecer.

Matt abre a boca para argumentar. Um soco rápido. Uma explosão de dor em sua garganta, e Matt desliza de volta para a cama.

– Fique longe da Elektra, Murdock. Não vou falar novamente.

• • • •

Quando ele acorda na manhã seguinte, ainda não consegue entender por que Stick disse o que disse. Por que estava ali, para começar. Elektra não é o demônio. Ela é problemática, com certeza. Complicada pra diabo, sim. Mas o demônio? Sem chance.

Incomodado, ele massageia a garganta. Está sensível, mas não há machucados. E quem diabos Stick pensa que é, aparecendo no quarto de Matt desse jeito? Dando ordens? O que ele faz não é da conta de Stick. Não depois de ter abandonado Matt como fez.

Mesmo assim, na próxima vez que encontra Elektra, sugere que eles fujam. Somente os dois. Umas férias românticas.

– Para as montanhas? – ela sugere com entusiasmo. – Eu quero esquiar!

– Hã... claro. Podemos ir para as montanhas.

Para qualquer lugar, apenas para fugir da sensação de estar sendo vigiado.

• • • •

Ele deveria saber que a versão de Elektra de esquiar não seria tão simples assim.

Ela encontra a montanha mais íngreme e mais perigosa em um raio de trinta quilômetros da cabana onde estão hospedados. Então espera até que a neve tenha acabado de cair, para que esteja solta.

– Mais emocionante – diz ela.

Mais perigoso, Matt pensa. Neve solta significa um risco maior de causar avalanche.

Elektra vai à loucura.

Ela é como um leão mantido preso em uma jaula durante toda sua vida e de repente é solto na savana.

Salta de despenhadeiros, voa por sobre as descidas mais íngremes, dá mortais de cima dos penhascos que se erguem sobre florestas onde é proibido esquiar.

É claro que Matt a segue e pela primeira vez em um longo tempo ele sente a pontada de... não de medo. Mas de uma consciência de sua própria mortalidade. Um movimento errado, e ele pode dar de cara em uma árvore. Um pouso mal pensado, e ele pode cair de cabeça em um penhasco rochoso. Uma virada malconduzida, e pode iniciar uma avalanche.

Ele ama isso.

Está... feliz. A vida é como Matt sempre imaginou – *esperou* – que pudesse ser.

E então ele estraga tudo.

• • • •

Estão deitados no tapete ao lado da lareira. As chamas diminuíram, mas os dois estão quentes o suficiente por causa dos esforços, e nenhum deles sente a necessidade de jogar mais lenha.

Matt traça com o dedo o contorno do brilho alaranjado do fogo na pele de Elektra. Pode sentir o calor, o enrubescimento acalentador da vida.

– Eu te amo – ele sussurra.

Três palavras que instantaneamente deseja não ter dito. Ela não reage. Não se move. Não diz nada. Ele tenta ignorar, mas, quanto mais seu silêncio se estica, mais ele amaldiçoa sua estupidez.

– Elektra...?

– Você nem sequer me conhece, Matt. Não de verdade.

– Eu conheço. Claro...

– Não conhece – ela suspira. – Você sabia que eu matei cinco homens semana passada?

Ele ri, aliviado por ela já estar fazendo piadas.

– Você acha que estou brincando. – Sua voz é triste.

– É claro que está.

– Eu não mereço amor, Matt. Nunca mereci.

– Todo mundo merece amor.

– Eu não. Não depois das coisas que fiz. – Ela rola para longe dele e se senta, os joelhos próximos ao peito enquanto olha fixamente para as chamas. Sem se mover.

– Se eu pudesse ter evitado me apaixonar por você, eu teria.

– Por quê? Por que quer evitar sentir-se feliz?

– Não está ouvindo? Eu não *mereço*. Não posso ser feliz, Matt. Eles não permitem.

– Quem? Quem não permite?

Ela balança a cabeça.

– As pessoas se machucam perto de mim...

Matt sente um arrepio ao ouvir aquilo. *As pessoas se machucam perto de mim.* Ele vê o lampejo de uma mulher caindo da janela, e tenta não pensar.

– Você está louca – ele diz. Mantendo o tom leve. Provocando.

– Louca? É isso mesmo, Matt. Eu sou louca.

– Eu estava brincando. Não quis dizer...

Elektra se vira para Matt. Coloca a mão quente sobre o rosto dele.

– Eu sei que não quis. Mas é a verdade. Eu... ouço vozes, Matt.

Ele balança a cabeça, confuso.

– Que tipo de vozes?

– Em minha cabeça. Elas... falam comigo. Me mandam fazer coisas. Todo o tempo. Sem parar. Gritando em minha mente. O único momento que consigo calá-las é quando estou fazendo... loucuras.

Vozes? Matt se pergunta se ela está sendo literal. *Como esquizofrenia?* Ele não sabe se pode perguntar. Então espera que ela continue.

– Elas começaram quando eu era mais nova. Elas... – sua voz some. – Na verdade, quer saber? Esqueça. Esqueça o que eu disse.

– Elektra...

– Não. Estou cansada, Matt.

Ela encosta a cabeça no tapete e, como um gato, instantaneamente adormece. Matt fica sentado ali, o calor do fogo no rosto, os dedos pousados gentilmente sobre o braço dela, sentindo o pulsar de seu coração enquanto sente raiva de si mesmo por ter aberto a boca.

• • • •

Todos os dias desde a noite na cabana é como um tempo extra. Matt sabe que acabou, e pode sentir o vazio em seu estômago.

Ele a vê algumas vezes depois que retornam, mas pode sentir que ela está se afastando, e que, quanto mais tenta segurá-la, mais rápido ela escapa.

Então tudo que lhe resta é deixá-la em paz. Tentar não a pressionar e esperar que o fim não chegue.

Mas ele chega. Em um dia tão frio que é capaz de transformar lágrimas em gelo.

Elektra liga para ele.

– Matt... – diz, e instantaneamente ele sabe. Os cacos da voz dela lhe perfuram o coração, e ele quer desligar, arrastar-se para a cama e se esconder do mundo.

– Meu pai... ele... ele... está morto, Matt.

Matt se endireita, a autopiedade se foi.

– O quê? Como? O que aconteceu?

– Alguém invadiu a casa. Eu... eu não sei direito. Eu ouvi... vozes...

Eu ouço vozes, Matt.

– Onde você está?

– No aeroporto. No avião particular do papai... eu... eu vou embora.

– Espere. Não vá.

– Eu tenho que ir, Matt. Não posso mais ficar aqui.

– Por favor. Espere... até que eu possa te ver. Deixe eu me despedir, pelo menos.

• • • •

Ela concorda em esperar. Durante todo o caminho até o aeroporto, Matt repassa situações na cabeça, argumentos para fazê-la ficar. Ele já é um advogado, e tentará argumentar em causa própria.

Elektra não vai ouvir. Está parada ao lado da pista de pouso, a neve empilhada em um grande monte. O avião já abastecido e preparado para decolar.

Está usando um casaco pesado. Sua respiração enche o ar de nuvens. Matt pode sentir quando para diante dela: o calor que exala de seu corpo ficando gelado quando é exposto ao ar.

– Não tente me convencer.

– Por quê? Se você simplesmente...

– Não! Não percebe? Eu não estou *destinada* a ser feliz. Esse é meu castigo.

Matt balança a cabeça.

– Isso não é...

– *É*. Eu amava papai, então ele teve que morrer. As vozes me disseram. Elas fizeram isso, Matt.

– Elas...?

– Elas fizeram isso! Elas tiveram que me mostrar quem eu sou. Que eu tenho que ficar sozinha.

– Elektra, por favor. Você não tem que ir.

– Tenho. Você não percebe? Se eu não for, você será o próximo.

– Quem fez isso? Quem matou seu pai? Podemos denunciar. Fazer com que sejam presos...

– Não importa quem apertou o gatilho. As vozes estão por trás disso.

Matt não sabe mais o que dizer.

– Não vou te arrastar para o fundo comigo. Você não vai acabar como meu pai. Eu posso muito bem fazer isso. Posso deixá-lo. Vou para o inferno sozinha.

– Você não vai para o inferno – ele diz com tristeza.

Ela ri, alto e claro, no ar congelante, e Matt pode ouvir a pitada de histeria na risada. Ele a puxa para um abraço e a envolve em seus braços, tentando protegê-la, protegê-la do mundo.

Ela para de rir e repousa a cabeça no peito dele, ouvindo as batidas do coração por um minuto inteiro antes de se afastar.

– Tenha uma boa vida, Matt Murdock – ela diz, e desaparece no avião sem olhar para trás uma só vez.

Matt ouve o barulho da aeronave se afastando e subindo ao céu.

Começa a nevar de novo.

Vai ser um inverno difícil.

14

QUATRO ANOS ATRÁS.

Larks tem uma missão, e é uma das que lhe cai muito bem. Uma pela qual ele sente que esteve em treinamento pela última década. Todos os assassinatos, todas as mortes – tudo levou a essa missão. Uma noite para estabelecer um novo começo.

Ele sente uma pontada de excitação enquanto aguarda diante da casa de Al Spilotro. É um sobrado antigo. O telhado inclinado, um pequeno jardim bem cuidado na frente. Caro. Elegante. Não é o que ele esperaria do velho.

A noite está congelante. A respiração de Larks enevoa o ar diante dele, arrastando-se por sobre o ombro enquanto ele atravessa a rua. Diminui o passo conforme se aproxima do portão e olha em volta, mas não há ninguém por perto. Está muito frio. Todos estão encolhidos em frente de suas lareiras ou no aconchego de suas camas.

Larks abre o portão de ferro e se aproxima da porta. É pesada, esculpida em mogno. Ele bate e espera.

Nenhuma resposta.

Larks anda pela lateral da casa, certificando-se de que suas pegadas não fiquem visíveis, e então se inclina por sobre um muro onde pode ficar de olho no portão da frente. Ele poderia simplesmente arrombar e esperar lá dentro – Larks sabe que Spilotro não é casado, então não haveria ninguém lá com quem lidar –, mas assim parece mais apropriado. Um pouco de desconforto antes do prazer.

Spilotro chega meia hora depois. Os dentes de Larks estão batendo; seus dedos, mesmo protegidos pela luva de couro, estão quase completamente dormentes.

Ele ouve o guincho das dobradiças do portão e vê Spilotro subindo o caminho. Larks revira os bolsos desajeitadamente, procurando a seringa que já havia deixado preparada. Os dedos dormentes a derrubam. Ele xinga em silêncio, tira as luvas com os dentes, e então pega a seringa com cuidado.

Spilotro já está na porta da frente. Larks se apressa, corre atrás de Spilotro e enfia a agulha em seu pescoço. As pernas do homem cedem como um viciado tomando a primeira dose de heroína em um mês. Sua cabeça quica no chão quando ele cai, o baque ecoando pela casa escura.

Larks olha por sobre o ombro, e então passa por cima do corpo, agarrando-o por baixo dos braços e o arrastando para dentro.

• • • •

A primeira coisa que Larks faz é acender a lareira. Deixa o fogo bem alto, e para diante das chamas enquanto os dedos descongelam. Usa as cordas das cortinas para amarrar Spilotro a uma poltrona de couro ao lado da lareira, e puxa uma poltrona idêntica para si mesmo e a coloca em frente.

É uma bela sala de estar, pensa Larks. Mobília cara, madeira polida, um bar bem abastecido. Larks se serve de conhaque, algo para ajudá-lo a banir os últimos vestígios de frio.

Ele pega a bebida e se senta, esperando Spilotro acordar, bebericando lentamente e deixando o calor se infiltrar em seu corpo.

Quando termina a bebida, Spilotro geme, saindo de seu sono induzido por drogas. Larks larga o copo, descansa os braços na poltrona e aguarda.

Spilotro pisca os olhos até conseguir abri-los. Olha confuso para a lareira. Tenta se mover e se dá conta de que não consegue. Seus olhos se arregalam, olhando para a corda que o prende, e então olha para Larks.

O medo em seu rosto é uma delícia de se ver. Larks fica em silêncio por um momento, apenas saboreando aquela visão. Esperando que ela mude.

E muda.

Nesse ponto da vida de Larks, ele se considera uma espécie de perito no que diz respeito a expressões faciais criadas por coações. Analisar tais coisas se tornou um passatempo para ele. Ou talvez "obsessão" seja o termo correto. Esses momentos são o alimento de sua alma. Para alguns, é pintar. Para outros, escrever. Para Lark, é testemunhar as emoções dos que estão prestes a morrer.

O medo no rosto de Spilotro se torna raiva. Larks quase pode ouvir seus pensamentos. *Minha casa. Esse desgraçado invadiu minha casa! Eu vou matar ele!* E então a expressão se torna pensativa. *Como posso sair dessa? Deve haver um jeito.* Seus olhos se movem pela sala, buscando por algo que não está lá. Então vem um momento de descrença – está preso ali.

E a compreensão: está em uma situação sem esperança.

A astúcia vem a seguir, pensa Larks. *Ele vai tentar negociar sua saída.*

– Eu... eu não sei o que está acontecendo – diz Spilotro. – Mas, se Rigoletto acha que sou desleal, ele está errado.

Larks não diz nada.

– Eu posso pagar! Me dê seu preço.

Larks se inclina para trás, beberica o conhaque. Observando.

– Diga algo! O que Rigoletto quer? Isso é porque eu falei...

– Rigoletto está morto.

Spilotro congela, os olhos se arregalam.

– Então...

– Estou aqui em nome do Sr. Fisk.

– Fisk? Do que diabos você está falando? Fisk pode ir à...

– O Sr. Fisk está assumindo os negócios.

– O diabo que está. Sou o próximo da fila!

– Sim. É por isso que estou aqui. Precisamos ter uma conversinha.

Larks enfia a mão na jaqueta e retira sua faca de pesca. Observa Spilotro o tempo todo, focando-se nos olhos. Ali. Ali está: a raiva derretendo e se transformando em resignação.

Spilotro sabe que não há saída: ele vai morrer. Seus olhos foram drenados de toda esperança, de todo brilho. E o que restou é um olhar vazio, um rosto cheio de ressentimento.

Larks treme de prazer. É para esses momentos que ele vive. Gostaria de poder, de algum modo, engarrafá-los.

– Agora – diz Larks –, estou aqui para saber alguns nomes. Você pode me dar alguns nomes, não pode?

– Quais nomes?

– Daqueles que estavam planejando substituir Rigoletto.

Spilotro nervosamente lambe os lábios.

– Ninguém estava. Do que você está falando?

– Qual é, Spilotro. Nós sabemos. O Sr. Fisk ouviu os rumores. Mas ele é um homem justo. Não quer punir ninguém que não mereça. Por mim, eu mataria todos. Começaria do zero. Sangue novo. Mas o Sr. Fisk, ele pensa que alguns de vocês ainda têm alguma coisa com o que contribuir. Então me dê os nomes.

– Beaks. É tudo coisa do Beaks. Ele... ele me pediu para ajudá-lo. Mas eu disse que não. Ele e Cassano. E Valerio. É tudo coisa deles. Eu juro!

Larks assente e se levanta. Olha ao redor da sala, vê um banquinho encostado em uma parede distante. Arrasta-o com o pé e o coloca entre as duas poltronas. Levanta os pés de Spilotro e os coloca sobre o banquinho. Em seguida, desamarra os sapatos de Spilotro e os joga para o lado, usando o restante da corda da cortina para amarrar os pés de Spilotro no banquinho.

– O... o que você está fazendo? Larks? Eu já contei!

Larks pega a faca novamente. Spilotro se contrai na cadeira enquanto Larks vira a lâmina lentamente, a luz do fogo refletindo no metal.

Larks se senta de novo.

– Eu penso bastante – ele diz. – Eu tenho esse quartinho com uma claraboia. – Ele aponta a faca para cima. – Eu me deito lá e penso nas coisas. Recentemente andei pensando muito em tortura. Sabe o que andei me perguntando?

Spilotro balança a cabeça.

– Andei me perguntando se torturar a mente seria mais eficaz do que a dor física. Sabe do que estou falando? Se observar algo acontecendo com seu corpo, mas sem *sentir* a dor é mais aterrorizante do que a dor em si. A dor, você espera. Você a antecipa. E aí, nada? Quando ela vai chegar? Eu acharia bem assustador.

Larks se inclina para a frente de repente e enfia a faca na sola do pé de Spilotro. A ponta sai do outro lado enquanto Spilotro tenta tirar o pé. Ele solta um grito... que se torna um gemido confuso.

– Vê? – Larks retira a faca. Spilotro olha para a ferida com um olhar patético e intrigado.

– Isso é obra da droga que injetei em você. Ela corta os impulsos de dor. – Larks cutuca o pé com a ponta da faca. – Agora. Spilotro.

Voltaremos ao meu experimento daqui a pouco. Mas você já está pronto para me contar quem está envolvido?

Os olhos de Spilotro relutantemente se afastam do sangue que escorre do ferimento de seu pé. Seus olhos estão arregalados, as lágrimas escorrendo pelo rosto.

– O quê?

– A conspiração contra Rigoletto. Nomes.

– Eu já te disse.

– Humm. O negócio é que não estou certo se acredito em você. Vou te dizer...

Larks agarra o pé ferido de Spilotro, pressiona-o contra o banquinho e corta fora todos os cinco dedos.

Spilotro grita de novo. Larks se levanta, observando curioso. Spilotro soa como se sentisse dor. Mas não sente. É impossível. O que significa que a mente está preenchendo as lacunas.

Larks se agacha perto da poltrona de Spilotro. Os olhos do homem estão fixados nos cinco dedos que jazem em pequenas poças de sangue no chão.

– Spilotro. *Spilotro!* Olhe para mim... bom garoto. Isso doeu? Quero dizer, doeu *de verdade*? O que está sentindo?

– Você é louco! – soluça Spilotro.

– Louco? – Larks se levanta novamente. Ele anda de um lado para o outro pensativo. – Engraçado você dizer isso, porque também já me fiz essa pergunta. Mas não, acho que não. Com certeza sou diferente. Mas isso é só porque sei quem realmente sou.

– Você é... um psicopata.

– Não. Sou um sociopata. Há uma diferença. Agora me diga quem está envolvido.

– Beaks! Cassano. Valerio. Os outros estavam com muito medo!

O pé de Spilotro bombeia sangue no chão de madeira. Ele não vai durar muito. Mas Larks acha que ele está dizendo a verdade.

Inclina-se para a frente e passa a lâmina pela garganta de Spilotro.

Os olhos do velho se arregalam ao máximo. Larks se inclina para perto, mantendo o olhar. A última coisa que ele verá. Larks observa os olhos de Spilotro enquanto ele se vai, esperando pelo momento em que a vida desvanece.

• • • •

Uma hora depois, Larks está sentado à mesa de uma boate, ouvindo um aparelho de som bem fraco enquanto dançarinas que já passaram há dez anos da data de validade se balançam e rodopiam no palco à sua esquerda.

Beberica seu vinho e pensa no futuro. As coisas vão mudar com Fisk tomando o controle. Isso vai significar mais responsabilidade para Larks. Provavelmente mais dinheiro, também, mas dinheiro nunca foi uma força motora em sua vida. Sua arte é o que o motiva.

Larks encara os idiotas bêbados se fazendo de bobos nas mesas logo na frente do palco. Praticamente babando. Estúpidos. Ele poderia apostar que cada um deles tem uma família esperando em casa. Algumas pessoas simplesmente não sabem o que têm.

Ele ergue a taça vazia no ar. O barman olha na sua direção, mas então seus olhos se desviam novamente para o lado e ele continua fazendo suas coisas. O homem tem tratado Larks assim desde que ele entrou. Larks não tem ideia do motivo, mas está começando a irritá-lo.

Segura a taça no alto por cerca de dez segundos e então a bate com força na mesa.

– Garoto! – ele grita. – Não me faça levantar.

Ele observa o barman dando a volta no balcão, trazendo uma garrafa de vinho.

– Sirva – diz Larks.

O barman franze a testa levemente, levanta a garrafa e despeja demais na taça. Ela transborda, molhando a mesa. Larks o encara. O barman simplesmente põe a garrafa na mesa e volta para sua posição atrás do balcão.

Larks fica tenso, e se força a acalmar. Ele tem coisas a fazer essa noite. Não pode se permitir perder o controle. Mas quem sabe mais tarde?

Bem, aí ele vai ter tempo livre, não vai? E verá o quanto o garoto consegue ser arrogante.

Pega a taça com cuidado, mas, mesmo assim, não consegue evitar derrubar uma gota do vinho tinto em sua calça. Larks olha para ela, e então volta o olhar para o barman. O garoto precisa de uma lição. Os dedos de Larks se fecham no gargalo da garrafa. Ele a ergue e sente seu peso. Pesada. Bom, vidro de qualidade.

Larks cuidadosamente despeja o resto do vinho garganta abaixo, estala os lábios, e, em seguida, levanta-se. Segura a garrafa baixa e caminha até o bar, certificando-se de que o barman não possa ver sua mão. Espera até que o garoto termine de servir um cliente, e então faz um gesto para que ele se aproxime.

O garoto se aproxima relutantemente. Larks cerra os dentes em um sorriso. Está prestes a agarrar o garoto pela camiseta e meter sua cara no balcão quando uma figura aparece atrás dele e vai para trás do bar.

Valerio. Ele nem sequer olha na direção deles enquanto abre uma porta que leva aos escritórios no fundo e desaparece de sua vista.

– É seu dia de sorte, filho.

O barman olha feio para ele, e então vai servir outro cliente. Larks espera até que o garoto se vire de costas para passar para trás do balcão e seguir Valerio.

Encontra-se em um corredor estreito. Barris de alumínio de cerveja empilhados contra uma parede. Adiante há três portas e, bem de frente a Larks, há uma escada.

Larks verifica a primeira porta: um depósito. A sala seguinte está vazia, então Larks segue para a última. Para diante da porta fechada, ouvindo. Pode ouvir o movimento lá dentro, o ruído de papéis.

Larks abre a porta, revelando um pequeno escritório. Valerio está sentado atrás da mesa, lendo alguns arquivos. Ele olha surpreso para Larks que silenciosamente fecha a porta atrás de si.

– Larks? O que está fazendo aqui?

– O que você acha?

– Não sei. É por isso que estou perguntando.

– Eu falei com Spilotro.

– Falou? Bom para você.

Ele desvia o olhar, voltando para os documentos. *Cliente calmo*, pensa Larks.

– Ele me contou tudo.

– Tudo a respeito do quê?

– A respeito de sua pequena conspiração contra Rigoletto.

Ah. Aí. Uma pequena contração na bochecha.

– Soa familiar?

– Não faço ideia do que está falando.

Larks subitamente atira a garrafa de vinho. Ela gira no ar, e sua base atinge o rosto de Valerio. Larks ouve o estalo da cartilagem. Sangue espirra na mesa. O homem grita, as mãos segurando o nariz destruído. A garrafa cai na mesa, sem se quebrar. Larks fica um pouco surpreso com isso. Ele tinha certeza de que ela iria estilhaçar na cara do outro.

– Me diga quem está envolvido, Valerio.

Valerio está gemendo e choramingando, soprando ranho ensanguentado por toda a mesa.

– Qual é, cara. Isso é nojento. Apenas me diga, e depois eu te levo para o hospital.

– Spilotro! – ele choraminga.

– Eu sei disso – Larks diz pacientemente. – Quem mais?

– Beaks!

– Ótimo. E?

– Cassano.

– E?

– Só isso! Eu juro!

Larks assente. Spilotro estava dizendo a verdade, afinal.

Larks dá um passo para a frente e pega a garrafa que ainda está girando. Ele a agarra pelo gargalo e, descrevendo um arco no ar, golpeia a lateral da cabeça de Valerio.

Dessa vez ela quebra.

A cabeça de Valerio se joga para o lado e atinge a parede. Os olhos de Valerio esbugalham. Ele cambaleia até ficar de pé, voltando o olhar horrorizado para Larks, dá a volta na mesa, mas suas pernas cedem. Ele cai no chão e seu rosto colide com um barril vazio.

Larks se contrai ao som do *dong* vazio que ecoa pelo pequeno escritório.

– Valerio? – Larks o cutuca com a bota. Nada. Larks suspira e se inclina para baixo, usando as duas mãos para levantar Valerio.

Um longo caco de vidro está enterrado em sua cabeça.

– Valerio, seu bobinho. Isso foi descuidado.

A porta do escritório se abre e o barman entra. Ele congela no meio do passo ao ver o corpo no chão e Larks se inclinando sobre ele. Larks se endireita e agarra o garoto, puxando-o para dentro e batendo a porta.

Ele sorri.

– Não é tão arrogante agora, não é? – ele diz, enquanto saca sua adaga.

• • • •

Larks dá sorte. Tanto Beaks quanto Cassano estão passando a noite no Cassino Empire Resorts, uma pequena franquia operada pelo próprio Beaks.

Larks se aconchega em seu casaco, observando o cassino das sombras de um beco do outro lado da rua. Luzes de neon roxas e azuis bruxuleiam, iluminando os clientes que entram e saem das portas escuras.

Ele espera até que fique tarde, até que não haja mais do que alguns clientes lá dentro. Estremece e olha para o céu. Nuvens carregadas se movem para tornar invisíveis as frágeis estrelas do inverno. Logo vai nevar de novo. Ele deve acabar rápido com isso.

Pega a bolsa de couro aos seus pés e atravessa a rua, entrando no beco ao lado do cassino. Ele não precisa arrombar. Não precisa torturá-los por informação. Já sabe que esses são os dois últimos que queriam se voltar contra Rigoletto. Assim que estiverem fora do jogo, Fisk pode vislumbrar um novo dia com um grupo de leais tenentes. Um novo começo. Exatamente o que a organização precisa.

Larks para embaixo da primeira janela que vê e coloca a bolsa no chão. Ele a abre, tira duas garrafas cheias de gasolina, e as coloca contra a parede. Pega um isqueiro e acende o pedaço de pano enfiado na primeira garrafa.

Larks a pega, quebra a janela e joga a garrafa lá dentro. Ela gira pelo ar, soltando um rastro de fumaça e chamas.

E então explode ao se chocar contra a parede oposta.

O líquido flamejante se espalha em todas as direções. Mesmo de onde está, Larks sente o calor. Rapidamente acende a segunda garrafa e a atira contra uma parede diferente.

Larks pega a bolsa e segue para a próxima janela. Ele retira mais duas garrafas, acende os panos e as joga para dentro do lugar.

As chamas se espalham por uma mesa e se arrastam para uma estante de livros vazia. Larks olha para o prédio. Uma luz laranja bruxuleia na primeira sala, a fumaça saindo pela janela e subindo ao céu. Larks agarra a bolsa e anda até a porta de incêndio. Retira uma corrente da bolsa e a passa pelas maçanetas. Depois, fecha a corrente com um cadeado. Refaz os passos até a entrada do beco e espia a rua. Vazia. Ele pega a última corrente, fecha também as portas da frente, e então sai com pressa pela rua.

Boceja. Está exausto. Precisa descansar depois de todo o trabalho da noite.

15

QUATRO ANOS ATRÁS.

Gabe Mcavoy já teve sonhos. Ele tinha um plano. *Uma trajetória de carreira*. Desde que era adolescente.

Seu filme favorito ainda é *Todos os Homens do Presidente*. Redford e Hoffman. Esse filme foi o que o fez querer ser jornalista. Ele queria ser o tipo de repórter que descobre um escândalo. Algo grande. Algo que garanta que seu nome será lembrado por décadas.

Mas este é o problema com os sonhos de infância: você tem de desistir deles. Enterrá-los tão profundamente que só às duas da manhã eles vêm à tona, depois de uma garrafa de uísque, ouvindo aquela velha fita cassete gravada na época do colégio que você encontrou no fundo do armário.

Mesmo assim. Pelo menos ele *se tornou* um jornalista. Já é alguma coisa, certo?

Gabe olha ao redor do escritório de plano aberto da redação do *Clarim*. Deserto – abandonado por aqueles que têm uma família esperando. Ou por aqueles que não têm medo de ir embora para um apartamento vazio. Imagina como seria se sentir assim. Confortável com a solidão. Não precisar ficar *fazendo* algo para se distrair dos próprios pensamentos.

Ele suspira e volta a atenção para a mesa entulhada. Pastas abarrotadas, contas por abrir. Um computador antigo com um desses monitores verdes fosforescentes. Copos de café velho. Embalagens de comida. Latas vazias de energético.

Bem-vindo à minha vida.

Ele ouve um ruído e olha para cima. Ben Urich entra no escritório. O cara novo. Cabelos castanhos e ralos, rosto comprido e óculos pretos que sempre escorregam por seu nariz, fazendo-o olhar por cima deles. Gabe não consegue se decidir se Ben é como ele – com medo do apartamento vazio – ou se ainda está tentando impressionar o chefe trabalhando até tarde. Gabe pensa, por um breve momento, em perguntar, mas como diabos faria isso – perguntar a um completo estranho se ele é solitário?

Ben olha na sua direção. Ergue a mão, cumprimentando-o.

– Trabalhando em uma grande história? – pergunta do outro lado do escritório.

Gabe quase ri. Ele não acha que Urich seja inexperiente. Dizem que o homem já está no jogo há mais de uma década. Mas ele parece ainda ter aquele otimismo que os novos jornalistas têm, de quem acredita que há uma grande história em algum lugar lá fora, uma que vai fazer seu nome. Gabe provavelmente deveria mandar um papo reto, mas não mandar faz com que ele se sinta melhor a respeito de si mesmo. Não porque esteja protegendo o cara, mas porque acha que o cara tem de sentir o mesmo que Gabe sente. Nos próximos meses, seus ombros vão cair, seu rosto vai ficar mais enrugado e cheio de linhas de expressão por conta da bebida e das noites mal dormidas, e ele vai se tornar igual a todos os outros que trabalham no jornal. Seu aprendizado terá chegado ao fim.

Jesus, mas ele é mesmo um bosta. Sério. Quem pensa desse jeito? Sente-se péssimo. Então, um segundo depois, sente-se *bem* por se sentir péssimo. Isso significa que ainda tem alguma humanidade ali, certo? Que ele pode se sentir mal por ter esses tipos de pensamentos?

Seu telefone toca.

– Mcavoy.

Uma respiração nervosa do outro lado da linha.

– Eu... preciso falar com alguém da parte policial.

– Sim, sou eu.

– Ah... eu tenho... algumas informações para você.

– Sim? – Mcavoy se pergunta o que vai ser hoje. Um cara que pensa que seu vizinho é um serial killer? Ou um cara querendo incriminar falsamente a esposa traidora. Ou talvez ele queira dedurar o chefe por evasão fiscal. Todos os tipos de ligações com as quais teve de lidar no último mês.

– Sim. É sobre... sobre Rigoletto.

Mcavoy pisca. Ele leva um segundo para se dar conta de que ouviu certo. Ajeita-se na cadeira.

– Rigoletto?

– Sim.

Rigoletto. O chefão da máfia que controla o crime na Cozinha do Inferno.

– O que tem ele?

– Está morto.

Morto... que diabos?

– Como?

– Olha. Eu preciso de proteção. Vou te contar tudo que precisa saber, mas preciso de garantias. O cara novo, ele está limpando a casa. Ele acabou de tentar me queimar vivo! Eu quase não consegui me salvar. Acho que quebrei o tornozelo.

– Certo, certo. Espere. Me deixa pensar.

– Não tenho tempo para esperar!

Mcavoy consegue ouvir o desespero na voz dele.

– Escute. Se o que você disse é verdade, vai precisar de proteção à testemunha.

– Jura, acha mesmo?

– Vá para a 43ª delegacia.

– Sem polícia! Todos estão na folha.

– Nem todos...

– Qual é, cara. Você é estúpido ou o quê?

– Tem um cara que eu conheço. Ele é honesto...

Mcavoy ouve a risada amarga do outro lado do fone.

– Tá certo. Tá bom. Ele é o mais honesto que você vai encontrar na cidade. Mas ele é meu contato. Devemos favores um ao outro. Vou entrar em contato com ele. Ele vai marcar uma reunião com o FBI. Eles podem conseguir proteção adequada.

Silêncio do outro lado da linha.

– Tá bom. – Relutante, não está convencido. – Mas, se você ferrar comigo, eu mato você e toda sua família.

– Qual é, cara. Você está me dando a maior história da minha carreira. Por que eu te ferraria? Onde você está escondido?

– Por quê?

– Porque eu preciso te encontrar. E o FBI vai precisar saber onde você está.

– Um motel fora da cidade. Um lugar chamado Recanto do Descansado.

– Não saia do seu quarto. Eu apareço aí nas próximas horas.

A linha fica muda. Mcavoy se recosta, passa as mãos por entre os poucos cabelos. Ele nem sequer se permite ficar animado. Já se decepcionou muitas vezes. Mas, se isso for verdade, vai ser algo grande.

Agarra o casaco, segue na direção da saída. Urich olha enquanto ele passa.

– Indo para casa?

Mcavoy não resiste ao impulso de se vangloriar.

– Grande história.

– Ah, é?

– Sim. Informantes da máfia e policiais corruptos. O normal.

Ele se agita por dentro ao ver os olhos de Urich se arregalando. É isso aí, novato. Engole essa.

Talvez *essa* seja a grande história. Talvez essa seja a que vai fazer seu nome ficar conhecido. Aquela que vai fazer Hollywood vir atrás dele.

Deixa o escritório, imaginando quem faria seu papel em um filme.

• • • •

– Então... – o detetive Slattery se recosta em sua cadeira. As molas rangem e gemem, e Mcavoy está convencido de que ela vai desabar sob o peso dele. – Você está dizendo que essa pessoa anônima quer se virar contra Rigoletto...

– Não. Rigoletto está morto. Ele quer ser testemunha contra o novo chefe.

– Certo. Desculpe. E, em troca, ele quer ser colocado no Programa de Proteção à Testemunha?

– Um pedido razoável. – Mcavoy beberica o uísque que Slattery lhe serviu. Ele sabe que Slattery já tinha bebido antes de chegar.

– Apenas ligue para o Bureau.

– Claro. – Slattery coloca a cadeira para a frente e pega o telefone. Então ele olha para Mcavoy fingindo surpresa.

– Peraê. Não tenho o telefone do FBI na discagem rápida.

– Espertinho. Deve haver algum tipo de procedimento para esse tipo de coisa. Eu poderia simplesmente ter pegado a história com ele e colocado nos jornais, sabe. Eu vim aqui para te ajudar. Se você estiver nessa desde o começo, pode ser bom para a sua carreira.

– Justo. E você está certo. Existem procedimentos. Mas eu tenho que falar com meu chefe. Ele vai precisar falar com o chefe dele e blá-blá-blá.

– Então, o que está dizendo? Que não pode ajudar?

– Posso. Mas pela manhã. Me dê os detalhes que tem, e eu aciono a cadeia de comando para que lidemos com isso logo pela manhã.

– Isso é grande, Slattery. Não estrague tudo.

– Ei. Por que eu faria isso? Como você disse, pode ser bom para minha carreira.

• • • •

A chuva cai com força no momento em que Mcavoy chega ao motel fora da cidade. É um pardieiro, um lixão encarapitado na lateral da rodovia, quase invisível até passar por ele.

Há três carros no estacionamento: um velho Lincoln, uma station wagon antiga, e uma Mercedes novinha em folha. Mcavoy suspira.

– Bela maneira de ser discreto, idiota.

Ele estaciona ao lado da Mercedes, admirando-a pelos pingos de chuva da janela. É um belo carro. Aposta que os assentos são de couro. Com aquecedor. E aquelas coisas que massageiam as costas.

Toma um gole do cantil de alumínio e acalma os nervos, se certificando de que tem tudo de que precisa para fazer o acordo.

Um gravador digital. Certo. Goma de mascar para se livrar do bafo de uísque. Certo.

Enfia um chiclete na boca e sai do carro. São praticamente três passos até a porta, mas ao chegar lá já está ensopado. Ele sacode a água, e xinga pelo fato de ter 47 anos e ainda não ter comprado um guarda-chuva. Que merda é essa? Quando é que vai levantar a bunda e comprar as coisas de que realmente precisa? Como guarda-chuvas. E panos de prato. Coisas de adulto.

Bate na porta.

– Sou eu! Mcavoy!

Sem resposta.

Bate na porta de novo... dessa vez usando o pé também.

– Ei! Abre a porta! Você me ligou, lembra? Sou o jornalista.

A porta se abre, revelando uma luz fraca vinda de dentro do quarto. Sombras estranhas são lançadas sobre as paredes.

Conforme a porta se abre mais, ele vê o motivo. A luminária de cabeceira caiu no chão.

Seus olhos notam o corpo antes de seu cérebro se dar conta de que ele está muito encrencado. Uma figura aparece na porta. Alto e magro.

Mcavoy só tem tempo de pensar, *Slattery, seu desgra...*

E é isso. A lâmina rasga. O corte é profundo, rompendo a artéria carótida e o músculo atrás do pomo de adão.

O assassino dá um passo para o lado enquanto a figura cai no carpete. Ele puxa Mcavoy para dentro do quarto, e então bate a porta.

O escritório está agitado quando Ben Urich chega para trabalhar no dia seguinte. Não demora muito para descobrir o motivo. Gabriel Mcavoy, um dos repórteres policial veteranos do *Clarim*, foi encontrado morto em um motel nos arredores da cidade. A nota oficial diz que ele estava trabalhando em uma matéria sobre drogas e fez a pergunta errada para a pessoa errada.

O problema é que Mcavoy não estava trabalhando em uma matéria sobre drogas. O que ele havia dito quando saiu na noite passada? Algo a ver com a máfia? E policiais corruptos? Claro, pode ter algo a ver com drogas nisso, mas Mcavoy não teria dito algo? Ele certamente deixaria Ben ciente de que tinha uma grande história na manga. E se vangloriaria disso.

Ben pondera sobre isso por um tempo, pega sua agenda de endereços e liga para o setor de relações pública do Departamento de Polícia de Nova York. Ele é transferido de um atendente para outro até que finalmente um homem chamado Slattery o atende.

– Você disse que trabalhava com Mcavoy? – pergunta.

– Sim... no mesmo jornal.

– Ah. E o que posso fazer por você?

– Só estou tentando obter alguma informação sobre a morte de Mcavoy.

– Já divulgamos a informação. Ele estava seguindo uma história e acabou assassinado.

– E você tem algum suspeito em custódia?

– Não. Porém, havia uma parafernália de drogas na cena do crime. E encontramos notas no caderno de Mcavoy sobre o que ele estava escrevendo. Um caso fácil de ser resolvido.

– Entendo.

– Sabe, eu o conhecia. Mcavoy. Um bom rapaz. Nunca desistiu de procurar o grande furo. É meio triste que tenha acabado desse jeito.

– É. Acho que sim. Obrigado por seu tempo, oficial.

– Disponha.

O telefone fica mudo.

Ben se recosta na cadeira, olhando para o outro lado da redação, para a mesa vazia de Mcavoy. Já está limpa.

– Ben!

Ben ergue o olhar. O editor está parado diante de sua mesa, olhando feio para ele.

– Se você tem tempo de se sentar aí com as mãos atrás da cabeça, então pode cobrir uma competição de arte em uma escola para cegos.

Ben olha para ele tentando ver se está brincando.

– Uma competição de arte? Para crianças cegas?

– Sim. Quer dizer, não estou falando que vão ser boas, mas você tem que deixar elas se divertirem, certo?

– Não está sendo muito condescendente? – murmura Ben.

– O que foi?

– Nada. Estou a caminho.

PARTE III

16

TRÊS SEMANAS ATRÁS.

Faz muitos anos que Matt não volta para sua cidade natal. E não tem qualquer prazer em estar ali, particularmente agora – lembranças ruins têm o hábito de se agarrar e não soltar mais –, mas ele não tem escolha. Seu chefe do escritório de advocacia em Boston insistiu.

– Olha. Honestamente, não estou nem aí se você quer ir ou não. Você está a caminho de se tornar um sócio minoritário. Isso significa que você tem que fazer o trabalho chato. Além disso, é sua casa. Você conhece o lugar. Então, faça as malas.

E ali está ele. Andando pelas ruas da Cozinha do Inferno depois de todo esse tempo. Surpreende-se com o tanto que mudou. E não no sentido normal, como lembrar-se da infância por meio de um filtro de inocência. Está realmente mudado. O lixo amontoado na rua como se os lixeiros estivessem com medo de entrar na área. Grafites cobrindo todas as superfícies disponíveis. Mendigos e viciados encostados em todos os lugares, olhares nervosos procurando pelo próximo alvo com quem descolar algum dinheiro para droga. Um civil no lugar errado.

Matt pode sentir seus olhares sobre ele. Não está preocupado. Pode dar conta disso. Na verdade, não importa o quanto as coisas tenham ficado ruins, ele realmente se sente mais seguro ali agora do que quando foi embora para a faculdade. Esse é seu lar. Os tijolos e as ruas estão inseridos em seu DNA. Conforme caminha pela velha vizinhança, vem um sentimento de posse – esses viciados e traficantes são invasores, sequestradores que vieram roubar suas memórias.

Ele continua caminhando, a noite fria o envolvendo. Ele sente a cidade pulsar, as batidas dela no mesmo ritmo das suas. Ele caminha e caminha, apenas deixando o vento o levar aonde quiser, até que sente o cheiro do pão recém-assado. A padaria do Pascal.

Os anos desaparecem. Ouve o ruído das rodas de seu skate, os gritos furiosos do policial Leibowitz. O baque do gancho direito de seu pai enquanto ele luta no ringue, e o súbito grito da plateia.

Enquanto pensa no passado, outro som lhe vem à mente: a campainha elétrica que anunciava o recreio. O recreio e o apelido que ele passou a odiar. O apelido que tirava sarro tanto dele quanto de seu pai.

Demolidor.

As garotas riem e apontam.

Demolidor.

Os valentões acertam sua barriga e, em seguida, seu rosto.

Demolidor.

A corrente atinge suas costas.

Demolidor.

E a escola inteira – o mundo inteiro – ri dele.

Demolidor.

Demolidor.

Demolidor.

– Ei, cegueta. O que está fazendo aqui fora? Aqui é perigoso de noite, cara.

Matt não se move. Ele deixa suas lembranças o soterrarem, o distraírem. Estúpido. Ele conhece aquele tom de voz. A arrogância. A crueldade. É engraçado como as coisas funcionam. Ali está ele pensando nos valentões, e o universo entrega um deles de bandeja. Quanto mais as coisas mudam...

Ele sorri e se vira.

– Não tem porque sorrir, cegueta.

– Aí eu já não sei.

– Você é louco, cara? – Outra voz. Mais alta. Nasal. – Você vai morrer aqui.

– Verdade? – Matt separa um pouco as pernas e se equilibra levemente sobre os pés. – Acho que eu deveria dizer, apenas de praxe, sabe... que eu não quero encrenca.

Risadas. Quatro... não, cinco.

– Você não quer encrenca? – A primeira voz novamente. O líder.

– Devia ter pensado nisso antes de aparecer aqui com um terno de mil dólares.

– É um belo terno – diz outra voz.

– Eu fico com os sapatos – a voz nasal diz rapidamente.

E então o *snik* de um canivete corta a noite fria. Seus agressores se aproximam, mas há apenas um nome ecoando em seu crânio. Repetidas vezes. Uma voz raivosa que grita.

Demolidor!

Demolidor!

Matt quebra a bengala no meio no momento em que o líder ataca. Ele ouve o ar se movendo enquanto uma mão desce com a lâmina.

Matt se inclina para trás. A faca passa batida por seu rosto. Ele leva a bengala com força ao tornozelo do agressor. O homem grita enquanto a faca cai no chão. Matt gira com mais força o outro braço e golpeia o homem na garganta. Ele cai, ofegando.

Os outros vêm na sua direção. Duas metades de bengala contra quatro agressores.

Matt se desliga conforme seu treinamento toma conta. A bengala quebrada se torna uma extensão de seus braços, armas de vingança contra os valentões da escola.

Ossos se quebram. Peles se rompem. As partes da bengala sobem e descem, e então se separam. Ele as solta no chão e parte para o punho na pele, o tapa primitivo da sobrevivência. Ele chuta, usa os cotovelos, arrebenta músculos – e durante todo o tempo escuta as provocações em sua mente.

Demolidor.

Demolidor.

Demolidor.

Gira, cercado por corpos que gemem. O líder está tentando se arrastar e fugir, soluçando. Matt salta por cima dos outros e agarra seu cabelo.

– N... não – o homem murmura. – P... por favor.

Matt bate a cabeça do homem no chão.

– *Não.* – Outra batida. O homem agora parou de gemer.

– *Me.* – Outra batida.

– *Chama.* – Outra. O homem não se mexe mais.

– *De Demolidor!*

Matt larga do cabelo e se levanta, respirando com dificuldade. Tudo ao seu redor muda, os sons da cidade voltam a dominá-lo. O barulho das buzinas; os gritos e a fúria de uma discussão doméstica a algumas casas. Uma festa, os baques surdos que pode sentir em seus pés.

Reflete sobre sua obra. Deveria se sentir... como? Orgulhoso? Forte? Justo?

Ele apenas se sente perdido. Sozinho.

Vazio.

Ele sai da rua lateral e cambaleia dentro da noite, tentando não pensar no que fez. Assim como quando era mais novo – quando o mundo era demais para ele e ele queria escapar – se pega voltando para o único lugar onde podia se esconder.

O único lugar onde podia se sentir normal.

O ginásio.

Está lacrado agora. A rua inteira parece vazia. Alguns sem-teto cambaleiam pela calçada, mas só isso.

Como quando era criança, ele vai até a parte detrás do edifício. E puxa as tábuas das janelas do vestiário.

A madeira, apodrecida e cheia de cupins, desintegra ao seu toque.

Por quanto tempo o ginásio está abandonado?

A poeira entope suas narinas quando ele entra. Mas, além da poeira, além do sentimento de vazio, ele ainda pode sentir o cheiro de serragem e de suor. Ou será que é apenas sua imaginação?

Por algum motivo, o ginásio acalma seu coração acelerado; o traz de volta a si. Ele quase pode ouvir um menino batendo no saco de pancadas, os punhos atingindo o couro como os disparos de uma metralhadora enquanto ele tenta lidar com as frustrações da vida.

Mas tudo isso está agora enterrado no passado. Como seu pai. Como a máscara de esqui de Matt e o cassetete que ele roubou do policial Leibowitz.

Matt segue pelo vestiário até o ginásio. O espaço ecoa ao seu redor, tão escuro quanto sua própria visão. Ele caminha na direção do ringue, chega até as cordas, e esfrega as mãos na lona coberta de pó. Segura as cordas, sente sua aspereza contra a palma das mãos.

Neste momento se dá conta de que não está sozinho.

Há outra batida de coração. Rápida. Assustada.

Matt se endireita devagar e se vira na direção do som.

– Pode sair – ele diz, tentando manter a voz calma. – Não vou machucá-lo.

A frequência cardíaca aumenta. Uma respiração preocupada. Ele quase pode ouvir a voz enquanto o ar passa pela garganta. Jovem. Uma menina.

O estalo de madeira. A borracha se esticando. Um súbito lançamento, um assobio do ar.

As mãos de Matt agarram a bola a alguns centímetros do rosto.

Uma pausa.

– Como você faz isso?

Estava certo. Uma menina. Cerca de quinze, dezesseis anos.

Ele larga a bola de ferro. Bate com força no chão de madeira, ecoando pelo ginásio.

A garota se move para a frente. Ele pode sentir que ela o encara.

– Por que está usando óculos escuros? Sabia que isso é muito triste? Usar óculos escuros à noite? Você acha que isso te deixa mais legal? Porque não deixa. Fazer você parecer um velho se esforçando demais.

– Sou cego.

– Sério? – Ela ri, e Matt fica feliz em ver que já não há mais embaraço. – Foi mal. Desculpa, cara.

– Tudo bem.

– Então... você ainda tem seus olhos?

– Sim. Ainda tenho meus olhos.

– O que aconteceu? Você nasceu desse jeito?

– Você faz muitas perguntas.

– Sou jovem. Tenho que fazer. Então? Você nasceu assim?

– Não. Foi um acidente.

– De que tipo?

– Não quero falar disso. Qual seu nome?

– Mickey.

– Mouse?

– Nossa. Que piada original. Eu *literalmente* nunca tinha ouvido essa na minha vida. Qual é o seu?

– Matt Murdock. O que você está fazendo aqui, Mickey?

– Essa é minha casa, agora. Eu não tenho que te dar satisfação.

– Você é dona do ginásio?

– Bem... "dona" é uma palavra forte. Mas agora sou só eu e os ratos, então reconheço que posso me nomear proprietária. Minha vez. O que um velho cego como você está fazendo perambulando pela Cozinha do Inferno no meio da noite?

– Pode parar de me chamar de velho? Só tenho 27 anos.

– Qualquer um com mais de 21 é velho para mim. Sinto muito, cara. Daqui por diante é só ladeira abaixo para você. E aí? O que está fazendo aqui?

– Eu costumava treinar aqui. Quando era garoto. E meu pai, também. – Matt aponta para uma parede à esquerda. – Costumava ter uns cartazes ali.

– Você está apontando para o cara com uma fantasia vermelha de demônio? – pergunta Mickey. Ele ouve seus passos enquanto ela se aproxima para ver. – Jack " Demo" Murdock?

– Ah. Costumava haver outro. De uma das lutas do campeonato. Já deve ter sumido.

– Por que ele está vestido de demônio?

– Ele... meu pai era um cara legal. E um bom lutador. Mas houve um tempo em que ninguém entraria no ringue com ele.

– Por quê?

– Por causa da pessoa para quem ele trabalhava. Mas lutar era tudo o que ele tinha. Era a vida dele. Então acabou trabalhando em tudo que podia. Não importava o quão ruim era. – Matt se vira para ficar de frente para o cartaz. Ele se lembra bem dele: seu pai, vestido com uma espécie de collant vermelho e uma capa, um grande D no peito.

– Foi daí que os valentões tiraram o apelido que me deram – ele diz suavemente.

– Te chamavam de Demo?

– Demolidor. Me chamavam de Demolidor.

– Não é tão ruim para um apelido – diz Mickey.

Matt fica ali parado por mais um tempo, assistindo às memórias que passam em sua mente. E então ele se afasta do cartaz.

– Aliás, o que você está fazendo aqui? Pelo que vi, essa não é a vizinhança mais segura para se acampar.

– É melhor do que ficar nas ruas.

– Você não tem família? Alguém que tome conta de você?

– Estão em um abrigo. Fomos despejados de nosso apartamento. Todos os inquilinos. Totalmente ilegal, mas ninguém pode fazer nada a respeito.

– Mas... se seus pais estão no abrigo, o que está fazendo aqui?

– Tá brincando? Este lugar é um milhão de vezes melhor. Não tem tarados ou esquisitões. A não ser que você seja um, nesse caso é melhor você saber que tenho uma faca.

Matt sorri e ergue as mãos se rendendo.

– Nenhum esquisitão ou tarado aqui.

– Então o que te traz aqui, Matt Murdock? Quer dizer, além de desenterrar os fantasmas.

Matt respira fundo.

– Quer saber? Eu não sei por que eu vim. Mas, agora que estou aqui, estou com vontade de treinar. Tá a fim?

– Eu?

– Claro. A não ser que você ache que um cara cego possa te derrotar.

Mickey solta uma risada parecida com um latido.

– Vai sonhando, velhinho.

17

TRÊS SEMANAS ATRÁS.

Ben Urich gosta de dormir. Não, risque isso. Ele *ama* dormir. É o único momento em que consegue impedir que o cérebro trabalhe sem parar, impedir que seus pensamentos corram ao redor de sua cabeça como um hamster viciado em cafeína em uma roda. O único momento em que pode simplesmente... se soltar. E, se ele não tiver seu sono, fica incrivelmente irritado.

Então, ser acordado no meio da noite não é uma das suas coisas favoritas.

– O quê?

Um baque quando ele derruba o copo de água do criado-mudo no carpete.

– Um segundo.

Ele pega o copo desajeitadamente, senta-se e esfrega os olhos. Verifica a hora.

São 3h43 da manhã.

– Meu amigo, é melhor você ter uma razão *maravilhosa* para me ligar a essa hora. Algo do tipo, a Coreia do Norte jogou uma bomba nuclear na Coreia do Sul.

– Sou eu. Decker.

Ben se endireita na cama. Decker é seu contato na polícia.

– O que houve?

– Você tem de vir até o 45º Distrito. Agora.

– Por quê? O que está acontecendo?

– Venha para cá. A não ser que queria perder a maior história de sua carreira.

O telefone fica mudo. Ben sente a excitação revirar seu estômago. Decker não exagera: se ele diz que é uma grande história, então é uma grande história.

••••

Ele chega ao distrito vinte minutos depois.

Decker está encarregado da recepção – ele é o cara que tem de lidar com os que chegam e os malucos que querem falar com Mulder e Scully. Ou com os Caça-Fantasmas. Ou com John McClane. (Decker jura que já veio gente procurando por todos eles.)

– Ei – diz bem. – O que aconteceu?

– Nada. – Decker olha rapidamente para os lados, o queixo duplo se encostando no peito, e então se inclina por sobre a mesa. – Alarme falso.

– Alarme falso? – Ben olha para ele surpreso. – Você disse que era a maior história da minha carreira!

– Eu sei o que eu disse. – Lambe os lábios nervosamente. – Apenas... vá para casa, tá? Não era nada. Como eu disse. Alarme falso.

– Decker...

– Ben! Me escuta. Por favor. Se sabe o que é bom para você, vá para casa. Agora.

Ben hesita. Nunca viu Decker assim. Ele parece realmente preocupado. Não... preocupado não. Assustado.

– *Vai*, Ben. Por favor.

Ben ergue as mãos e recua. Ele olha ao redor. Há alguns policiais por aí, mas ninguém parece estar prestando atenção. Então por que diabos Decker está tão assustado?

• • • •

Ben verifica agências de notícias na manhã seguinte. Nada. Verifica todos os jornais rivais, também, só para o caso de Decker ter recebido mais vendendo a informação para outro lugar. Novamente, nada.

Ele se reclina na cadeira e olha fixamente para os lápis enfiados no forro de poliestireno. Isso não cheira bem. Quando Decker ligou, tinha uma história para Ben. Mas, na hora em que Ben chegou à delegacia, as coisas haviam mudado.

Alguém chegou até Decker.

Alguém poderoso. O advogado de alguma celebridade? Não. Decker não se importaria com isso. Então, o quê? Decker sempre foi confiável. No último jornal em que Ben trabalhou, Decker passou a ele a história de um colega policial que aceitava propinas. Decker não podia reportar, porque policiais não fazem isso uns com os outros, mas ele deu uma nota para Ben. Aquela história fez Ben conseguir o emprego atual.

Não. Alguma outra coisa está acontecendo.

E Ben vai descobrir o que é.

• • • •

Ben sabe onde Decker costuma beber: um bar no Lower East Side chamado Finnegan's Wake. Ele espera até que percebe que Decker está ali há cerca de uma hora, e então entra.

Uma velha jukebox no canto toca música country. Uma mulher dança sozinha no chão grudento, balançando no ritmo da música enquanto um bando de velhos a observa por cima de suas cervejas.

– Mais dois uísques – Ben diz para o barman enquanto desliza para o banco ao lado de Decker.

Deck ergue o olhar e murmura.

– Como vai indo, Decker?

– Estava indo bem. Estava a caminho do meu quinto uísque, quase me esquecendo do trabalho. A vida era boa. E aí você apareceu. Obrigado mesmo, Ben.

– Vou te deixar com sua bebida. Só me diga quem foi levado em cana na noite passada.

– Ninguém. Já disse.

– Sim. Engraçado. Não acredito em você. E não vou embora até você desembuchar.

Decker olha repetidamente ao redor.

– Você não percebe que não pode escrever essa história? Ela nunca aconteceu. Não há papelada.

– Não há papelada a respeito do quê?

Decker suspira, vira o copo de uísque. E então estica o braço, pega o copo de Ben e vira este também. Ele se inclina para perto e diminui o tom de voz.

– Houve um tiroteio na noite passada. Algum viciado foi fuzilado no meio da rua. Um policial estava passando. Viu a coisa toda.

Ben franze a testa.

– Não entendo. Por que então não há papelada? Um caso fácil.

– Porque, assim que o autor do crime foi identificado, foi o inferno na terra.

– Quem foi o autor?

– Conhece o Vereador Boyd?

Ben olha surpreso para Decker. Todos sabem quem o Vereador Boyd é. Ele costumava ser um detetive do DPNY, mas decidiu largar tudo e partir para a política. Há rumores de que ele está nas mãos do novo chefão da máfia, o cara que assumiu depois que Rigoletto desapareceu alguns anos atrás.

Rei do Crime. Esse é o nome dele, e é tudo que todo mundo sabe sobre ele. Ben tentou descobrir mais, mas não teve sorte.

– O Vereador Boyd atirou em alguém?

Decker olhar rapidamente para os lados para se assegurar de que ninguém está ouvido.

– Fala baixo. Mas não. O filho dele atirou. Eddie Boyd.

Ben se recosta no banco e assobia.

– Exatamente – diz Decker. – Dizem que o Vereador está de olho no cargo de prefeito. E, como você pode imaginar, ele não ficaria muito feliz se alguma palavra sobre isso escapasse.

– Então você está dizendo que ele usou sua influência política para liberar o filho depois que ele matou alguém?

Decker não diz nada.

– E... mandaram você ficar quieto?

Decker faz um gesto fechando o zíper da boca.

– Ou...?

– Ou perco minha pensão.

– Mas... deve haver algum tipo de prova. Relatório de prisão. A câmera no carro do policial. As câmeras na delegacia...

– Tudo se foi. Como se nunca tivessem existido.

Ben se recusa a acreditar nisso. Não pode ser assim tão fácil encobrir um assassinato.

– Qual o nome do policial? O que prendeu Eddie Boyd?

– Por quê?

– Quero falar com ele.

– Ele não vai te falar nada.

– Me anime.

Decker suspira.

– Você não pode mencionar meu nome.

– Qual é, Decker. Você sabe que sempre protejo minhas fontes.

– Se eu te contar, você vai embora?

– Palavra de escoteiro.

– Beleza. O nome dele é Darrel Barton.

– Obrigado.

– É. Que seja. Agora me deixa em paz. Quero ficar bêbado.

• • • •

Ben *poderia* ter esperado até a manhã seguinte para seguir a informação de Decker, mas seu entusiasmo era grande. Havia uma história ali. Uma das grandes. E ele queria ser a pessoa a descobrir.

Chegou na frente da casa de Barton pouco depois das dez da noite. É uma construção pequena, com a tinta descascando da madeira e um jardim mal cuidado. Há luzes acesas lá dentro. Ele ouve algum tipo de esporte passando na TV.

Ben bate à porta e espera.

Ninguém responde. Tenta novamente, batendo com mais força dessa vez. Nada ainda. Vai até a janela e espia através do vão entre as cortinas. Pode ver um jogo de futebol na tela, o brilho iluminando a sala de estar desarrumada. Pratos sujos e copos velhos em cima da imunda mesa de centro.

No entanto, não vê Darrel Barton.

Ben segue pela lateral da casa, passando por um colchão velho com as molas expostas encostado na parede e por caixas mofadas cheias de garrafas vazias.

Atrás, há uma minúscula varanda com entrada para a cozinha. A porta dos fundos está escancarada. A luz vaza para o lado de fora, iluminando a madeira apodrecida da varanda.

E um pé descalço.

Ben congela. Seus olhos percorrem do pé até em cima da figura caída sobre uma cadeira de plástico.

Barton. Sabe que é ele. Viu seu rosto na internet quando estava procurando pelo endereço.

Ben se aproxima e vê a mancha escura de sangue na camiseta de Barton.

Sua garganta foi cortada.

Ben tenta acalmar a respiração. Olha ao redor, verificando cuidadosamente os arredores e, então, avança para investigar o corpo, certificando-se de não pisar na poça de sangue no chão de madeira.

O corte é esquisito – mais parecido com uma facada. Tem cerca de uns três centímetros, e foi feito diretamente na artéria. Certeiro. Preciso.

Há uma seringa enfiada no braço de Barton. Por quê? Será que ele estava se drogando quando foi atacado? Ou será que a seringa foi colocada nele depois de morto? É algum tipo de mensagem, talvez?

Agora que Ben está mais próximo, pode ver a parafernália de drogas na mesa: um pequeno saco com pó branco; uma colher de chá manchada de preto. Papel-alumínio. Um isqueiro.

Inclina-se para a frente e inspeciona o braço de Barton. Há marcas de injeção frescas nele, mas há mais alguma coisa. Um hematoma leve. Quase como se ele tivesse sido segurado.

Ben não sabe ao certo o que está vendo. Um roubo? Uma venda de drogas que deu errado?

Ou é muito pior que isso?

Algo a ver com sua última prisão?

Quanto mais Ben olha para isso, mais suas suspeitas se aprofundam. É muita coincidência que ele tenha morrido uma noite depois de ter prendido Eddie Boyd. Isso deve ter sido feito para evitar que a notícia vaze. Ben olha ao redor, nervoso. Se o Vereador William Boyd está disposto a fazer algo desse tipo para proteger sua reputação, Ben precisa cair fora dali. Boyd deve ter posto gente vigiando a casa.

Ben tira rapidamente algumas fotografias da cena do crime e, em seguida, chama a polícia, reportando, anonimamente, uma perturbação do sossego no endereço de Barton. Ele, então, dirige de volta para casa, repassando tudo em sua mente.

O filho do Vereador William Boyd matou um viciado e foi preso. Boyd livra o filho, certificando-se de que todas as evidências desapareçam. E então... então ele liga pedindo um favor para seu amigo, o Rei do Crime, e o policial que prendeu seu filho convenientemente aparece morto.

Mas isso é... loucura, certo? Boyd *realmente* faria tudo isso só para proteger sua carreira?

É claro que faria, pensa Ben. *Ele é um político.* Ele se dá conta de que alguns podem pensar que essa é uma visão incrivelmente cínica, mas é baseada em anos de experiência.

Ben passa a maior parte do resto da noite fazendo pesquisas na frente do computador. Primeiro, William Boyd. Ben começa com os registros policias e relatórios de prisão de quando ele estava no DPNY. Não há muita coisa. Boyd não parece ter sido um policial exemplar nos primeiros anos. Mas então ele é promovido... muito cedo para alguém com histórico. Por quê?

Ben depara com um artigo que dá a ele alguma luz sobre o assunto. Quando Boyd abandonou a polícia e mudou para a política, um de seus ex-parceiros veio a público dizendo que Boyd era corrupto. Que tinha laços com a máfia. O cara chegou até a dizer que a máfia – que o Rei do Crime em pessoa – estava financiando a campanha para fazer Boyd ser eleito como Vereador.

Ben se recosta, faz algumas anotações. Outra linha de pesquisa a se seguir.

Ele traça os nomes daqueles que ficaram contra Boyd na corrida pelo cargo. Eram todos muito mais qualificados que ele, mas todos abandonaram a disputa. Um foi acusado de roubar fundos da campanha. Um foi pego com uma prostitua menor de idade. E outro... o outro cometeu suicídio. Pulou de uma ponte.

Ben verifica novamente suas anotações e encontra o nome do policial que disse que Boyd era corrupto. Ele digita no Google. A primeira página que aparece é um relato sobre um assalto com vítimas. O policial e sua esposa foram assassinados por ladrões.

As gargantas foram cortadas.

Ben verifica a data do relato. Uma semana depois de o policial ter ido a público com suas acusações contra Boyd.

A excitação no estômago de Ben começa a amargar, ficando ácida de medo.

Muda de tática, decide encontrar relatos de pessoas que foram mortas do mesmo jeito – uma facada no pescoço. Talvez descubra quem está fazendo todo esse trabalho sujo.

Ele digita na área de busca, aperta o botão ENTER. Resultados *demais*. Seus parâmetros de busca são muito vagos. Ele precisa de conhecimento interno.

Pega seu telefone e encontra o número nos contatos. Toca por um bom tempo antes que alguém atenda.

– Quenhé?

– Erin?

– Que...? Quem é?

– Ben.

– Ben? Espera... o quê... – Ele ouve o ruído de alguém se mexendo, e então xingando com a voz abafada. – São três da manhã! – ela berra.

Ben se contrai.

– Desculpa. O trabalho me distraiu. Não me dei conta de que era tão tarde.

– O que você quer?

– Um favor.

– É, imaginei. As únicas ligações que recebo essa hora são de bêbados ou de gente pedindo favores, e eu não me lembro de a gente já ter feito coisas obscenas. – Uma pausa. – A não ser que tenhamos ficado *muito* bêbados e eu não me lembre.

– Não, Erin. Nunca fizemos nada.

– Que alívio.

Ben tenta não se sentir insultado.

– O que você quer?

– Você ainda conhece aquela garota no escritório do legista?

– Talvez. Por quê?

– Preciso rastrear um assassino. Um cortador de gargantas. Mas... com uma arma estranha. Ou um estilo estranho. O assassino não corta a garganta toda – ele parece apunhalar a artéria com uma faca de mais ou menos dois ou três centímetros de largura.

– Jesus, você não está querendo muito, não? Até quanto tempo atrás?

Ben pensa.

– Tente cinco anos. Veja o que ela consegue encontrar.

– Você sabe que eu vou ter que levá-la para jantar?

– E...?

– E você vai pagar.

– Feito.

– E não tô falando de quilão na esquina. Falo de um restaurante chique de verdade. *Gourmet*.

Ben estremece, pensando na conta bancária. Mas não tem escolha.

– Feito. Quando é que você me liga de volta?

– Eu te aviso. Agora some. Preciso do meu sono de beleza.

Ben ri.

– Precisa mesmo.

Ele desliga antes que Erin tenha chance de insultá-lo também. Realmente tem esperança de que o contato dela encontre algo útil. A mulher trabalhava como escrivã no Departamento de Polícia de Nova York, mas cansou de ficar o dia todo com a bunda na cadeira ouvindo as terríveis coisas que aconteciam. Ela largou o emprego, mas sua lista de contatos é longa e variada. Hoje em dia, é secretária de um investigador particular/cobrador de dívidas. Ela contou para Ben que o cara é um completo babaca, mas ela o está usando para aprender os macetes – quer se tornar uma investigadora.

Ele verifica suas anotações uma última vez, mas não há nada mais que possa fazer essa noite. Arrasta-se para a cama e adormece.

• • • •

Erin liga para ele alguns dias depois e pede que a encontre em uma pequena cafeteria em um bairro próximo da Cozinha do Inferno.

Ele chega cedo. O sol do inverno brilha através das janelas sujas, tocando tudo com uma luz frágil e ríspida. Ele bebe duas xícaras do café mais fraco que ele já provou na vida enquanto espera por ela, que finalmente aparece, esgueirando-se por trás dele e se sentando no assento oposto.

– Você está atrasada.

– De nada. – Ela joga um arquivo na mesa e ergue uma mão coberta de anéis para chamar a atenção da garçonete. Um anel é mais estranho e grotesco que o outro.

– Café – ela diz quando a garçonete se aproxima. – A coisa mais vil e forte que você tiver. Se ele não dissolver minha colher, não é bom o bastante.

– Você cortou o cabelo – Ben diz quando a garçonete se afasta.

Seu cabelo roxo se estende em uma franja longa demais sobre um lado do rosto.

– Eu deixei meu cabelo *crescer*. Para você ver quanto tempo faz.

– Sério?

– Ano passado? Verão? O incidente do taco e rum?

– Ah, é! Tanto tempo? Desculpe. Eu não me dei conta. O trabalho anda meio louco.

– Pois é, louco é palavra certa se *esse* é o tipo de coisa que você anda cobrindo. – Ela dá um toque no envelope pardo.

– Descobriu alguma coisa?

– Claro que descobri alguma coisa... Bem, minha *amiga* descobriu. Mas dá na mesma para você.

Ela desliza o envelope, aproximando-o dele. Ele o abre e folheia uma série de relatórios de autópsia fotocopiados.

– Você está me devendo uma.

– Eu sei – Ben diz, sem dar atenção.

– Uma bem grande.

Ele continua folheando os relatórios. Há muitos. Olha para Erin.

– Dezessete – ela diz antes que ele pergunte.

– Dezessete?

– E isso só nos últimos cinco anos. Sally está verificando antes disso, mas vai demorar um pouco ainda.

Ben lê os nomes. Alguns deles pareciam familiares.

– Por que alguns deles soam familiares? – ele pergunta, tocando um dos relatórios.

Erin gira o arquivo para ela.

– Ah. Ele era da máfia local. Houve muito estardalhaço quando encontraram seu corpo. Você deve ter visto nas notícias.

– Máfia?

Erin assente.

– Ele e mais... – Ela folheia a pilha e retira mais dois relatórios. – Esses outros dois.

Ben verifica as datas das mortes. Todas aconteceram alguns anos atrás, por volta da mesma época em que ele começou a trabalhar no *Clarim*.

Ben para de se mover. Ele mal consegue respirar.

– O quê? – pergunta Erin.

Bem na mesma época em que ele começou no *Clarim*... que foi a mesma época em que Gabriel Mcavoy foi assassinado. Ele *não estava* cobrindo uma história sobre drogas, não é? Ele estava trabalhando em uma história sobre a máfia e policiais corruptos.

William Boyd. Ele ainda era policial naquela época? Ben acha que era. E mudar de policial para candidato da maioria em alguns anos é bastante impressionante. A não ser que ele *realmente* tenha tido ajuda do Rei do Crime como seu ex-parceiro morto disse.

Qual é a linha de pensamento ali? Boyd começou como um policial na força. E então encontrou o Rei do Crime, o novo chefe da máfia. Mas naquela época ele ainda não era o chefe. Era apenas outro cara da máfia. Um cara com ambições. Boyd fazia favores para ele e, em troca, Boyd foi promovido antes do tempo.

Então esse Rei do Crime fez sua jogada. Rigoletto desapareceu. O Rei do Crime assumiu, e os caras da máfia nos arquivos de Erin acabaram mortos.

– Ele estava limpando a velha guarda – murmura.

– O quê? – pergunta Erin.

Ben balança a cabeça, ainda pensando. As datas coincidem. Todos mortos, Gabe incluso, no mesmo dia, de acordo com os relatórios da autópsia. O Rei do Crime faz sua jogada e manda seu assassino de estimação acabar com todos que são leais a Rigoletto? Talvez Mcavoy tivesse uma pista sobre as mortes, foi investigar – e acabaram com ele.

Então o Detetive William Boyd passa a ter um aliado muito mais poderoso: o cabeça da máfia da Cozinha do Inferno. Boyd subiu de cargo na polícia, até que decidiu que não era mais isso que queria. Queria algo maior.

Ele abandonou a polícia e concorreu à prefeitura. Seus oponentes oportunamente se retiraram da disputa, todos eles. Que sorte.

Ele se tornou um Vereador, bastante poderoso, e então seu filho foi e fez algo muito, muito estúpido. Matou um viciado. O crime foi testemunhado por um policial, e ele foi preso. Foi levado à delegacia, mas Boyd ainda tinha amigos na força. Entrou em contato e enviou seus lacaios da pesada para soltarem seu filho, garantindo que todos tivessem entendido que tudo aquilo nunca aconteceu. E se certificou de que o policial que o prendeu não saísse falando, e pediu um grande favor ao seu amigo, o Rei do Crime.

Então, isso significa que Ben pode ter acabado de encontrar uma ligação direta entre o Vereador William Boyd e esse Rei do Crime? Se ele puder encontrar provas – algo ligando a máfia a Boyd...

Ou, ainda melhor, provando que eles deram conta dos oponentes de Boyd.

Ben se recosta, olha sem expressão para a mesa. Isso é enorme. Isso é Bernstein e Woodward, de tão enorme.

Erin estala os dedos na frente do rosto dele.

– Ei. Terra para Urich. Está aí, cara?

Ben pisca. Lembra-se de respirar.

– Sim, sim, desculpa.

Ele olha nervoso ao redor, certificando-se de que ninguém está observando. Está sendo paranoico, e sabe disso, mas a paranoia é algo com o qual ele terá de se acostumar agora se quiser se manter vivo.

– Erin, me escute. Você e sua amiga. Vocês não podem contar a ninguém a respeito disso. É sério. Suas vidas estarão em risco.

– Relaxa. Eu sei quando devo manter a boca fechada.

– E sua amiga?

– Ela também não fala muito com ninguém. Exceto comigo, é claro. Ela prefere a companhia dos cadáveres.

Ele assente distraidamente, a mente rodopiando. Ele está pensando novamente, fazendo planos. Precisa rastrear Eddie Boyd, segui-lo por aí por um tempo. Ele não é a história – William Boyd é. Mas Eddie é o elo mais fraco na vida do Vereador William Boyd.

Eddie Boyd levará Ben até a história verdadeira.

18

TRÊS SEMANAS ATRÁS.

Matt gosta de Mickey. Ela o lembra de como ele era quando criança. Impaciente. Ansioso para crescer. Incansável.

Encontram-se para treinar. Ela depois da escola e ele depois de preencher documentos o dia todo, lidando com os aspectos mais obscuros da lei corporativa.

Ele ensina a ela algumas das coisas básicas que Stick lhe ensinou. Não muito. Não há tempo o bastante. Só o suficiente para que ela possa sobreviver nas ruas se precisar.

Os dias rapidamente se tornam semanas, e Matt cai em uma rotina: levantar antes de amanhecer para correr pelas ruas, então ir para um trabalho de nove horas por dia, e finalmente se encontrar com Mickey para treinar no ginásio.

Até que as coisas não estavam indo mal.

Até que um dia, enquanto escapa do escritório para uma breve respirada na hora do almoço, ouve uma voz familiar.

– Um sanduíche de pastrami no pão branco com maionese separada, por favor.

– Um o quê?

– Um sanduíche de pastrami no pão branco com...

– Eu ouvi, garoto. Eu só não *acreditei*. Sanduíche de pastrami no pão branco já é bem ruim, mas maionese? Tenho quase certeza de que há alguma lei contra isso.

– Não há – diz Foggy Nelson. – Acredite em mim, eu saberia. Sou advogado.

– É, o terno horrível e a loção pós-barba barata te entregam – Matt o chama.

Foggy se vira, procurando pela lanchonete. Avista Matt.

– Matt? Matt Murdock?

– Primeiro e único. Como vão as coisas, Foggy?

Foggy vem até sua mesa. Cumprimentam-se e ele se senta.

– Não estão tão ruins. E você?

Matt dá de ombros.

– Estou preso procurando modos de corporações sem rostos escaparem dos impostos. Não é exatamente o que sonhei fazer quando me matriculei em Columbia.

– Parece que não está gostando muito.

– Não estou – Matt admite. – Na verdade, não. Eu quero trabalhar com as pessoas. Sabe? Lutar a boa luta? Eu odeio fazer essa coisa de grandes negócios.

– Confia em mim. Você não quer trabalhar com pessoas. Elas são terríveis. Todas elas. Quero dizer, neste momento estou afogado em uma ação coletiva contra o dono de um cortiço. O babaca expulsou todos os inquilinos para poder derrubar o prédio. Ele está acabando comigo.

O pastrami no pão branco de Foggy é jogado sem cerimônia na mesa. Ele se lança sobre ele, enfiando a comida na boca como se não comesse há semanas. Matt sorri. Algumas coisas nunca mudam.

– Ei – Foggy diz com a boca cheia –, se você quer tanto trabalhar com pessoas, que tal me ajudar? Eu normalmente não pediria, mas esses caras... eles não têm para onde ir. Se essa ação judicial falhar, todas elas estarão na rua. Você poderia... dar uma olhada?

Matt nem precisa pensar.

– Claro.

– Sério?

– Sim. Como posso dizer não a um velho colega de quarto?

• • • •

Eles se encontram no minúsculo apartamento de Foggy depois do trabalho, repassando anotações sobre o caso, as histórias, os regulamentos de edifícios.

– O nome do cara é Cornelius Drexel – diz Foggy. – Ele é dono de uma porrada de prédios, todos eles caindo aos pedaços, e se recusa a fazer alguma coisa com eles. Digo, sério, a cidade deveria forçá-lo a arrumar os prédios e não dar aval para que sejam demolidos.

– E quem está assinando a ordem de despejo? – pergunta Matt.

– Um cara chamado William Boyd. Um vereador do Departamento de Planejamento Urbano. O cara costumava ser policial. Vários rumores de que era corrupto. Esse tipo de coisa é bem a cara dele.

– Já tentou traçar a trilha de dinheiro até ele?

– Não tive sorte. Boyd mantém as mãos limpas.

Claro que sim, pensa Matt. *Esse tipo de gente sempre mantém.*

No decorrer da noite, Matt e Foggy repassam o caso todo. Discutem, lançam teorias, discutem novamente e finalmente guardam tudo ao perceberem que o sol está nascendo e que precisam se preparar para o trabalho. E, quando Matt tropeça para a luz clara e frágil do inverno de Nova York, ele se surpreende em perceber que não está cansado. Sente-se exaltado. Vivo.

Durante a noite, ele se lembrou do motivo pelo qual quis se tornar um advogado.

Para lutar por justiça.

Para lutar contra os valentões.

••••

A ação coletiva de Foggy faz Matt pensar em Mickey, sua alegação de que sua família foi forçada a sair do apartamento. Naquela noite, quando se encontram no ginásio, ele menciona a ela o caso de Foggy.

– Sim, eles fazem parte disso – Mickey disse, esquivando-se de um gancho de esquerda e atacando com força com um golpe corporal. Matt sai do caminho com uma espécie de dança, ouvindo a mão enluvada dela cortando o ar.

– Muito bom – ele diz. – Você está ficando mais rápida.

– E esse tal de Drexel é tão bizarro quanto o nome dele. Um idiota completo. Ele tem um monte de prédios na Rua 48. Não é a melhor vizinhança, mas era nosso lar, sabe?

– Sei.

Matt dá uma combinação de esquerda-direita que pega Mickey de surpresa. Ela cai de costas na lona.

– Ei! – ela grita. – Estávamos conversando.

Matt dá de ombros.

– Sempre preste atenção – ele diz. – Você nunca sabe de onde vai vir o próximo soco.

Ela se coloca de pé e parte para cima dele, que bloqueia os socos e então se agacha e levanta com um gancho de baixo para cima. Esse a atinge no capacete. Ela cambaleia para trás e então se lança contra ele com um furioso ataque de punhos e pés. Matt bloqueia todos eles, esperando que a raiva dela passe, e a atinge novamente no capacete.

– Sem raiva – ele diz, e se lembra de Stick dizendo a mesma coisa para ele todos aqueles anos atrás. – A raiva embaça sua mente. Você precisa ficar calma.

– Dane-se.

Matt ri, e Mickey aproveita a oportunidade para atingi-lo com força no estômago. O ar é expulso de seus pulmões e ele cai de joelhos.

– Sempre preste atenção – diz Mickey, imitando sua voz. – Nunca se sabe de onde vai vir o próximo soco.

19

ONTEM.

Se isto fosse um filme, pensa Ben Urich, teria que ser uma montagem. Com algum tipo de música legal tocando sobre ela, para fazer parecer mais interessante.

Porque interessante isto *realmente* não é. Seguir pessoas é um saco. É entediante, cansativo e doloroso. Ben nunca sentiu tanta dor em sua lombar como depois do dia que passou seguindo Eddie Boyd. Uma dor seca e latejante, intercalada por pontadas fortes – você sabe, só para agitar as coisas um pouco.

Mas pelo menos está construindo uma imagem bastante clara de Eddie. E não é uma muito lisonjeira. Sua vida parece consistir de festas, drogas, prostitutas, dormir, recuperar-se das festas, mais drogas, mais prostitutas, algumas brigas nas boates que frequenta, e depois mais algumas drogas. E repete tudo de novo

Esta noite, parece que vai ser drogas, pelo menos é a impressão que dá o edifício caído aos pedaços que Eddie está visitando. Ben poderia apostar que em algum lugar lá dentro está o bando do traficante dele, não é apenas um lugar para ir pegar as drogas.

Ben se inclina para a frente e espia pelo para-brisa. A fachada do lugar é de tijolos sujos. Janelas quebradas, pichações por todo o lado. Deus, a Cozinha do Inferno é um lixão. Ele odeia esse lugar. Houve um tempo em que tentaram melhorar, mas tudo foi por água abaixo alguns anos atrás. Agora o lugar está morto. Só ainda não cremaram o corpo.

Ele verifica o retrovisor lateral para se certificar de que ninguém está se aproximando por trás. Por sorte, seu carro também é um lixo. Ele combina com o lugar.

Crack!

Crack!

As explosões barulhentas ecoam pelo ar gelado. Ben congela, as mãos agarrando o volante. Os sons vêm do edifício em que Eddie entrou. Seriam disparos de arma?

Ele olha para as janelas. Um lampejo de luz. Último andar, três janelas para lá.

Crack!

Definitivamente são disparos. O primeiro instinto de Ben é o de dar o fora dali o mais rápido possível, mas ele luta contra isso. Essa é sua história. Não pode simplesmente abandoná-la ao primeiro sinal de perigo. Ele pega a câmera no assento do passageiro e atravessa a rua correndo. É bem tarde. Não há ninguém por perto. Não há nem bares ou boates na área para encorajar as pessoas a ficar por ali – apenas postes de rua quebrados e lixo por todo o lugar.

A porta do prédio está úmida e coberta de mofo. Ele a abre, sentindo a madeira mole ceder sob seus dedos. Um corredor escuro à frente. Vazio. Uma escada leva ao primeiro andar.

Ben sobe correndo. Para no segundo andar. Alguém está gritando em um dos quartos. Outra voz se junta a ela, gritando de volta.

Segue para o terceiro andar. O apartamento que ele está procurando é a primeira porta depois da escada. Ele se aproxima em silêncio e se inclina para a frente. Pode ouvir gritos abafados vindo de dentro. Segue para o próximo apartamento, bate levemente. Ninguém responde. Empurra a porta. Ela abre para dentro, rangendo alto. Ele a segura. Espera. Nada. Ninguém ouviu. Passa para dentro do apartamento e olha ao redor.

A luz de fora entra no apartamento. Não muito, só o suficiente para mostrar a ele que o apartamento está vazio. A gritaria é mais alta ali. Ele vai até a parede fina que separa os apartamentos e coloca o ouvido contra o gesso úmido.

– Clay, estou te dando um último aviso.

O som de passos batendo no assoalho oco. A luz no apartamento em que Ben está muda subitamente. Ele se afasta da parede e olha rapidamente ao redor. Avista um buraco na parede, por onde passa um facho de luz, a alguns centímetros dele. Move-se cuidadosamente até o buraco e olha por ele.

O outro lado é iluminado por fortes lâmpadas a arco. A mobília é básica: um sofá, uma cama e uma antiga televisão de tubo. Eddie Boyd anda para lá e para cá a passos firmes. Ele é alto, usa um colete apesar do frio, os grandes músculos do ombro mostram sua dedicação ou à academia ou aos esteroides. Está indo direto para um rapaz com cara de fuinha, encurralado no canto. Eddie Boyd devia estar parado na frente do buraco o tempo todo.

Eddie agarra o cara de fuinha – Clay, como Eddie o havia chamado – e coloca a arma sob seu nariz.

– Quem mais estava lá? – Sua voz é rouca, grossa, como se fizesse gargarejo com vidro.

– Eu... eu não sei! – diz o cara de fuinha. – Estava escuro. Eu não podia ver nada atrás das luzes. Eu...

Eddie dispara a arma do lado do ouvido de Clay. A explosão ecoa por todo o local. Clay berra de medo e desliza parede abaixo, as mãos erguidas para proteger o rosto.

Ben tateia procurando a câmera, coloca-a em modo de vídeo e posiciona a lente o mais perto possível do buraco.

– Como você pode não sabe? Você deveria controlar a cena! Qualquer um pode ter estado lá. Qualquer um!

– Eu... eu sinto muito! Não achei que você... não achei que iria... acontecer o que aconteceu.

– Ah, você não achou? – Eddie caçoa. – Você não achou que iria acontecer o que aconteceu? Seu imbecil! Eu fui preso por causa disso! Eu preciso daquele pen drive! Entendeu?

– Eu entendo!

– Então o que vai fazer a respeito?

– Eu... vou perguntar por aí?

– Vai perguntar por aí. Bom garoto. Você tem um dia.

Eddie atravessa a sala. Ben tenta segui-lo com a câmera, mas as lentes só pegam a madeira entre as placas da parede.

A madeira estala, e pedaços de parede caem no assoalho.

Ben congela.

E então lentamente ergue o olhar.

Direto para o olhar furioso de Eddie Boyd.

– Tem alguém naquele quarto!

Uma figura corre na direção da porta, uma terceira pessoa. Alguém que Ben nem tinha visto. Eddie ergue a arma e atira através da parede.

Ben mergulha no chão, as balas passam por sua cabeça e rasgam as paredes, adentrando os apartamentos seguintes. Ele se arrasta e corre ao mesmo tempo até a porta e a abre, tropeçando pelo corredor, preparando-se para lutar por sua vida.

20

ONTEM.

Depois de conversar com Mickey sobre Cornelius Drexel, Matt decide dar uma volta pela Rua 48 e ver por si mesmo alguns dos edifícios. A rua está calma. Alguns táxis passam velozes sobre poças oleosas que refletem os letreiros de neon quebrados. As prostitutas ficam perto das portas, ocasionalmente se aventurando no vento congelante quando um carro passa devagar e perto da calçada.

Ele franze a testa. Não gosta desse lugar. Não consegue sentir aquela área, sentir a cidade. Precisa ir para o alto.

Matt entra em um beco que acha adequado, salta e agarra a escada de incêndio de um prédio. Sobe os degraus de metal e chega ao telhado, dirigindo-se à beirada. O próximo prédio, do outro lado, é mais alto, mais apropriado às suas necessidades. Ele pula, segura um ar-condicionado na parede, sobe nele e então salta uma distância de quase dois metros e segura o beiral do teto. Ergue-se até em cima e se levanta, sentindo o vento gelado se mover livremente por seu rosto, não mais escondido pelos prédios.

Vai até a beira do telhado, fica ali parado, sentindo o toque do vento. Estende seus sentidos, sente as formas e tamanhos dos edifícios por toda a Rua 48. Há um minúsculo tremor passando pelas solas de seus pés, sinalizando a fraqueza de suas estruturas, e o rosnado invisível das fundações de pedra desmoronando sobre o peso dos anos.

Não é das melhores ruas, mas essa não é a questão. Pessoas vivem ali. E é parte da Cozinha do Inferno. Seu lar. Seu povo. Se mais ninguém vai cuidar deles, então é seu dever. Esse proprietário deve ser forçado a arrumar esses edifícios. E esse Vereador Boyd... se ele *tem* aprovado ordens de despejo sem a autorização apropriada, então ele precisa ser chamado à realidade. Ele não pode simplesmente sair por aí quebrando as regras e saindo ileso. Não é assim que funciona.

Crack!

Crack!

Matt vira a cabeça. Disparos. A meio quilômetro dali. Ele localiza o lugar, espera e observa.

Crack!

Matt hesita apenas por um momento, e então sai correndo a toda velocidade, atravessando o telhado do prédio até a beirada. Salta pelo espaço entre os edifícios, voando pelo ar, e aterrissando em um pedaço de encanamento. Escorrega, cambaleia, cai de joelhos, e desliza. Ele faz uma careta e se obriga a levantar de novo, ganhando velocidade.

O prédio seguinte é mais baixo. Ele pula a distância e cai um andar. Continua, saltando uma parede, descendo outro andar. Para. O próximo edifício é quinze metros mais alto. Não há como subir ali. Em vez disso, ele salta o vão e segura a beirada de uma janela. Ergue-se, abrindo a janela com apenas uma mão.

Ele entra por ela, levanta-se e dá de cara com uma senhora.

– Minhas desculpas, madame. Estou apenas de passagem.

Ela se aproxima dele com uma frigideira cheia de óleo e ovos fritos ainda estalando no metal. Ela golpeia, lançando os ovos no ar. Matt desvia, corre até a porta da frente e sai, cruzando o corredor até o apartamento da frente, e corre até a janela de uma sala de estar deserta cheia de revistas e jogos de computador. Abre a janela, inclina-se para fora. Uma velha escada de incêndio está presa à parede dois cômodos para a frente. Matt sobe na beirada da janela e se lança para o lado. Seus dedos seguram os canos da escada.

Está coberto de gelo. Suas mãos escapam dos canos. Ele escorrega e tenta se segurar na escada novamente. A dor atravessa suas mãos. As canelas se chocam contra o metal. Mas ele não consegue se segurar. Inclina-se para a frente e envolve a escada com os braços e os cotovelos dolorosamente se esfregam contra o metal enquanto desliza para baixo. Ele não consegue parar o impulso completamente, mas é o suficiente para desacelerar a descida.

Ele cai os últimos três metros e atinge o chão com força, rolando sobre um monte sujo de neve. Ele se levanta, esforçando-se para recuperar o fôlego, e corre para fora do beco, seguindo na direção da rua até o prédio de onde vieram os disparos. Essa ponta da rua é mais claustrofóbica. Mais escura. Nenhuma loja. Nenhuma vida.

Matt puxa a porta que dá acesso ao prédio e se vê diante de um longo corredor. Um carpete sujo e desgastado se estende pela passagem. Ele passa as mãos sobre a parede. Há pichações espalhadas por todos os lugares – a tinta tem uma textura diferente sob seus dedos.

Matt sobe as escadas, tentando ignorar o cheiro e urina e dejetos. Ele gostaria de dizer que é obra de algum animal, mas seus sentidos dizem que não – que é cem por cento humano. Ele pode sentir o cheiro dos restos de drogas. Heroína. Papel-alumínio queimado. O odor de cânabis no ar, ainda forte apesar de provavelmente já ter um ou dois dias.

Ele chega ao terceiro andar no momento em que a arma é disparada novamente, duas portas à frente. Matt corre na direção do som. Quando ele chega à porta, ela se abre. Um homem enorme, careca e barbudo corre para fora. Ele está olhando para o outro lado, indo para o apartamento seguinte. Para antes de chegar lá, sentindo a presença de Matt atrás dele.

Vira-se.

– Seja lá em quem for que você está atirando – diz Matt. – Estou tirando ele daqui. E vai ser perante um aceno e um sorriso, ou perante você deitado no chão com a perna quebrada. Você decide.

O cara não tem arma. O que significa que há mais alguém na sala atrás dele. Precisa lidar com esse cara rápido.

– Então? O que vai ser?

O homem corre em sua direção.

O corredor não é comprido, então ele só precisa de três passos estrondosos para alcançar Matt. Mas o homem, como muitos antes dele, subestimou o cara cego.

Matt segura o braço do cara e o lança contra a parede, usando o próprio peso e impulso do homem contra ele, que atinge o gesso com força e quica. Matt o solta, abaixa-se e passa uma das pernas para o lado. O homem cai no chão, a cabeça batendo nas tábuas. Matt ajoelha sobre seu peito e impulsiona o punho para a laringe do homem. O grandalhão abre a boca para gritar, mas não consegue fôlego para tanto. Seus olhos se arregalam. Ele segura a garganta, emitindo um ruído horrível de ar se esvaindo. Matt o puxa para cima pela camisa, certifica-se de que está bem seguro, e esmaga a cabeça do cara na parede, abrindo um buraco no gesso.

Matt se levanta, pensando criticamente sobre sua obra. Nada mal. Dois golpes, sem contar o fato de atirá-lo contra a parede e passar a rasteira. Limpo. Preciso. Matt gosta disso.

A porta do segundo apartamento se abre e um homem com cara de aterrorizado cambaleia para o corredor segurando uma câmera. Ele tem os cabelos escuros, usa óculos e tem um rosto fino, alongado.

– Tem mais? – Matt exige saber.

O homem se vira.

– O... o quê?

– Tem mais como ele? – Matt aponta para a figura inconsciente aos seus pés.

Ouve um ruído vindo lá de baixo. Matt corre até a escada e olha por cima do corrimão. Umas figuras entram correndo da rua, talvez atraídas pelos disparos. Onde diabos estavam se escondendo? Ele conta três caras, e então volta e agarra o cara com a câmera.

– Qual seu nome?

– Ben.

– Ben. Sou Matt. Temos que subir.

Matt sente a hesitação.

– Você... você não está olhando para mim – diz Ben. – Você... você é *cego?*

– Mickey! – grita uma voz de dentro do apartamento. – Você o pegou?

– Não há tempo, Ben – Matt diz. – Se quer viver, é melhor me ouvir.

– Sim, mas... você não pode ver nada.

– Você sabe o que dizem. Quando se perde um sentido, os outros compensam. Siga-me.

Matt sobe a escada três degraus por vez. Há apenas mais um andar sobre eles. Ele chega ao patamar. Merda. Não há acesso ao telhado como ele esperava. Apenas a janela. Terá que servir.

Matt tenta abrir a janela, mas a umidade inchou tanto o batente que ela não se move. Usa o cotovelo para quebrar o vidro, e então tira os cacos. Coloca a cabeça para fora e olha para cima. Três metros do telhado. Ele provavelmente consegue alcançar, mas acha que Ben não conseguirá.

Volta abaixado até a escada. Inclina-se por sobre o corrimão. Os três capangas estão correndo na direção deles. Não há como voltar.

Ele abre a porta do apartamento mais próximo. Vazio. Velhos ornamentos sujando o chão. Matt corre até um dos quartos do fundo, Ben o segue de perto, e tenta abrir a janela. Ele a abre sem esforço e vê que dá para um beco nos fundos. O lixo se empilha por toda a parede do edifício. Comida velha. Mobília antiga e quebrada. Caixotes que ficaram tanto tempo na chuva que estão moles como papel. Seus sentidos lhe dizem que há uma pilha especialmente grande de lixo perto da lateral do prédio bem abaixo deles. Ele se contrai. Não é um pouso agradável, mas que outra escolha há?

Alguém está vindo atrás deles. Matt se vira e encontra um dos capangas correndo em sua direção, sacando a arma enquanto se aproxima. Matt se lança para a frente e o chuta no pulso. O capanga grita e larga a arma. Matt lhe dá um soco no nariz. Ele cai, arrasta-se para a direita e se levanta com um pedaço de encanamento de metal.

Golpeia. Matt desvia com facilidade e o cano atinge o batente da janela, corroído pelos cupins, estilhaçando-o e derrubando o cano no chão. Matt chuta o metal para longe. O capanga não tenta pegar, e Matt se vira e lhe chuta a perna, tentando estourar seu joelho.

Mas o capanga surpreende Matt. Ele dá um giro e ataca com o pé, mirando o estômago de Matt, que segura o pé e o torce. O capanga se ergue no ar, girando com o impulso para que o tornozelo não quebre. Novamente, Matt é surpreendido. O capanga aterrissa ao seu lado, lançando um chute para trás com o pé livre. Atinge Matt na cabeça, jogando-a contra a parede. A dor explode em seus olhos. Pequenas centelhas de luzes brilhantes flutuam na escuridão de sua visão. Matt pisca e sacode a cabeça. Percebe que o capanga vai pegar a arma novamente.

Ben surge da escuridão, segurando um longo pedaço de madeira. Acerta o capanga no meio das costas.

A madeira vira pó. Ben olha em choque para as mãos, enquanto o cara agarra novamente o cano de metal e o golpeia, atingindo Ben na cabeça. Ben se contorce para a frente e o capanga se volta para Matt.

Mas Matt já está em movimento. Ele ataca e derruba o cano. O capanga cambaleia para trás, e então pega algo no cinto.

Matt acha que ele tem outra arma, mas suas mãos surgem com duas adagas. Ele as gira com habilidade e avança na direção de Matt, atacando-o por ambos os lados com elas. Matt desvia e rodopia, suando os antebraços para bloquear o ataque. Sente a lâmina cortar sua pele duas, três, quatro vezes.

Dá um chute no estômago do capanga e ouve o ar sendo expelido. Ele cambaleia para trás, largando uma das facas. Matt a pega. Ele a gira para que possa segurá-la pela lâmina – e então a atira direto no rosto do capanga.

O homem desvia para o lado. Matt já está correndo, seguindo seu péssimo arremesso. Eles colidem, e Matt agarra o pulso do cara e bate a mão dele contra a parede. A segunda adaga cai com um baque.

Um súbito grito vindo da porta – os outros dois homens estão correndo na sua direção.

Matt hesita, e então direciona o joelho para o estômago do capanga e o empurra para longe. Ben está grogue, tentando se levantar. Matt o segura, empurrando-o na direção da janela.

– Fora. Não é uma queda longa. Rápido.

Ben, ainda tonto do golpe, faz como instruído. Senta-se na beira, vira-se e cai. Matt o segue, se virando e se abaixando para passar pela janela. Segura-se ali por um segundo, balançando para um lado e para o outro, e então solta.

O ar assobia em seus ouvidos. Ele atinge a pilha de lixo, lembrando-se de dobrar os joelhos quando chegar ao chão. Seus dentes batem. Sente o gosto de sangue na boca. Ele rola para o lado, para longe do muro.

Ben já está se levantando, respirando fundo, trêmulo. Matt segura seu braço e o guia na direção da saída do beco.

Param na entrada. Só para garantir que não há mais capangas esperando.

– Você tem carro? – pergunta Matt.

– Sim.

– Vai na frente.

Eles correm até o que parece um velho e amassado Fusca. Ben procura a chave, derrubando-a algumas vezes antes de colocá-la na ignição.

Finalmente consegue ligar o carro, e aceleram para dentro da noite, deixando o velho edifício para trás.

••••

Ben segura um copo de água gelada encostado na cabeça, tentando afastar a dor.

– Você precisa ver isso – diz Matt. – Pode ser uma concussão.

– Já fui atingido antes. É só um galo.

Matt dá de ombros.

– Então me diga – ele diz. – Por que você estava naquele edifício?

– Eu? – diz Ben. – E quanto a você?

– Eu ouvi os disparos. Fui ver o que estava acontecendo.

– Você é polícial?

– Um cidadão preocupado. Sua vez.

Ben balança a cabeça.

– Não é o suficiente, parceiro. Você quer que eu confie em você, precisa merecer. Esses movimentos... o modo como derrubou aqueles caras... você não é *apenas* um cidadão preocupado.

Ben pode ver que Matt está pensando. Finalmente, ele assente.

– É justo. Mas você precisa me prometer que não vai sair xeretando. O caso no qual estou trabalhando é muito sensível. Você pode atrapalhar tudo.

– Caso? Então você é um policial?

– Não. E você está certo. Não foi uma coincidência eu estar na vizinhança esta noite. Eu estava seguindo... – Matt se interrompe, começa a falar de novo, e então para, franzindo a testa. – Desculpa. Ainda estou tentando preencher as lacunas do que aconteceu esta noite. Você não pode me contar o que estava acontecendo, e então eu explico minha parte depois que você acabar?

Ben hesita. Está queimando de curiosidade a respeito do cara, mas não faz diferença quem vai falar primeiro. Além do mais, a necessidade de encaixar as peças soterra sua curiosidade a respeito da identidade de Matt.

Ben começa a falar. Matt ouve enquanto Ben conta tudo a respeito de sua investigação. Sobre o assassinato de Gabriel Mcavoy. Sobre o assassinato de um viciado por Eddie Boyd e a subsequente encoberta de tudo. Sobre o assassinato do policial que prendeu Eddie e a longa lista de mortes através dos anos que Ben rastreou, mais assassinatos que ele acha estarem ligados ao pai de Eddie, o Vereador Boyd – e como tudo isso acaba em sua ligação com o Rei do Crime.

– Está certo disso? De que o Vereador Boyd está de caso com a máfia?

– Estou 99 por cento certo, sim. As conexões estão todas lá quando se sabe o que procurar. Por que pergunta? Você também está interessado nele? É por isso que estava lá esta noite?

– Boyd é do Departamento de Planejamento Urbano – Matt explica. – Achamos que ele está forçando os avisos de despejo. *E* as ordens de demolição. Quer dizer, é coisa pequena comparada ao que você está investigando. Mas... centenas de pessoas perderão suas casas se não fizermos algo. – Matt se recosta na cadeira. – Eu estava verificando os edifícios que eles vão derrubar. E foi quando ouvi os disparos. Acho que o filho do Vereador Boyd sabia que eles estavam abandonados e decidiu colocar um dos apartamentos em uso. – Matt para e repassa as informações que Ben lhe deu em sua mente. – Você disse que tem uma filmagem?

Ben assente e verifica a câmera, aperta o play e a passa para Matt, que ouve o confronto entre Eddie Boyd e o homem chamado Clay.

– Você sabe do que ele está falando? – pergunta quando o vídeo termina. – Esse pen drive?

– Não faço ideia. Mas estou achando que foi por isso que ele matou aquele viciado semana passada. Algo a ver com o pen drive.

Matt assente, pensativo.

– Talvez possamos ajudar um ao outro.

– Por quê? – Ben pergunta. – Por que você está envolvido nisso? O que há aqui para você?

Matt faz uma pausa. Pensa em Mickey, a amargura já presente em sua voz. Ouve o grito de Mary enquanto ela cai para a morte. Lembra-se do sentimento de impotência que o dominou depois daquilo.

Esta é sua chance de fazer a coisa certa. De se reparar.

21

ONTEM.

Clay tem uma relação de amor e ódio com os viciados. Ele os odeia por serem fracos, sujos e terem um ar de desespero que os empesteia como cheiro de óleo de fritura. Aquele cheiro de suor velho. Os olhos constantemente vagos, olhando para todo lugar menos para sua cara enquanto procuram algo para roubar, algo que possam penhorar para conseguir a próxima dose.

Mas ele os ama porque são muito fáceis de controlar. Umas notas de cinquenta, algumas gramas em um saquinho plástico transparente, e eles fazem qualquer coisa que você pedir.

Ele segue seu caminho pelas ruas geladas, enrolado na sua velha jaqueta Duffel e no cachecol. Ah, mas ele vai fazer esses idiotas pagarem. Odeia ter de sair nesse tempo.

Entra em uma rua escura. A cerca de dez metros, vê um posto de gasolina e uma loja 24 horas. Um grupo de moradores de rua parasitas sem-teto se abrigam sob o telhado. Não apenas moradores de rua. Viciados também. Ali é onde um dos traficantes do Rei do Crime vende suas mercadorias.

O Rei do Crime. Clay arrepia de medo só de pensar no nome. Nunca encontrou o cara – ninguém em seus círculos encontrou. Bem, com exceção de Larks. O Homem Quieto, que é como Clay gosta de chamá-lo.

Quieto e insano.

Mas só porque não é importante o bastante para conhecer o Rei do Crime, isso não significa que está a salvo do olhar do chefe. Clay sabe que sua última mancada pode ter chegado aos ouvidos lá de cima. Eddie Boyd é muito cabeça quente para deixar isso para lá. E sendo seu velho quem é... Clay balança a cabeça. Isso vai passar. De um modo ou de outro. E as pessoas – não necessariamente as pessoas responsáveis, mas alguém – vão ser culpadas por entornar o caldo. A única coisa que Clay pode tentar fazer agora é controlar. Tentar maximizar seu próprio lucro antes que tudo vá por água abaixo e certificar-se de que tenha como escapar.

Ele se aproxima do rebanho trêmulo do lado de fora da loja. Um dos idiotas acendeu uma pequena fogueira dentro de uma velha lata de tinta. As chamas estão verde-azuladas, e Clay pode sentir o cheiro de plástico queimado enquanto se aproxima. Idiotas. São tão estúpidos que nem conseguem encontrar madeira para queimar.

Ele avista Sylvio na mesma hora – alto e magro, os cabelos pretos arrepiados em um tipo de estilo punk. É moda, ou apenas não foi lavado? Quem se importa? Fica irritado com ele mesmo por se dar ao trabalho de até mesmo pensar nisso. Sylvio o avista e agarra a namorada. Sally Santa, como a chamam. Clay não faz ideia de como seja o nome real dela. Pequena, magra. Maçãs do rosto protuberantes. Clay está cansado dela. Sabe que ela pensa pelos dois, por Sylvio *e* por si mesma. Seus olhos têm certa inteligência – não, certa astúcia. Ela lembra uma raposa selvagem. Sempre pronta para fugir.

Clay dá a volta pelos fundos da loja e segue para o estacionamento. Há dois carros ali, entre vinte lugares vazios.

Uma única luz no centro do terreno lança um brilho amarelo por sobre a neve imperturbável.

Clay caminha até a luz. Espera ali, saltando de um pé para o outro enquanto os outros dois o alcançam.

– E aí, Clay? – Sylvio pergunta. Ansioso, excitado. – Tem outro serviço para nós?

Clay semicerra os olhos.

– Onde está o Quecaraessa? O cara que você me arrumou para ajudar com a edição?

Sylvio e Sally trocam olhares. Culpados pra caramba, mas tentando esconder. Achando que são mais espertos que ele. Que podem conseguir sair dessa.

– Ele foi ver o velho dele – diz Sylvio.

– É mesmo? Me diga... o que você diria se eu contasse que o amigo de vocês está morto?

Sem resposta.

– Não? Nada?

Olham para baixo.

– E se eu contasse que ele está morto porque tomou um tiro do Eddie Boyd?

Silêncio.

– Nada ainda? Então, deixem-me ir além. E se eu contasse a você que ele tomou um tiro do Eddie Boyd porque ele tinha uma certa filmagem em um pen drive? Um vídeo incriminador. E que o idiota estava tentando chantagear Eddie para devolvê-lo?

Analisa as expressões deles.

– Não? Isso não diz nada?

– Não foi ideia nossa... – diz Sylvio.

Sally lhe dá uma cotovelada nas costelas.

– Cala a boca!

Sylvio se afasta dela.

– Eu não quero morrer por causa disso!

Sally apenas olha para ele, furiosa.

Clay sorri para os dois.

– Bom. Pelo menos está tudo às claras. Talvez possamos pensar em um acordo aqui.

Os dois se viram imediatamente e olham para ele. Sally lambe os lábios.

– Que... tipo de acordo?

– Estou correto em pensar que essa filmagem é do infeliz incidente que ocorreu semana passada?

Sylvio assente.

– Ótimo. Escutem, eu não gosto muito do Eddie. O cara é louco. Não gosto de louco. Meu velho sempre dizia, se você tiver que ir contra um assassino de três metros de altura ou contra um cara louco, vá contra o assassino de três metros de altura, porque não dá para lutar com loucos.

Sally e Sylvio trocam olhares confusos. Clay suspira.

– Tudo o que estou dizendo é que eu tenho um plano. Conheço um monte de gente que quer colocar as mãos naquele vídeo. Entendem? Para chegar ao pai do Eddie. Posso fazer um leilão. Espalhar a notícia entre as partes interessadas. Começar uma guerra de lances.

– E vamos dividir os lucros? – Sally pergunta, desconfiada.

– Sessenta por cento para mim. Quarenta para vocês – responde Clay.

– Não – diz Sally. – Divisão por três.

– Não, não. São meus contatos. Sem eu, vocês têm um pen drive e um prêmio pela cabeça de vocês.

Sally puxa Sylvio de lado para falar com ele. Clay suspira e olha para as nuvens. Parece que vem vindo mais neve. Ele olha sem atenção para os tetos... e para. Franze a testa. Acha que viu algo se movendo lá em cima. Observa a silhueta, mas, seja lá o que for, já foi.

– Cinquenta a cinquenta.

Clay suspira. Que diabos importa o que disser a eles? Vai matá-los de todo jeito.

– Tá certo. Está combinado.

Um Sylvio sorridente estende a mão. Clay ignora e olha para Sally.

– O pen drive?

– Nós trazemos para o leilão.

Clay pensa a respeito, considera exigir que entreguem. Mas sabe que ela não vai entregar. Sally não confia nele. Pode ver em seus olhos. Ela quer controlar tudo isso o máximo que puder. Tudo bem. Vai lidar com eles depois. Tudo o que precisa é do pen drive no leilão. Não importa quem vai trazê-lo.

– Entro em contato a respeito da hora e do lugar. Eu vou tentar arrumar tudo para amanhã. Não sei quanto tempo Eddie vai levar para descobrir sobre vocês dois. Se ele descobrir, vai fazer com vocês o que fez com seu amigo.

Vendo os olhares preocupados, ele sorri.

– E agora garotos, tenham uma ótima noite, ouviram?

••••

Clay vai para casa. Não para o apartamento lixo da Rua 48 – lá é apenas onde ele trabalha, algo que Eddie Boyd arrumou para fazerem os filmes. Ele tem um lugar em Manhattan onde dá para morar. Um lugar onde você não precisa tomar vacina antitetânica para entrar.

Ele coloca Bowie para tocar. Algo familiar, conhecido, a única constante em sua vida. Algo para planejar um novo futuro. Porque, se isso funcionar, vai levá-lo para o próximo nível. Não vai mais ficar andando por aí com viciados e prostitutas tentando ganhar uma graninha rápida. Não. Depois dessa, vai ser um dos jogadores. Alguém a ser reconhecido.

Começa a fazer ligações. Ele está trabalhando em uma lista em sua cabeça desde que bolou o plano. Todos que podem ter algo a ganhar com as ações de Eddie Boyd. E isso não se restringe apenas a criminosos. Não, está pensando grande. Pensa no tipo de pessoas que podem usar a informação contra o pai de Eddie, o Vereador Boyd. Políticos, executivos. No passado, já fez negócio com todos eles. Esse tipo de gente, eles todos precisam de drogas e prostitutas em algum ponto, e Clay sempre é quem fornece essas coisas.

Sente a excitação percorrendo seu corpo ao pensar no quanto vai ganhar com isso. Não apenas o status e o poder, mas o dinheiro. Está falando de milhões. Dezenas de milhões. E, assim que o acordo for feito, vai cuidar de Sally e do namorado idiota dela.

• • • •

Uma hora depois e já está tudo resolvido. O leilão está marcado para amanhã à noite, às seis horas, em uma pequena ilha perto da costa do Bronx. Ilha North Brother é o nome. O lugar está abandonado. Costumava ser um hospital, depois uma casa de recuperação para viciados. É perfeita. Não tem sistema de segurança. Não tem policiais. Fácil de controlar a aproximação, ver quem está chegando.

Bom e discreto.

22

ONTEM.

– *E agora garotos, tenham uma ótima noite, ouviram?*

É isso que deixa Sally Santa à beira da loucura.

Ela segue Clay até seu apartamento em Manhattan depois do encontro no estacionamento. Espera do lado de fora com um copo de café, observando sua janela. Pode ver as costas dele enquanto o homem se senta à mesa.

Depois de passar uma hora no frio congelante, ele reaparece e entra em um táxi.

Ela sempre odiou Clay. Desde que ele a tirou da rua pela primeira vez há cinco anos. Ele é o pior tipo de parasita, alimentando-se dos fracos e vivendo à custa dos fortes. Não faz nada por si mesmo. Não tem uma única coisa em sua vida que não tenha vindo da dor ou do trabalho pesado de outra pessoa.

Sally sabe que Clay pensa que ela e Sylvio são desses viciados que estão sempre chapados, e deixa que ele pense isso. Algo que deve agradecer ao seu pai – o único bom conselho que ele deu antes de partir com as mãos cheias de sangue e todo o dinheiro da sua mãe.

Deixe que te subestimem, garota. Você sempre vai sair por cima se acharem que você está por baixo.

De qualquer modo, a culpa é exclusiva de Clay. Ela teria ficado feliz em dividir o dinheiro em três. Sessenta e seis por cento para ela e Sylvio. Nada mais justo. Afinal, foi ideia dela roubar o pen drive. Ideia dela de abordar Eddie Boyd e falar disso. E não passa um dia em que ela não agradece por não ter ido ao encontro. Sempre se sentiu desconfortável perto de Eddie e agora sabe por quê. Poderia ter sido ela morta no meio da rua.

Então, enquanto insere a chave na fechadura da porta do apartamento de Clay, ela pensa que foi ele mesmo o causador de tudo isso. Tudo. Ela viu nos olhos do homem. Ele não vai dividir o dinheiro. Nem um terço. Nem 50 por cento. Nem mesmo 10. Assim que Clay pegar o dinheiro, ele vai traí-los. Então ela decide tomar providências.

Fecha a porta. Já faz dois meses que ela tem a chave do apartamento de Clay. Ele deixou as chaves jogadas em seu apartamento da Cozinha do

Inferno e ela tirou a impressão no sabão, pensando em entrar escondida no lugar para roubar alguma coisa, coisas que pudesse vender.

Mas não entrou. Ela decidiu guardar a chave e usá-la moderadamente. Ah, ela roubou coisas dele – mas coisas pequenas. Um relógio. Algum dinheiro que ele largou por aí. Só isso. Porém, Sally gosta de rearranjar as coisas de Clay – apenas para mexer com a cabeça dele. Uma vez colocou o cinzeiro que fica perto da cama na geladeira e uma caixa de leite na gaveta de sua escrivaninha. Depois das visitas, ele sempre parecia agitado. Olhando por sobre os ombros. E Sally precisava de todo seu autocontrole para não irromper em gargalhadas na frente dele.

Mas esta noite não faria nada disso. Esta noite o assunto é sério.

Esta noite ela está planejando o futuro.

Ela sabe que Clay tem dois celulares: um para suas coisas pessoais, e outro para os negócios. Ela também sabe que, quando não está usando o celular de negócios, ele o deixa na escrivaninha.

Como hoje.

Sally abre a gaveta e encontra o celular. É um Nokia antigo. Do tipo que você pode jogar do avião e ainda vai funcionar. Ela senta na cadeira e respira fundo algumas vezes, acalmando os nervos. E então ela abre a agenda do telefone e procura um nome.

Larks.

Ela já viu Larks por aí, falando com Clay. O homem lhe dá arrepios, mas Sally sabe que ele tem uma linha direta com o chefão. O Rei do Crime. Ela hesita, o dedo pairando sobre o botão de ligar. Uma vez que ela fizer isso, não há mais volta. Sua vida vai mudar completamente. A sua e a de Sylvio. E o negócio é que ela não sabe se vai mudar para melhor ou para pior.

Mas o que vai ganhar se não fizer nada? Pode se arriscar, apostar em suas ações, ou não fazer nada e viver na rua o resto da vida. Uma vida que provavelmente será incrivelmente curta.

Ela não quer morrer congelada. Tem algo a oferecer. Não sabe exatamente o que é, mas sabe que tem algo dentro de si. Há uma voz que lhe diz que ela é melhor que tudo isso.

Então, aperta o botão.

Atendem a chamada no terceiro toque.

– Hã... Sr. Larks? Aqui é Sally. Sally Santa? Eu... hã... já o vi por aí algumas vezes. Com o Clay?

Uma pausa. Em seguida:

– O que posso fazer por você, Sally?

Sua voz é calma, quase gentil. Ela se sente mais confiante. É isso. Esse é o começo de sua nova vida.

– É a respeito de um problema do qual... é... tomei conhecimento. Acho que você e seu... seu chefe deveriam ficar sabendo também.

– É mesmo?

– Sim. Eu acho que isso pode... pode afetá-lo? Tipo, perifericamente?

Ela espera, mas ele não responde.

– Isso quer dizer...

– Eu sei o que a palavra significa, Srta. Santa. Conte-me o problema.

• • • •

Fisk se inclina sobre a mesa, pressionando com tanta força que as pontas de seus dedos ficam brancas.

– Ele fez o quê?

– O Vereador Boyd usou sua influência para tirar o filho da cadeia – diz Larks.

– E o filho dele matou alguém? Na frente de um policial? Onde está o policial agora?

– Ahm...

Fisk olha para Larks.

– *Ahm*? Meu amigo, eu não gosto quando você diz "ahm". É o equivalente a uma pessoa normal sair correndo e gritando pela sala.

– O policial...

– Sim?

– Está morto, também.

– Como?

– Eu o matei.

Fisk se recosta novamente na cadeira e cruza as mãos sobre a barriga.

– Continue.

– Boyd entrou em contato comigo há duas semanas. Ele disse que esse policial estava xeretando por aí, fazendo perguntas sobre você.

– Sobre mim?

– Foi o que ele disse. Disse que eu devia dar cabo dele antes que descobrisse alguma coisa.

Fisk não diz nada por um tempo. E então ele se inclina para a frente.

– Larks, o quanto sou cuidadoso?

– Muito cuidadoso.

– Exatamente. Você acha honestamente que eu simplesmente... deixaria alguma evidência que pudesse me incriminar largada por aí?

– Não. Mas eu não queria correr o risco.

Fisk suspira.

– Como foi que você fez?

– Um negócio com drogas deu errado.

Fisk lança um olhar penetrante para ele.

– De novo? Você gosta muito desse método.

Larks dá de ombros.

– Se há droga envolvida, ninguém faz muitas perguntas. Eles sabem que não vão encontrar muitas respostas.

Fisk se recosta novamente, olha pela janela para a neve que cai.

– E o que você quer que eu faça?

– Quero que você corrija os erros de seu estimado Vereador. O policial... está tudo bem. Nós teríamos que matá-lo de qualquer modo. Mas eu quero Eddie Boyd fora de cena. Na verdade... – Fisk se vira e olha para Larks – ... eu quero que você lide com todos que tenham alguma ligação com esse incidente. Ou vai se tornar uma bagunça.

– E quanto ao vereador? Quer que eu lide com ele, também?

Fisk pensa a respeito.

– Não. Eu falo com ele. Ele é valioso demais para que nos livremos dele. Já gastei muito dinheiro com ele.

Larks assente e deixa Fisk com seus pensamentos. Sorri enquanto se afasta. Os próximos dias serão bem movimentados.

• • • •

Matt encontra Ben em seu apartamento e o atualiza sobre o que ouviu no decorrer da noite.

– Como é que você descobriu tudo isso? – pergunta Ben, perplexo.

Matt pensa no que ele fez naquela noite. Como, depois de deixar Ben no restaurante, voltou para o edifício e esperou no telhado do prédio da frente até que um homem saísse dele. Como seguiu o homem – Clay, acha que foi isso que ouviu – até seu encontro com um casal de jovens, Sally e Sylvio, e os ouviu conversando sobre o leilão para vender o misterioso pen drive. Como ele seguiu Clay de volta a seu apartamento enquanto ele organizava o leilão em um lugar chamado Ilha North Brother.

– Sério – diz bem. – Você ficou parado do lado de fora da porta dele e ouviu tudo?

– Algo do tipo – responde Matt.

– Certo, vamos pensar nisso – diz Ben, andando de um lado para o outro. Toma um gole de cerveja, para de andar e olha para Matt.

– Me diga, porque não vamos simplesmente até a polícia e contamos tudo?

– Não digo que não deveríamos – diz Matt.

– Não. Mas você quer saber por que *eu* acho que não devemos?

– Quer dizer, além do fato de que você vai perder sua reportagem exclusiva?

– Não é isso – diz Ben. – Não é nada disso mesmo.

Matt se dá conta de que ofendeu Ben. Ele ergue as mãos em um gesto de rendição.

– Desculpe. Eu não quis dizer nada com isso.

– Não podemos ir até a polícia... pelo menos alguns deles devem estar na mesma folha de pagamento em que está o Vereador Boyd.

– E não sabemos quais deles.

– Exatamente. Então acho que, se uma palavra sobre isso chegar aos policiais, ela chega à máfia.

– E a mesma coisa que aconteceu com o policial que prendeu Boyd vai acontecer com Clay.

– E com um monte de outras pessoas, também. Mas sim, se reportarmos isso, pessoas vão morrer.

– Então o que sugere? – pergunta Matt.

– Vamos ao leilão. Escondidos. Gravamos a coisa toda. Com sorte descobrimos o que há no pen drive. Eu escrevo minha história, nós soltamos o vídeo no mesmo dia. Consigo minha reportagem exclusiva, o mundo consegue a verdade, e todos os caras do mal são presos.

Matt se recosta no sofá. Não é um plano ruim. Mas acha que devem ir além. Se conseguirem colocar as mãos no pen drive, então talvez consigam usá-lo para provar que o Vereador Boyd usou sua influência política para liberar o filho da cadeia e teve as evidências disso apagadas. Se o Vereador Boyd for processado por isso, deve ser fácil para Foggy arquivar um embargo contra as ordens de demolição que Boyd assinou.

– Temos que chegar cedo – diz, pensativamente. – Estou falando de passar o dia lá. Garantir que vamos chegar antes dos guarda-costas.

– Por mim, tudo bem.

– E não vamos enfrentá-los, entende? Vamos seguir as regras: ficamos fora de vista; nos escondemos o melhor que conseguirmos, pegamos o vídeo e caímos fora dali.

– Que mais podemos fazer? Você acha que íamos dar conta de todo o submundo do crime?

Matt dá de ombros e sorri.

– Eles não são tão durões.

Ben ri. Ergue a cerveja no ar.

– Para pegar os caras do mal.

Matt ergue a sua.

– Para pegar os caras do mal.

23

ONTEM.

Assim que sai do apartamento de Ben, a mente de Matt se volta para o ginásio. Todos os dias durante as últimas três semanas, Mickey andou perguntando a ele sobre Foggy e o caso contra o proprietário e ele não foi capaz de contar nada. Ele pode sentir a decepção dela crescendo, tornando-se raiva e frustração.

– Essas coisas levam tempo, Mickey – ele disse quando a viu alguns dias atrás.

– Quanto tempo? – ela exigiu saber.

– Bem... meses. Anos, algumas vezes.

– Anos? Não podemos esperar anos! Matt, minha família está presa em um abrigo! E esse cara vai continuar com as demolições de qualquer jeito! Não vai esperar!

– Ele não pode fazer isso.

– Quem vai impedi-lo? Ele não liga para a lei! Eu achei que você fosse me ajudar!

– Estou tentando. Mas nós temos que agir dentro das restrições da lei. Mesmo que ele não o faça.

– Então você está dizendo que não pode fazer nada?

– Não estou dizendo isso. Eu...

– Esquece.

– Mickey...

– Eu disse para esquecer. Eu devia saber que você não poderia ajudar.

E essa foi a última vez em que ele a viu. Quis deixar que ela se acalmasse um pouco, então evitou ir ao ginásio. Tentou dar espaço a ela.

Mas agora. Agora ele tem novidades. Mesmo que não possa contar a Mickey todos os detalhes.

Ele entra nos recintos escuros do ginásio. Pode ouvir o som de punhos contra o saco de pancada.

– Mickey?

Os socos não param.

– Olha, eu sei o quanto você está brava...

– Você não sabe nada sobre mim, ceguinho.

Matt para, franze a testa.

– Isso não é legal, Mickey.

– Isso não é legal, Mickey – ela o imita com uma voz sarcástica.

– Eu quero ajudar...

– Então ajude! Faça com que Drexel seja preso. Consiga minha casa de volta!

– Estou tentando. Olha... se faz alguma diferença, eu... coisas estão acontecendo. – Ele hesita, não quer dizer muito. – Pode ser que não leve meses. Pode ser que não leve nem dias.

Os socos param. Ela pula para fora do ringue e vai em sua direção.

– Como assim? – ela exige saber. Está ofegante. Ele não sabe se é do exercício ou de excitação.

Matt se dá conta de que ela não vai deixar que ele saia sem dar uma explicação. Idiota. Não deveria ter dito nada.

– Como assim? – ela repete.

– Eu... eu andei falando com alguém. Um jornalista. E ele tem algumas evidências...

– Que tipo de evidência? Contra o proprietário? Você pode prendê-lo? Podemos mudar de volta...

– Espere, espere. – Matt ergue as mãos, imaginando o quanto pode contar a ela.

– Ei! – ela grita. – Já vi esse olhar. Eu te conheço, Matt Murdock! Me conta agora.

– Eu...

– *Agora!* Eu mereço saber o que está acontecendo.

Matt suspira. Ela está certa. Merece saber.

Então ele conta a ela o que descobriram – tudo. As mortes, o pen drive, o leilão. Uma parte dele acha que está sendo estupidamente irresponsável, mas a outra parte discorda. É a vida dela. Seu lar. Sua família. *Ninguém* tem o direito de decidir o que ela deve ou não deve saber a respeito.

Inferno, ele também costumava se manter acordado de noite desejando saber o que seu velho estava planejando. Ele podia não ser capaz de convencê-lo a desobedecer a Rigoletto, mas essa não era a questão. A questão era que ele sempre se sentia traído, mesmo sabendo que seu pai só queria protegê-lo. Ele queria saber das coisas porque queria se sentir incluído. Sentir que *confiavam* nele.

E sabia que Mickey se sentia do mesmo jeito.

Quando ele terminou, ela não disse nada – apenas se afastou.

– Mickey?

– Então... você está planejando ir nesse leilão, e de alguma forma vai roubar o pen drive?

– Sim.

– E acha que isso vai devolver minha casa?

– Esperamos que sim.

– O que há no pen drive?

– Ainda não sabemos. Mas as pessoas estão sendo assassinadas por colocar as mãos nele. Ele tem as respostas, Mickey. Posso sentir.

– Então vou com você.

Matt ri, pensando que é uma brincadeira. E então se dá conta de que não é.

– Não – ele diz. – Sem chance.

– Com chance!

– Não. Isso vai ser perigoso.

– Exatamente! Quem vai cuidar de você?

Isso faz Matt parar. Ele achou que ela queria ir porque precisava de algum tipo de vingança, mas ela quer ir para *proteger* ele. Quase sorri, mas sabe que isso vai irritá-la.

– Eu vou ficar bem.

– Você é cego, Matt! Caso não tenha percebido.

– Ben vai estar comigo.

– Ah, é? E quem é esse Ben? Eu nunca o vi antes. Ele é confiável? Ele é forte? Ele é esperto?

Novamente, Matt ensaia um sorriso.

– Ele é confiável. Ele é esperto.

– Mas não é forte? Isso basta. Eu definitivamente vou.

– Mickey – diz Matt gentilmente –, você não pode ir. Não serei responsável por colocá-la em perigo.

– Eu...

– Mickey, não! – A voz de Matt é dura e alta. Ele a ouve segurar a respiração. Ela dá um passo para trás, magoada.

– Sinto muito, Mickey, mas você não vai. Essa é minha palavra final, ok? Eu vim te contar o que está acontecendo porque eu te respeito e gosto de você. Mas preciso que fique aqui. Assim não tenho que me preocupar com você.

– Mas eu estou preocupada com *você!* – ela grita.

Sua voz ecoa pelo ginásio. Ele a ouve sufocar um soluço.

– Não quero te perder. Você é meu amigo.

– Não vai me perder, Mickey. Prometo.

Ela corre para ele, lança os braços ao redor dele em um abraço apertado.

– É melhor você voltar para cá, Senhor Demolidor. – Sua voz é abafada pela jaqueta.

– Voltarei. Palavra de escoteiro.

– Você foi escoteiro?

Matt sorri.

– Não.

24

DOZE HORAS ATRÁS.

Matt já ouviu falar da Ilha North Brother, mas nunca esteve lá. Muitas pessoas não estiveram. A ilha se localiza no rio East entre o Bronx e a Ilha Ryker, e foi usada primeiro como centro de quarentena, em 1885. Desde aquela época, foi usada como hospital, sanatório e, por último, como centro para adolescentes viciados em drogas até ser abandonada na década de 1960. A ilha foi isolada desde então, a natureza lentamente tomou conta das estruturas, separando tijolo por tijolo. Agora é lar de uma variedade de pássaros protegidos, e suas águas são protegidas pela Unidade Portuária do DPNY.

Com exceção de hoje. Hoje não se vê a Unidade Portuária na rota do rio East, e Matt acredita que um dos participantes do leilão de Clay tenha espalhado algum dinheiro para fazê-los sumir.

Matt e Ben chegam de manhã bem cedo. Amarraram em um dos píeres em ruínas o barco a remo alugado, a neblina da manhã diminuindo a visão em alguns metros. Saem do barco, os pés ecoando sobre a madeira podre. Matt não gosta da neblina. Ela interfere em seus sentidos. Envolve sua mente em uma manta de algodão. Os sons se abafam, mudam de lugar. O ar não se move do jeito que deveria.

Mais adiante do píer, há uma pequena e densa faixa de árvores bloqueando o caminho até as construções no centro da ilha. Movem-se através de uma pequena floresta, avançam por pesados montes de neve, até que tropeçam em uma velha guarita no meio do caminho para as construções.

Eles entram e Matt se senta perto da janela, de frente para a neve e para as árvores. Ben se senta no assoalho de madeira atrás dele, lendo uma velha cópia de *Conan, o Bárbaro*.

Horas se passam. Ben começa a ficar impaciente, para de ler, e passa a andar de um lado para o outro na pequena cabine. Matt também está ansioso, mas sabe que ficar agitado não adianta. Stick o ensinou a acalmar a mente. A conservar energia. Nunca se sabe quando pode precisar dela.

Mas, finalmente, Matt sente a luz se fechando ao redor dele. Inclina-se para trás na velha cadeira e se espreguiça.

– Que horas são?

– Cinco – diz Ben, tentando conter um bocejo.

– Certo. Vamos lá.

••••

O céu está cinza-escuro quando saem da cabine, as nuvens pesadas e baixas. Alguns flocos de neve volumosos caem do céu. Isso é bom. Significa que seus rastros serão cobertos.

Mantém um passo firme, mas cuidadoso. O ar gelado queima as narinas de Matt, congela seu rosto enquanto atravessam as árvores. Ele deixa que Ben vá na frente, a mão de Matt pousa sobre seu ombro embora não precise ser guiado. Ele apenas faz isso para evitar perguntas.

Conforme se aproximam das construções, Ben se vira para dizer alguma coisa, mas Matt rapidamente ergue a mão para detê-lo.

– O quê? – sussurra Ben.

– Posso ouvir algo. – Matt aponta para a lateral, e Ben se vira lentamente.

Segundos depois um guarda aparece, caminhando em um passo descontraído atravessando as árvores. Não está a mais de cinco metros deles, vestindo um casaco de inverno grosso e um chapéu.

O guarda puxa um pequeno cantil prateado e dá um longo gole. Estala os lábios, coloca a tampa de volta no cantil e, com satisfação, sopra uma nuvem de respiração no meio do ar congelante. Ele começa a andar novamente – seguindo na direção deles. Matt se agacha, enfia as mãos embaixo da neve e puxa uma pedra. Ele se ergue e a joga para o outro lado.

Tunc.

O guarda vira, olhando para as árvores à esquerda. E então se enfia mais para o meio das árvores.

Depois que ele desaparece, Matt sussurra para Ben.

– Pise apenas nas pegadas dele.

Matt segue Ben enquanto ele caminha sobre as pegadas do guarda, as quais os levam até uma parte de folhagem pesada. O primeiro dos antigos prédios surge diante de seus olhos – uma estrutura enorme de pedra que a natureza já dominou quase que totalmente. Matt pode sentir as ruínas decadentes, as bordas retas se tornando onduladas por conta do crescimento da natureza. Galhos de hera se retorcendo por entre os tijolos e janelas, enfiando-se lentamente em cada parte. Pequenas árvores crescendo nas valas. Anos de folhas caídas formando um carpete úmido de plantas mortas, empilhadas contra as paredes.

Param contra a parede do prédio seguinte. Tijolos vermelhos, uma imensa chaminé saltando do topo.

– Que horas são? – pergunta.

– Vinte para as seis.

Matt assente. O leilão vai acontecer no próprio hospital. Uma estrada principal atravessa o centro da ilha diretamente até as portas, mas haverá guardas vigiando quem se aproxima. Matt e Ben vão ter de dar uma volta maior, atravessando os prédios. Passam pelos dormitórios da enfermaria, pelos escritórios e finalmente chegam até a parte detrás do hospital. Matt atravessa os arbustos grossos, quase sem fazer nenhum ruído. Mas Ben tropeça e murmura atrás dele, quebrando galhos e sacudindo quase todo galho pelo qual passa.

– Silêncio!

– Como diabos você faz isso? – reclama Ben. – Quer saber? Eu acho que você não é cego coisa nenhuma. Acho que é um truque.

Matt se vira e tira os óculos escuros, deixando que Ben veja direitinho seus olhos destruídos.

– Na verdade eu estava brincando – Ben diz.

Matt recoloca os óculos.

– Está pronto para entrar?

Ben respira fundo e então procura o celular e o coloca para gravar.

– Pronto.

Eles entram por uma janela, caem em uma sala coberta por livros em preto e branco, a umidade arrancou toda a cor deles. Matt espera na entrada vazia, ouvindo: passos à esquerda, bem dentro do prédio. E o eco de vozes distantes.

– Siga-me – sussurra Matt.

– Eu não devia estar indo na frente?

– Estamos usando meus ouvidos agora. Mas grita se vir alguma coisa que deixei passar.

Eles se movem lentamente pelo corredor. A tinta nas paredes pendurada em tiras longas e descoloridas. Folhas enchem o chão, cobrindo os itens abandonados. Uma velha maleta jaz aberta – dentro, a fotografia de uma enfermeira parada com a mão sobre o ombro de um homem de pijama listrado. Ao lado, uma cadeira de rodas quebrada. Arquivos médicos tão úmidos e encharcados que se desfazem quando Matt toca neles. Passam por uma ala do hospital onde todas as superfícies estão cobertas por pequenos azulejos brancos, rachados e manchados pelo tempo. Em seguida, por uma sala de exames com assoalhos soltos que deixam o encanamento à mostra.

As vozes estão ficando mais altas. Matt já pode dizer que há dez pessoas esperando pelo leilão. Ele esperava mais. Clay falou com no mínimo quinze pelo telefone na noite passada.

Eles sobem por uma escada em espiral e chegam ao segundo andar. Nada de guardas ainda. Seguem pelo corredor, aproximando-se mais.

Então, quando estão a menos de quinze metros das vozes, uma figura entra na passagem e os avista. Ele para em choque. Matt não. Ele corre a toda velocidade enquanto o guarda tenta sacar a arma da cintura. Matt lança o ombro contra o peito do guarda, mandando o homem pelos ares. Cai sobre o peito dele, segura sua cabeça e a bate no chão. O piso estala por conta do impacto.

Ben corre atrás dele.

– Como você fez isso? – sussurra espantado.

– Não há tempo. Vamos.

Apressam-se pelo corredor. Matt sente o espaço se abrindo diante deles, e diminuem o passo. O corredor termina em uma sacada de onde se pode ver o saguão de entrada do hospital. Eles se abaixam e rastejam para a frente. Podem ouvir as vozes mais claras agora, fazendo piadas, rindo. Imaginando qual é o grande segredo sobre o vereador. Sobre o que realmente é o leilão. Ben deita de barriga e desliza para a frente. Ele posiciona o celular virado para baixo, gravando tudo o que acontece abaixo deles. E então desliza de volta para Matt, fora de vista daqueles que estão embaixo.

– Senhoras e senhores – diz uma voz familiar. – Obrigado a todos por terem vindo.

Clay, pensa Matt.

As outras vozes morrem.

– Eu peço desculpas por todo esse teatro. Mas espero sinceramente que, quando terminarmos aqui, todos vocês concordem que valeu a pena.

Matt faz um sinal para Ben, e eles deslizam para a frente a fim de que possam ver por sobre a sacada. Os sentidos de Matt mostram a posição de todos lá embaixo: a enorme sala redonda; as portas duplas levando para fora; as janelas; o grupo de pessoas todas voltadas para Clay, parado em cima de uma velha mesa de recepção.

– Chamei vocês aqui porque tenho um item muito importante que quero vender. Um presente antecipado de Natal para a oferta certa.

– Vai logo com isso! – grita alguém do grupo.

Murmúrios de concordância.

– Você sabe a dificuldade que foi chegar aqui? – grita outro.

– Eu sei, eu sei. Mas, acredite em mim, foi para a proteção de vocês. Quando a notícia do que vai ser vendido hoje se espalhar... bem... vamos dizer que as autoridades de Nova York ficarão muito interessadas, e eles têm acesso ao sistema de câmeras de segurança da cidade. Aqui, as únicas testemunhas que temos são os estúpidos pássaros. Aliás, sintam-se livres para brincar de tiro ao alvo com eles na saída. Considerem um brinde. Sally? Você faria as honras?

Uma garota surge de uma porta vindo na direção da área da recepção. É acompanhada por um jovem alto e magro. Matt se dá conta de que são os dois que falavam com Clay no estacionamento. Sally e Sylvio. Sally entrega alguma coisa para Clay.

– O pen drive – sussurra Ben.

Matt assente, enquanto Clay salta da mesa e insere o pen drive em um notebook sobre a mesa. Uma luz pisca até ganhar vida em uma das paredes do fundo. Um projetor de algum tipo. Toda a sala fica tensa de antecipação.

Matt pode ouvir o aumento das batidas cardíacas, o formigamento do suor, o nervosismo, a excitação.

– Eles colocaram o pen drive em um notebook – sussurra Ben. – É o vídeo. Gravado no... parece ser o apartamento onde Eddie Boyd ameaçou Clay. Onde você me salvou.

Matt assente.

– Há uma garota na cama. Ela parece ter sido drogada. Um cara aparece. Ele está com uma máscara de couro. Não dá para ver o rosto. Está subindo na cama, engatinhando até a mulher.

Ben para de falar, mas Matt pode ouvir o aumento de sua respiração, sua frequência cardíaca atingindo seu pico, aflito.

– O quê?

– Ele... o cara. Ele está... eles estão... é violento.

Mais silêncio.

– Ben?

– Ele parou. Ele está... pegando uma seringa. Injetando-a no braço dela. Mas... há algo errado. A mulher está tendo um ataque ou algo do tipo. Há espuma saindo da boca dela.

– O que o cara está fazendo? – sussurra Matt.

– Observando-a. Ele está pirando, olhando ao redor. A câmera está tremendo... acho que o cameraman está pirando também. Ah... meu Deus.

– O quê?

– Ela parou de se mexer. E o cara de máscara está verificando o pulso dela. Eu... acho que ela está morta. O cara está falando com alguém fora de cena. Agora ele está andando para fora da câmera.

Matt ouve uma série de respirações sendo contidas.

– O que é isso? – sussurra.

– O cara. Ele... ele tirou a máscara antes de sair da frente da câmera.

– E?

– É Eddie Boyd.

Clay pausa o vídeo naquele exato momento.

Um segundo de silêncio, e então o caos irrompe. Lances são gritados para Clay por todos os lados. Cem mil. Duzentos. Trezentos. Meio milhão!

Clay sorri. Ele abre a boca para falar, ergue a mão no ar, pronto para conduzir o leilão que vai mudar sua vida para sempre.

• • • •

Larks despreza as pessoas. Realmente despreza. São tão estúpidas. Clay, por exemplo. Mesmo agora Larks pode vê-lo através da janela do hospital em ruínas, de pé em cima de uma mesa no saguão de entrada abandonado, pensando que pode se safar depois de trair o Sr. Fisk.

Clay é tão limitado em seus pensamentos que esse plano sequer vai sair do papel. Seus coconspiradores o traíram em questão de horas! Você não encontraria esse tipo de pessoa trabalhando com Fisk. Ele sabe como ler as pessoas. Sabe como se livrar das perigosas.

Larks olha ao redor, faz sinal para os cinco homens que trouxe com ele para a ilha. Novamente, a exibição da estupidez. Clay sequer disfarçou seus rastros. Simplesmente saiu de seu apartamento e foi direto para as docas. Uma criança poderia tê-lo seguido.

Larks saca sua arma. Mira em Clay através da janela.

Dispara.

Em um momento Clay está parado ali, os braços erguidos no ar. No outro, sua garganta explode e ele cai por cima da mesa.

E o inferno começa a correr solto.

25

DUAS HORAS ATRÁS.

O problema com Mickey – o *principal* problema – é que ela é ferozmente protetora com seus amigos. Do tipo insano. Então, se acha que um de seus amigos está em perigo, ela não fica simplesmente sentada esperando.

Ela se envolve.

Ela *intervém*.

Ela sabe que Matt vai precisar de sua ajuda. É claro que vai. Ele é cego, e vai até essa ilha desconhecida com um jornalista que ela nunca nem viu. E está sendo como todos os caras. Agindo como durão. Como se fosse capaz de cuidar de si mesmo.

Dane-se. Ela não vai deixá-lo correr para o meio do perigo sem reforços. Principalmente porque ele está fazendo tudo isso para ajudá-la.

Diabos, ela até o venceu em chegar na ilha. Assim que ele saiu do ginásio na noite passada, ela fez uma mala com suas roupas mais quentes; pegou macarrões instantâneos, batatas chips, uma garrafa de refrigerante de dois litros e muito chocolate; e seguiu para o rio a fim de encontrar um jeito de atravessar até a ilha.

É claro que esse ato de atravessar envolve roubar um velho barco que havia sido puxado para a margem. Havia umas redes rasgadas e uma lata de alcatrão enferrujada embaixo do barco que estava virado de ponta cabeça. Mickey notou que alguém estivera remendando alguns dos buracos maiores do casco. Ela o inspecionou e ainda havia alguns buracos pequenos visíveis, mas era bom o suficiente para atravessar.

Ela chegou à ilha por volta das quatro da manhã e esperou na praia. Sem chance de sair andando pela floresta medonha no escuro. Já tinha visto filmes o bastante para saber que aquela era uma má ideia. Não.

Ficou na costa com as luzes do Bronx perto o bastante para acalmar seus nervos. Mas, logo que a luz nasceu, ela foi até o hospital e passou o dia explorando as ruínas, matando tempo até o fim da tarde, quando se escondeu lá dentro, esperando a chegada dos participantes do leilão.

Ela os ouve chegando e se certifica de que está bem escondida, só se aproximando quando acha que o leilão havia começado. Espera em um corredor que dá acesso ao saguão de entrada, ouvindo.

Está se sentindo muito bem consigo mesma. Ela conseguiu chegar à ilha. Ficou fora de vista. Está bem perto para o caso de Matt ficar encrencado. E mais, é uma testemunha do leilão, o que significa que poderá testemunha se Matt precisar dela. É isso aí, Mickey.

É só quando começa o tiroteio que Mickey passa a ver que Matt tinha razão.

Ela se esconde na curva de um corredor, as mãos sobre as orelhas enquanto as balas voam. Mesmo assim, não consegue bloquear os sons do caos. Os gritos, os disparos, as explosões.

E então o barulho desaparece. Hesitante, ela move as mãos e espia cuidadosamente o corredor ao seu lado, os olhos bem abertos.

Ela ouve os gritos começarem novamente – agora mais distantes, como se viessem de muito longe, mas não. É apenas o zumbido em seu ouvido que dá essa impressão. Vê corpos por todos os lugares. Sobre uma mesa bem no fim do corredor há um homem caído.

E embaixo dele, quase dentro do corredor, o notebook usado para mostrar a filmagem – o pen drive ainda na entrada USB.

Ela olha para ele. A única coisa que trará seu lar de volta.

Ela pode pegá-lo.

Ela pode pegar o pen drive e correr de volta pelo corredor, encontrar outra saída.

Mickey morde os lábios. Onde diabos está Matt no meio de tudo isso? Ela realmente espera que ele não tenha levado um tiro.

– Já foi todo mundo? – diz uma voz distante. Ela acha que vem de fora do hospital.

– Acho que sim.

– Todos mortos?

– Bem, parece que todos têm buracos de bala.

Risadas, o som de pés raspando na grama. Não há tempo. Mickey se lança para a frente de joelhos, estende a mão para pegar o pen drive...

... E um pé pisa em sua mão.

Mickey morde a língua para não gritar. Ela olha para cima, para os olhos assustados de uma garota – uns 25 anos mais ou menos – olhando para Mickey em choque. O rosto e as roupas da garota todos cheios de sangue.

Travam olhares por um momento – e então a garota pega o pen drive e sai correndo pelo corredor.

Droga! Sem chances de ela pegar esse pen drive. *É meu*, pensa Mickey. *Eu o mereço. Eu* preciso *dele*.

Ela dispara atrás da garota, escorregando no limo e nas folhas úmidas enquanto vira rápido no corredor. A garota está à frente, correndo por sua vida.

– Volte aqui! – grita Mickey.

••••

Matt se senta na hora.

– O que você está fazendo? – sibila Ben, tentando puxá-lo de volta para baixo.

– Mickey.

– O quê?

– Era a voz de Mickey.

– Quem?

Matt se abaixa, olha de volta para o saguão de entrada. As pessoas atacando também ouviram o grito. Aquele que Matt acha ser o líder – um cara alto e magro com um rosto comprimido como uma caveira humana – aponta para o corredor que leva para fora da recepção.

– Vocês três. Vão.

Três deles se apressam para o corredor. Matt se arrasta de volta para fora de visão e se levanta. Ben o segue.

– O que você vai fazer?

– Tenho que ajudar Mickey.

– Você vai morrer!

– Não posso fazer nada.

Matt sai correndo. Ele ouve que Ben tenta segui-lo, mas não espera.

••••

Mickey se lança no ar e aterrissa sobre as costas da garota. As duas caem no chão, deslizando nos detritos e se chocando contra a parede. A garota dá um chute, mas Mickey agarra seu tornozelo e o torce. Ela grita, atacando com a mão e atingindo Mickey no rosto com algo duro e anguloso. O pen drive. Mickey ignora a dor, agarrando desesperadamente a mão, e separa os dedos. A garota grita novamente, tentando girar. Mas Mickey coloca seu peso sobre as costas da garota e tenta arrancar o dispositivo dos dedos dela.

– Rá! – Coloca-se de pé, segurando o pen drive em uma pose triunfante.

A garota fica de pé e pula para cima de Mickey. Os olhos de Mickey se arregalam; ela desvia, colocando o pé para a frente, assim, a garota tropeça e bate a cabeça na parede, mas se firma e se vira para Mickey.

Ela limpa o sangue do rosto.

– Isso é meu – diz, a voz trêmula.

– Sinto muito – retruca Mickey. – Isso vai trazer minha casa de volta.

– Sua casa? – A garota ri. – Esse negócio é o meu futuro. Uma saída.

– Uma saída de onde?

A garota gesticula ao redor, frustrada.

– Disso. De tudo... *isso!*

Ouve-se um ruído acima delas. Mickey olha na direção do barulho e vê Matt se inclinando sobre o corrimão do segundo andar. Ela sorri.

– Matt! Pega!

Ela joga o pen drive.

A garota solta um uivo de fúria e se lança contra Mickey com um olhar assassino.

• • • •

Matt pega o pen drive no momento em que a garota alcança Mickey. Mickey dá um gancho de direita, e então parte para um soco no estômago. A garota cambaleia para trás, caindo por sobre uma porta aberta.

Matt ouve pés correndo. Atrás *e* abaixo dele. Ben chega por trás, sem fôlego. Matt joga para ele o pen drive.

– Pegue. Saia da ilha. Esconda-o.

– E quanto a você?

– Tenho que ajeitar as coisas aqui.

– Está louco? Não posso te deixar!

– Não vou fazer nada estúpido! Vá. O pen drive é o mais importante.

Ben hesita, em seguida se vira e volta correndo por onde veio.

Matt salta com suavidade por sobre a sacada bem no momento em que os três homens chegam.

Ele cai na frente do primeiro, agacha-se e passa uma rasteira no cara. O homem cai de costas. Sua arma dispara, a bala atinge o teto. Ele atinge o chão com força. Matt gira, mirando um chute circular na cabeça do segundo. Ele a atinge, fazendo um estalo satisfatório, e o cara cai direto no chão. O terceiro está com a arma apontada para Matt. Ele começa a puxar o gatilho, mas alguém grita atrás dele, e Mickey acerta um poderoso soco em seu rim. Ele cambaleia para a frente, Matt acerta uma joelhada em seu queixo, que se fecha. Os dentes trincam. Ele cai no chão com os olhos fechados.

Matt se levanta, respira fundo e devagar. Sorri, prestes a parabenizar Mickey. E então ouve algo atrás dele. Vira-se, abre ainda mais os sentidos...

... E percebe que o cara alto e magro do saguão de entrada está segurando Mickey. Matt sente um cheiro estranho. Óleo? Polidor de metal? Ele se concentra no cheiro e as ondas de ar vindas do corredor se moldam em volta da faca curvada que o homem segura contra a garganta de Mickey.

Matt lentamente ergue as mãos no ar. Ele se lembra de Ben contando a ele sobre todas as mortes que ele investigou e que cercavam o caso de Boyd. Como as vítimas haviam sido apunhaladas na garganta com uma faca em formato estranho.

– O pen drive – diz o homem.

– Não estou com ele.

– Como assim não está com ele? Onde ele está?

– Não está aqui.

– Não minta para mim!

Matt escuta a frustração na voz do homem. Prepara-se para agir, mas a garota com quem Mickey estava lutando se levanta, colocando-se perto da porta.

– Larks? – ela diz.

O magrelo – Larks – não se vira. Não tira os olhos de Matt.

– É verdade – diz a garota. – Ele entregou para outro cara. E ele fugiu.

Larks ainda não tira os olhos de Matt. Mas seus braços se movem mais rápido do que Matt acharia ser possível.

A alta explosão no corredor é ensurdecedora. Mickey berra e pula, mas ele a mantém bem presa.

A garota na porta cai no chão, uma bala entre os olhos. Larks é rápido. Matt mal teve tempo de sentir o ar se movendo no momento em que ele puxou a arma enfiada na parte detrás da calça.

– Agora que eu tenho sua atenção – diz Larks, guardando a arma novamente. – Eu realmente gostaria que você me trouxesse o pen drive. Em duas horas.

– Não é tempo o bastante...

– Duas horas – repete Larks, pressionando a ponta da faca contra a pele de Mickey. – Ou sua amiga aqui morre.

Ele inclina a cabeça para o lado.

– Entendeu?

– Entendi. Onde?

– Nas docas da 12ª Avenida. Perto da Rua 44. Há uma fileira de armazéns lá.

Matt rapidamente repassa o mapa de Nova York que tem na cabeça. Ele conhece os armazéns. Não ficam propriamente nas docas, mas em um terreno cercado logo atrás das docas. Não é a melhor área da cidade.

– Sei.

– Terceiro armazém vindo da esquerda.

– Estarei lá.

– Eu sei que estará.

26

UMA HORA ATRÁS.

Matt repassa aqueles últimos minutos no hospital diversas vezes em sua mente enquanto volta para Manhattan. Pensando sobre o que deveria ter feito. Imaginando se fez o movimento certo.

Ele *acha* que fez.

Cada situação vai e volta para uma coisa: garantir que Mickey ficasse segura. E, se ele atacasse Larks, não poderia garantir isso.

A única maneira que *poderia* garantir a segurança dela era concordar com a exigência de Larks de levar o pen drive. Não que ele *queira* fazer isso, mas, neste momento, ele não tem escolha. Não há tempo para pensar em outro plano.

Mas não é só isso. Matt também não fez nada no momento porque sua mente já estava indo além – além de Mickey, além da luta na Ilha North Brother. Além de tudo que havia acontecido. Porque isso é maior que tudo aquilo.

Nesta noite... nesta noite, Matt Murdock vai fazer a diferença.

Ele volta para o quarto de hotel e pega seu equipamento: calça preta e camiseta preta. Um cachecol preto enfiado no bolso. E então corre até o apartamento de Ben.

Sente alívio ao vê-lo abrir a porta.

– Então você conseguiu sair da ilha – ele diz.

– Hã... sim – afirma Ben. – Você está bem?

– Sim. Eu explico depois, mas agora preciso do pen drive.

– Por quê?

– Larks está com minha amiga. Ele vai matá-la se eu não entregar para ele.

– Mas... a prova está nele...

– Eu sei. Mas não tenho escolha. Por favor, Ben. Confie em mim.

Ben suspira, entra no apartamento, e então volta com o pen drive.

Matt o pega, e então faz uma pausa.

– Pode fazer uma cópia? Só para garantir?

Ben balança a cabeça.

– Já tentei. O arquivo está bloqueado. Não dá para copiá-lo do drive. Ele usou algum outro programa para a segurança.

– Acho que terei de me certificar de trazê-lo de volta.

Em seguida, Matt segue para o ginásio. Ele sorri com pesar enquanto entra pela janela dos fundos e vai até os velhos armários. Agacha-se e puxa a base de dentro de um deles. Tateia e seus dedos tocam a madeira.

Ele retira o cassetete. Aquele que roubou do Policial Leibowitz quando era criança. Limpa o pó, é um cassetete antigo, do tamanho de seu antebraço. Forte. Sólido. Ele o golpeia no ar, sente o peso e o tamanho.

É bom. Perfeito, na verdade.

• • • •

Meia hora atrás.

Matt segue até as docas. Quando ouve a água batendo contra o muro de contenção, tira o cachecol do bolso e o enrola em volta da parte superior do rosto e da cabeça, deixando apenas a boca e o queixo expostos.

Ele segue por entre as construções que se espremem ao longo da frente das docas, indo até os armazéns. Pode sentir o oceano vazio à sua direita, o vento frio vindo do rio, cheirando a peixe e sal. Pontos de ancoragem na área diante de cada armazém.

A chuva começa a cair, gotas geladas contra seu rosto. Matt sobe no telhado de um prédio do lado oposto ao local que Larks indicou, um complexo inteiro selado por correntes e arame farpado. No centro do composto há cinco armazéns. O terceiro a partir da esquerda é o maior, uns trezentos metros quadrados. Os postes lançam uma luz forte e branca sobre todo o pátio da frente, brilhando contra as empilhadeiras e caminhões parados em fileiras perfeitas.

Os guarda-costas andam em pares. Matt pode sentir cheiro de óleo para limpar armas. Faz sentido – os guarda-costas estão armados –, mas não apenas isso. O cheiro é forte demais para ser só isso. Ele pode sentir cheiro de armaria pesada. Granadas? Metralhadoras? Estão vendendo armas? Possivelmente. Larks trabalha para a máfia local, então é provável que tenha sua fatia desse bolo.

Matt franze a testa. Há mais alguma coisa. Alguma coisa ao longe. Mais fundo? Ele estende os sentidos, passa pelas batidas cardíacas dos guarda-costas, passa pelo fluxo sanguíneo sendo bombeado por seus corpos, passa pela música que toca dentro do armazém, passa por caixas e caixotes sendo preenchidos. Ali. Batimentos cardíacos. Quase... quase uma centena. Assustados. Aterrorizados.

Jovem.

Matt se levanta. Que diabos é esse lugar? Estão traficando pessoas, também? Isso definitivamente complica o assunto. Deveria chamar a polícia? Não. De que adiantaria? Esse tipo de operação definitivamente requer pessoas que façam vista grossa – tanto policiais quanto políticos.

Matt afasta isso de sua mente por enquanto. Está ali por Mickey em primeiro lugar. Ele lida com as outras coisas quando ela estiver salva.

Espera os guardas passarem, pula do telhado do armazém e corre pela área aberta até a cerca do complexo. Agarra a corrente e se ergue rapidamente, parando abaixo do arame farpado que percorre todo o topo. Prepara os braços, e estica o corpo em um ângulo de 90 graus, ainda de frente para o chão. Segura a posição por um segundo, e então levanta os pés para o céu, como se tivesse fazendo uma parada de mão. De repente se impulsiona com os braços e salta por cima da cerca com os pés na frente.

Aterrissa do outro lado, agachando-se. Não se move.

Nenhum alarme. Nenhum grito. Acalma a respiração e ouve. Batidas cardíacas dos dois lados de sua posição. Os guardas dando a volta, fazendo a patrulha. Ainda não há nenhum perto, então ele corre na direção do enorme armazém. Quando se aproxima o suficiente, salta alto no ar, agarra a beirada e se arremessa para cima e para a frente, pousando no teto inclinado.

Ele vai em direção ao centro do armazém e arranca uma das telhas. Para e ouve, mas não consegue escutar nada de baixo. Coloca a telha de lado e arranca mais outras, até que haja um buraco grande o suficiente para ele passar. Inclina-se sobre o buraco e espera. Não há ninguém por perto.

Ele joga pelo buraco e pousa no chão do armazém, atrás de uma pilha de caixotes. Os contêineres de madeira estão empilhados em fileiras com passagens estreitas entre eles. Alguns dos caixotes são enormes, maiores do que seu quarto de hotel. Matt passa por entre os corredores claustrofóbicos. De vez em quando ele capta alguns odores exóticos vindos dos caixotes, entregas de temperos de algum lugar distante. Isso faz sentido, também. A máfia precisa de uma fachada legítima para os contrabandos ilegais, e temperos sempre foi o favorito dos contrabandistas. Para confundir o olfato dos cães.

Matt segue até a parede mais distante e descobre uma porta que leva para um corredor bem iluminado. Há escritórios dos dois lados. Pode ouvir música em algum lugar acima. Risadas, xingamentos. Ele se move silenciosamente pela passagem, parando do lado de fora do escritório ocupado. Conta quatro pessoas lá dentro.

Considera o que fazer. Deixá-los lá ou acabar com eles agora?

Ele não tem chance de decidir. A porta se abre e um guarda-costas surpreso sai do escritório. Ele para repentinamente quando vê Matt ali, vestido completamente de preto. Ao mesmo tempo em que abre a boca, tenta golpear com o rifle.

Idiota. Rifles em um espaço tão confinado não são uma boa ideia.

Matt lança a palma da mão na garganta do homem, que cambaleia de volta para o escritório, caindo de costas sobre uma mesa onde os outros três guarda-costas estão jogando cartas. Ele gorgoleja e cospe sangue enquanto Matt entra com firmeza na sala e lança a mesa para o ar, enquanto os outros guardas se levantam. Matt abaixa e gira, derrubando o homem mais próximo com uma rasteira. Ele avança, corre e salta de lado contra uma parede, usando sua força para se impulsionar. Voa sobre outro guarda-costas, atingindo-o com o cotovelo. O guarda-costas cai. Matt aterrissa de pé diante do último guarda. Ele ainda está parado ao lado da cadeira, as cartas ainda em suas mãos.

Matt usa o cassetete. Há um borrão de madeira quando atinge o rosto e o peito do segurança. Ele cai para trás, inconsciente.

Um golpe forte faz com que Matt cambaleie para a frente. Ele atinge a parede e gira, dando de cara com o segundo guarda novamente de pé, segurando a cadeira de metal nas mãos. Ele a atira. Matt abaixa e a cadeira atinge a parede atrás dele. Matt se lança para a frente e, com o cassetete, atinge o guarda-costas na virilha. O homem gorgoleja e geme de dor, caindo de joelhos. Matt acerta um chute em sua cabeça, lançando--a contra a parede. As luzes se apagam.

Matt verifica sua obra, respirando com dificuldade. Nada mal. Mas bagunçado. Se ele quer sair inteiro dessa, tem de ser mais refinado. Gira os ombros, contraindo o rosto com a dor nas costas. Amanhã haverá um grande hematoma ali.

Matt sai da sala e fecha a porta.

Move-se silenciosamente pelos corredores do armazém, buscando os batimentos cardíacos de Mickey. Para ele, isso é tão identificável quanto uma impressão digital.

Lá.

Para sua direita, seguindo por um corredor estreito, atrás de um conjunto de portas duplas.

Matt vai até as portas. Espera, ouve. Apenas dois tipos de batidas cardíacas: Larks e Mickey. Ele empurra a porta e entra no vasto recinto. Há diversas mesas montadas sobre cavaletes e latões. Matt olha em um dos latões e vê garfos e pratos de plástico. Deve ser onde os trabalhadores comem.

Larks e Mickey estão atrás da porta do lado oposto.

Ele cruza o espaço vazio. Quando chega ao centro, a porta se abre e Larks entre com Mickey – uma arma encostada na cabeça dela.

Matt para.

– Você veio – disse Larks.

– Eu disse que viria. – Ele olha para Mickey. – Você está bem?

– Ela está bem. O pen drive?

Matt puxa o dispositivo do bolso e o ergue.

– Venha para a frente. Coloque-o na mesa. Perto do notebook.

Matt faz conforme foi pedido.

– Para trás.

Matt volta para onde estava enquanto Larks pega o pen drive e coloca no computador. Clica e abre o arquivo, mantendo a atenção alternada entre a tela e Matt.

– Bom garoto – diz Larks. – Agora. Só mais uma coisa e acabamos aqui. Me dê a cópia que você fez.

– Eu não fiz uma cópia.

– Acha que sou idiota?

– Não estou dizendo que não tentei, mas seu amigo Clay usou algum tipo de programa para travar o arquivo. Não pode ser copiado. Pode tentar.

Larks volta sua atenção para o computador e tenta copiar o arquivo do pen drive. Ele assente, puxando o pen drive e colocando-o no bolso.

– Sua vez. Deixe-a ir.

– É. Quanto a isso...

Matt ouve as batidas do coração primeiro – excitado, acelerado. Ele fica tenso, olha ao redor. Há quatro portas na sala – e todas estão abertas para permitir que os guarda-costas entrem. Eles entram, armados com canos, facas, correntes e tacos de beisebol, e cercam Larks, Mickey e Matt. Ele conta vinte.

– Você prometeu que a soltaria – diz Matt.

– Sim. Eis uma coisa sobre pessoas como eu. Nós mentimos. Vê, o que eu vou fazer é matar você. Depois eu vou levar a menina embora e matá-la. Lentamente.

Larks se afasta de Matt. O círculo de guardas se abre e o deixa passar, e então se juntam de novo e o rodeiam.

– Matt! – Mickey grita, em pânico. A porta se fecha com uma batida.

Alguns dos agressores de Matt estão armados de pistolas, mas todos estão parados em um círculo ao redor dele – sem chance de arriscarem atirar uns nos outros desse ângulo. Essa vai ser uma luta física.

Há um momento de impasse. Matt pode sentir o anseio e o ódio, a sede de sangue e a raiva.

Eles partem para cima dele. Todos de uma vez. Matt luta conta o pânico crescente e faz a única coisa que acha que pode ajudá-lo, algo que nunca fez. Desde o dia no hospital em que aprendeu a lidar com suas novas habilidades.

Ele derruba todas as paredes do quarto em sua mente e deixa todos seus sentidos abertos.

Todos se lançam sobre ele, um tsunami de som, odores e toques. O mundo entra em um foco que ele nunca soube que existia. A única vez em que vivenciou algo remotamente parecido com isso foi depois de seu acidente. E naquela época isso quase o enlouqueceu.

Agora... agora é como um despertar. Ele tem um sentido de 360 graus dos seus arredores sem precisar olhar ou ouvir. O mundo desacelera, se abre, se revela para ele como uma flor desabrochando no sol depois de um longo e escuro inverno.

Ele dá um golpe com o pé e atinge bem na garganta um agressor que vem por trás em sua direção. Puxa o pé de volta, golpeia com o joelho, atingindo um brutamonte que estava bem na sua frente, no nariz. O sangue espirra. A cartilagem se estilhaça. Ele ataca com o pulso e acerta outro na garganta. Usa o cassetete para golpear e atinge alguém no olho. Continua se movimentando, dando golpes incapacitantes. Garganta, virilha, olho. Mirando para machucar, para mutilar.

Pouco antes de chegar, seus sentidos lhe dizem o que está vindo. Ele antecipa os ataques, ouvindo o ar sendo fatiado enquanto os punhos decolam.

Matt usa o cassetete para derrubar uma faca que voa na direção de seu rosto. Ela gira no ar e ele a acerta de novo, mandando-a por cima da cabeça dos guarda-costas. Então, se vira, dá uma cabeçada em outro agressor.

Agora eles estão o cercando. Um círculo mais apertado e mais raivoso. Está perdendo a vantagem da distância. Seus membros são esmagados contra seu corpo. Ele pode ouvi-los chegando, antecipar os socos, mas não pode detê-los. Os socos recaem sobre ele. Golpes em seus rins, nas costas, no pescoço.

Ele usa o cotovelo, a parte detrás da cabeça. Em vez de socos, agarra e puxa, torce e rasga com uma fúria primitiva. O círculo se expande diante dessa ferocidade, o suficiente para que ele volte a socar, a usar o cassetete.

Ainda pode ouvir Mickey gritando por sua ajuda. Ela está se afastando cada vez mais dele.

Ele redobra os esforços, busca no fundo, e encontra uma crueldade que nunca soube que tinha. Ossos se quebram, corpos caem. Matt salta e chuta, seu treino fluindo de volta para ele. Todos os anos com Stick, aprendendo, lutando.

Tudo volta para ele agora. Com foco.

Cinco minutos depois de a luta começar, ela termina, e Matt está em pé no meio de um círculo de corpos que gemem e se contorcem.

Ele manca para fora da sala, segurando as feridas. Idiota. Nunca deveria ter lutado com eles em um espaço tão fechado. Deveria tê-los atraído para fora, ou pelo menos ter saído de dentro do círculo.

De qualquer forma, já acabou. Da próxima vez, saberá mais.

Matt quer ir direto atrás de Mickey, mas há algo que ele precisa fazer primeiro. Ele ouve, rastreia o som das batidas assustadas de coração.

Não pode deixá-las ali. Agora que esse local está comprometido, a máfia pode querer movê-los... ou matá-los.

Ele se movimenta com rapidez, derrubando mais alguns guardas pelo caminho.

Não ergue de volta as paredes em sua mente. Deixa-as caídas, deixa que todos os sons e sensações venham até ele. Mas não luta contra elas, como quando estava no hospital ainda criança. Deixa que elas fluam, mantendo-as em rédea solta para que possa usá-las.

Encontra uma porta trancada com cadeado, dá um chute para abrir. O barulho engatilha um aumento nos batimentos cardíacos. Matt para. Vê-se diante de um longo corredor. Lâmpadas nuas protegidas por grades se alternam a cada dez metros.

Matt encontra um conjunto de chaves em um armário perto da porta. Ele tenta cada uma no primeiro cadeado até que ele abre. Matt respira fundo e abre a porta pesada.

O quarto diante dele não é nada mais do que uma cela de seis por seis. Ali há dez crianças e dois adultos amontoados no chão, olhando para ele aterrorizados.

Matt ergue a mão no ar.

– Não estou aqui para machucar vocês.

Ele se vira para um dos adultos, uma jovem em seus vinte anos.

– Todos esses quartos estão cheios?

Ela assente. Matt cerra os dentes, furioso. Seus músculos estão tremendo por conta da tensão acumulada, mesmo depois da luta que acabou de ter. Ele entrega o chaveiro para a mulher.

– Liberte todo mundo. Espere vinte minutos e então saia. Você está nas docas do rio Hudson.

– E quanto aos guarda-costas? – ela sussurra.

– Não vai sobrar nenhum – diz Matt Murdock.

• • • •

Vinte e três minutos depois, uma figura desgrenhada, ensanguentada, cambaleia para fora do armazém, para o ar gelado. O vapor sobe de seu corpo em uma nuvem retorcida, como se os fantasmas daqueles com quem acabou de lutar pairassem sobre seus ombros. Ele cambaleia pelos portões do complexo de armazéns. Está tonto e sua mente, um borrão.

Tudo o que sabe é que conseguiu. Derrubou todos os guarda-costas do armazém. Perdeu a conta depois do quadragésimo, mas sabe que havia mais.

Cambaleia até a doca. Tem de sair do armazém. Tem de encontrar Mickey. Tem de resgatá-la.

Cai de joelhos. Tenta se levantar, mas se vê caído com a cara na neve.

27

COZINHA DO INFERNO.

Agora.

Depois de um tempo, a dor se torna um modo de manter a contagem dos pontos. Um modo de manter o controle de quantas pessoas ele irritou.

E, nesta noite, Matt Murdock irritou um *monte* de gente.

Ele se contrai e rola. Sua bochecha esquerda está gelada por ter ficado enfiada na neve ensanguentada. Volta toda sua atenção para a bochecha. É a única parte do corpo que não está gritando de dor. Arranhões, cortes, ossos fraturados e, definitivamente, uma ou duas costelas quebradas. Ele acha que consegue ouvir o gorgolejo do sangue nos pulmões. Nada bom.

Feche os olhos, sussurra uma voz em sua cabeça. *Apenas descanse um pouco.*

Seus olhos vão se fechando. Sim. Um descanso. Ele poderia descansar um pouco. Ele mereceu, não é? Depois de tudo.

Não. Ainda não. Ele ainda não mereceu nada.

Seus olhos lentamente se abrem. Ruídos de botas se aproximando, correndo pelas poças e pela neve. Ele pode ouvir seus estrondos no píer, o som se erguendo acima do assobio e do rugido do oceano à sua esquerda.

Eles têm armas, Murdock. Melhor você se preparar.

Mas ele não consegue. Não consegue sequer se mover.

Seus olhos se fecham novamente enquanto os passos se aproximam.

– Ele está aqui!

Matt rosna de frustração enquanto se ergue. Vê duas figuras se aproximando, silhuetas escuras contornadas pela luz branca dos globos de halogênio do pátio do armazém. Ele se prepara e se lança em uma corrida, mancando, cambaleando. Pegue-os de surpresa, menino Matty. Ataque o homem com as armas grandes. Muito esperto.

As armas se erguem. Ele ouve o estalo dos mecanismos do gatilho quando eles disparam. Matt se lança em um mergulho, deslizando na neve enquanto os estrondos altos ecoam e as balas passam zunindo por sua cabeça. Atinge os homens nas pernas como uma bola de boliche, fazendo com que caiam e deslizem pela neve. Ele se ergue. Agarra o colarinho do mais próximo e o empurra na direção da beira da água.

– Não! Não...

Matt o joga na água gelada e volta para o outro, que está tentando se levantar, mas continua escorregando e caindo, tentando se firmar sob o cano do rifle, o cabo apoiado no chão.

Matt se endireita e corre, deixando-o para trás. Pode sentir o cheiro de Mickey. Pode seguir seu odor através da noite fria.

O rastro o leva de volta para a Cozinha do Inferno. Ele se move pelos telhados, o cheiro de Mickey ficando mais forte. Matt sabe que não está nas melhores condições para enfrentar o confronto que virá. Tomou tantos golpes que tem certeza de que está com alguma concussão.

Além disso, está cuspindo sangue, o que nunca é um bom sinal.

Ele se move rápido, ignorando a dor nas costelas, nas costas, nas pernas. Ignorando as dores pulsantes e latejantes, as pontadas agudas dos cortes abertos.

Lá.

Um carro derrapa ao parar em um sinal vermelho, quase batendo na traseira do caminhão à frente. O carro dá ré, tenta dar a volta no caminhão, mas o tráfego está muito pesado. Não há como passar.

Matt desce do telhado, chega ao asfalto e corre na direção do carro.

Mickey o avista.

– Matt! – ela grita.

Matt estremece. Teria sido bom se ela tivesse ficado quieta. Larks olha pela janela, e então abre a porta, agarra Mickey e a arrasta pela rua. Ela se debate, mas ele a puxa para o primeiro local onde consegue se esconder, uma loja de antiguidades, já fechada.

Ele atira no portão de segurança de metal na frente da porta e o puxa para o lado. Em seguida, dá um chute, abrindo a porta principal, e os dois desaparecem lá dentro.

Matt se aproxima, o cassetete firme na mão. Para ao lado da porta e a abre.

As balas cortam o ar. Mickey grita ao ouvir o som dos disparos.

– Você ainda está vivo? – grita Larks depois de alguns segundos.

– Ainda vivo – diz Matt.

– Então entre.

– Para você atirar em mim?

– Não vou. Prometo.

– Claro. Me perdoe por não confiar em você.

– Ou você vem, ou eu corto a garganta da sua amiga.

Matt sai de trás da parede e entra na loja. Mickey está sentada em uma velha cadeira de madeira. Larks está em pé atrás dela, uma mão na faca apoiada sobre o pescoço da garota, e a outra segurando a arma. Armários de madeira e mostradores de vidro enchem a sala. O cheiro de madeira polida e livros velhos pesa no ar.

– Deixe-a ir – diz Matt.

Larks inclina a cabeça para o lado.

– Que tipo de demônio é você?

Que tipo de demônio eu sou?

Matt ouve os gritos dos colegas de classe.

Demolidor!

As provocações zumbindo em seus ouvidos.

Demolidor!

Lembra-se da alegria dos outros garotos, e da vergonha que sentiu ao receber o apelido.

Que tipo de demônio é você?

Ele vê uma imagem de seu velho, o verdadeiro Demolidor. O homem que lutou por Matt, que tentou melhorar sua vida, que queria que ele fosse bom, que queria que o filho fosse a pessoa que ele mesmo nunca pôde ser. E, pela primeira vez, Matt se dá conta de que não há vergonha no nome.

Apenas orgulho.

Ele se endireita.

– Me chame de... Demolidor.

– Claro. Você é quem manda. Por que está usando um cachecol em volta da cabeça?

– Sou cego.

– Não, não é.

Matt tira o cachecol, deixa Larks ver seus olhos arruinados. Matt pode sentir a confusão emanando do corpo dele.

– Como é que você sobreviveu ao armazém se é cego?

– Acho que tenho sorte. Não vou pedir de novo, Larks. Solte-a.

– Você é interessante – diz Larks – Na minha linha de trabalho... eu nunca consigo achar muita gente genuinamente interessante.

– Sua linha de trabalho é matar.

– Eu não colocaria assim, de modo tão grosseiro. Eu resolvo problemas. Para um homem muito poderoso. Alguém com visão.

– O Rei do Crime?

Matt sente a incerteza.

– Quem te contou isso? – Larks pergunta.

– Tenho meus modos. Vai ser muito interessante quando esse pen drive cair nas mãos certas. O Vereador Boyd vai cair. Assim como o filho. Aposto que seu chefe deve estar um pouco preocupado com isso.

– O Rei do Crime não está preocupado com nada.

– Não? – diz Matt suavemente. – Então ele não é tão esperto quanto você parece acreditar. Porque ele deveria estar muito preocupado comigo.

Larks ergue a arma, aponta para Matt.

– Eu nem sequer gosto de armas – ele comenta, quase para si mesmo. – Meu velho, ele era um pescador. E me deu isso – ele diz, apontando para a faca. – Uma coisinha adorável. Significa que você tem que chegar perto se quiser matar. Tem que olhar nos olhos.

Matt espera. Mickey está olhando para ele. A garota abre a boca para dizer algo, mas Matt balança a cabeça de modo quase imperceptível e ela para. Matt sutilmente faz um gesto para a direita, esperando que Mickey entenda o recado.

Larks está olhando fixamente para os olhos danificados de Matt.

– O que eu verei por trás de seus olhos quando você morrer?

Matt aguarda, sua atenção em Mickey. Sente os músculos dela tensos, as batidas cardíacas aceleram...

... E ela se move, mergulhando da cadeira para sua esquerda.

Matt ergue o cassetete, com a intenção de atirá-lo em Larks. Mas o cara é rápido. Ele aperta o gatilho. Matt muda a direção do cassetete, angulando e jogando-o de lado.

A bala atinge o cassetete e ricocheteia, girando de volta pelo ar. Atingindo Larks na garganta.

Ele cambaleia. Solta a arma. Fica parado ali, sangue brotando da garganta. Seu corpo está fazendo hora extra, tentando puxar o ar. Mas não há ar para puxar. Ele está sufocando.

Matt dá um passo na direção do homem, e então para. Ele não queria que Larks morresse. Queria que fosse para a prisão. Que pagasse por seus crimes. Mas Matt pode ver que não há nada que possa fazer por ele agora.

Larks olha ao redor da loja. Ignorando Matt e Mickey, move-se na direção da parede, onde há um antigo espelho. Ele o arranca do gancho, e então cai, deslizando pela parede e olhando fixamente para o espelho.

No começo, Matt acha que Larks está tentando ver a extensão de suas feridas, mas então percebe que não é isso.

Ele está olhando fixamente para os próprios olhos.

Mickey se aproxima de Matt e para ao seu lado, os dois observando Larks.

O homem desliza mais, ainda segurando o espelho.

Ele assiste à própria morte. Olhando para os próprios olhos enquanto sua vida se esvai.

O espelho se solta de suas mãos e cai no chão. O vidro se estilhaça com o impacto.

– Ele está morto? – sussurra Mickey.

– Está morto. – Matt suspira. – Vamos. Vamos sair daqui.

28

NO DIA SEGUINTE.

Matt se encontra com Ben em um café antiquado no Brooklyn.

– Você está um bagaço – diz Ben, analisando seu rosto.

– Tinha que ver os outros caras.

– Caras? Quantos exatamente?

Matt dá de ombros.

Ben olha fixamente para ele, decide que está só brincando. Abre um sorriso.

– Mesmo assim. Pelo menos estamos todos vivos, certo? Havia um poder de fogo considerável naquela ilha.

– Você reportou à polícia?

– Polícia? Não. Eu contatei alguém do FBI. Eles vão mandar alguém para ficar na cola do DPNY. Desse modo não haverá acobertamento.

Matt assente.

– E o pen drive?

– Eu entreguei para eles. Meu contato disse que devem prender Boyd e o pai amanhã.

– O vereador? – Matt tenta esconder a alegria.

– Sim. Troquei umas palavras com um de meus contados. Um cara chamado Decker que estava a serviço na noite em que Eddie Boyd foi preso. Ele vai testemunhar que recebeu ordens de liberar Eddie e que foram ameaçados pelos advogados do Vereador Boyd. O FBI está muito interessado na antiga carreira do vereador.

– Essa é uma das grandes para você – diz Matt.

– Das maiores.

– E o que vem a seguir? Washington? Se tornar um correspondente importante?

– Não. Lá é calmo demais. Sou um jornalista de Nova York. Está no meu sangue.

– Pois é – diz Matt. – Esse é o lance com essa cidade. Ela te fisga. E nunca te solta.

Matt se levanta, estende a mão para Ben.

– Fiquei feliz em te conhecer, Ben.

Ben aperta a mão dele.

– Igualmente, Murdock. Mantenha-se em contato, ok?

• • • •

Três dias depois Matt está na Rua 48 enquanto os residentes dos blocos de apartamentos se mudam de volta para suas casas. Mickey está ao seu lado, observando seus parentes entrarem por uma porta carregando caixas de papelão cheias de suas posses.

– Obrigado – ela diz para Matt.

– Pelo quê? Não fiz nada.

– É, certo. Você vai voltar para Boston agora?

– Não. Fui despedido.

– Sério?

– Sério. Disseram que não sou comprometido com o trabalho.

Mickey ri.

– Então você vai continuar indo no ginásio?

– Você quer continuar treinando?

– Claro. Ainda tem algumas coisas que preciso te ensinar.

Matt ri.

Mickey fica na ponta dos pés e lhe dá um beijo no rosto.

– Obrigada.

– Sem problema. Te vejo por aí, certo?

– Bem... *você* não vai ver – diz Mickey. – Mas eu vou.

A garota atravessa a rua e entra no bloco de apartamentos. Voltando para seu lar.

• • • •

Finalmente, dois dias depois, Matt se encontra com Foggy Nelson na lanchonete.

– Parece que você ganhou seu caso – diz Matt.

– Que caso? Nem tivemos chance de chegar ao tribunal. Quando toda a merda veio à tona, nem precisamos!

– É. Bem. Às vezes o destino é bom com a gente.

– Você ouviu as últimas notícias? – pergunta Foggy.

Matt balança a cabeça.

– O Vereador e o filho dele? Boyd?

– O que houve?

– Eles iriam se tornar testemunhas do estado. Pelo menos William iria. Entregar evidências contra a máfia.

– E?

– Os dois foram encontrados mortos nas celas esta manhã. Com as línguas cortadas.

Matt se ajeita na cadeira.

– Sério?

– Sério. Dizem que um cara da máfia os pegou. Esse tal de Rei do Crime de quem todos estão falando.

Matt toma um gole do café amargo. Não sabe ao certo como se sente a respeito da notícia. Eles poderiam ter dado evidências vitais contra esse Rei do Crime.

– Então, qual é o plano agora? – pergunta Foggy. – Vai voltar para Boston?

– Não. Vou ficar por aqui. Sinto falta deste lugar.

Foggy se inclina para a frente, colocando o cotovelo em seu sanduíche de pastrami. Ele recua, limpando o paletó com um guardanapo.

– Estive pensando. O que você diz de eu e você começarmos nossa própria firma de advocacia?

Matt não responde no começo. Repassa aquilo em sua mente. Recosta-se, pensativo.

– Aqui na Cozinha do Inferno?

– Onde mais? Nós dois somos daqui. Conhecemos a área. Conhecemos o povo. É perfeito.

Matt pensa um pouco, então sorri e estende a mão.

– Quer saber? É uma ótima ideia. Estou dentro.

– Grande! Minha mãe pode nos emprestar dinheiro para um escritório. Contanto que não seja muito chique.

– Nós não vamos precisar de nada chique. Não para o tipo de trabalho que queremos fazer. Toda aquela coisa que falávamos na faculdade.

Todos aqueles ideais que tínhamos. A gente pode fazer isso, Foggy. Nós dois.

– Então quer tirar na sorte?

– O quê?

– Para saber qual dos nomes vem primeiro na porta. Se é Murdock e Nelson, ou Nelson e Murdock?

– Vamos alfabeticamente – diz Matt.

– Boa tentativa. Escolhe?

– Cara.

Matt ouve o tinido metálico de uma moeda girando no ar.

– Ah, droga.

A moeda passa voando pelo rosto de Matt e quica algumas vezes antes de alguém no fim do corredor pegá-la.

Matt se vira lentamente, sentindo um cheiro familiar. Uma presença que há muito não sentia, mas que nunca foi esquecida.

Stick.

Matt não diz nada. Espera. Stick demora, terminando seu café. Então se levanta.

– Cuidado com a retaguarda, garoto – ele diz, ao passar por eles. Em seguida, para na porta. – E a moeda deu coroa. Seu nome vem em segundo lugar. Lembre-se disso, e não fique convencido.

• • • •

Wilson Fisk olha fixamente pela janela para a neve que cai.

Esta noite, isso não lhe traz nenhum prazer. Porque ele sabe que há outros lá fora observando a neve e pensando que aquilo é um novo começo. Eles vão ver a neve como se estivesse limpando a cidade.

Vão encontrar... esperança.

Tudo por causa de um homem.

Um homem que arruinou seus planos. Planos que há anos estão em ação. Um homem que lhe custará milhões de dólares.

Demolidor.

É assim que o chamam. O nome nos lábios dos criminosos aterrorizados. O nome pronunciado sem fôlego pelas vítimas agradecidas.

Demolidor.

O nome de um demônio sombrio, um vingador invisível. Um salvador silencioso, quase invisível, dos inocentes.

Demolidor.

Fisk se afasta da janela. Ele vai descobrir quem é esse guerreiro mascarado.

E o Rei do Crime o fará pagar.

EPÍLOGO

DEMOLIDOR.

E foi naquele momento de fria determinação – naquele momento em que a vida de Mickey pendia na balança – que o nome voltou a ele.

Demolidor.

Ecoando das provocações dos valentões da escola.

Ele passou a vida toda fugindo do nome, odiando-o.

Mas agora o usa como um distintivo. Uma lembrança de onde ele veio. De quem seu pai foi.

De quem Matt está tentando ser.

Deixe que os valentões saibam – todos eles, os do tipo que usam facas e armas, os do tipo que usam o dinheiro para abater os que são mais pobres do que eles mesmos –, deixe que todos saibam que agora têm um inimigo.

Demolidor.

E enquanto ele retorna aos telhados, com um uniforme feito por ele mesmo – vermelho-escuro e preto, as cores das sombras e do sangue – Matt Murdock faz votos de proteger esta cidade, seu lar, dos valentões do mundo.

O demolidor está aqui. E ele não vai embora.

* Paul Crilley é escocês, mas reside na África do Sul. É autor das séries *The Invisible Order*, *The Adventures of Tweed & Nightingale* e *The Abraxis Wren Chronicles*. Publicou, em 2016, o *thriller* sobrenatural *Poison City*, trama que se passa em Durban, na África do Sul. Crilley também roteirizou o jogo on-line *Star Wars: The Old Republic* e coescreveu a série *crossover X-Files: Conspiracy*. Roteirista bem-sucedido, seu trabalho reúne mais de cem horas de material para televisão, entre dramas, comédias, *thrillers* e até programas infantis.

APPLE
MOVERS